白教堂開膛手

MöR

Johana Gustawsson
喬安娜・古斯塔夫森
林琬淳／譯

Murder returns ......

致馬提亞斯
我最棒的另一半

你的父母毀了你。
他們可能不是故意的，卻還是毀了你。
父母不但將己身短處加諸你身，
還特製了幾個專屬於你的缺點。

——菲利普・拉金（Philip Larkin）

二〇一五年十月三十日，星期五，上午十一點

他身穿淺灰色西裝，手指靈巧而熟練地解開外套釦子，又拉正細長領帶之後，才在法官面前坐了下來。真抱歉啊，法官大人。

他眼神聚焦在她的耳環上，沉甸甸的珍珠拉長了耳垂，那耳垂就和他拇指一樣大。律師建議穿樣式簡樸的暗色系西裝，領帶就選經典款式，領帶結要打得稍微鬆一點，這些都是「建議」而已。

穿什麼對他來說根本不重要，整件事讓他覺得有趣的，是在這種情況下居然還有得選，這是可以徹底利用的微小權力，他要細細品嘗箇中滋味。

法官開口了。她搖搖頭，珍珠耳環猶如跳慢舞般隨之擺動，耳垂如舌頭般伸展。

特製炸耳垂……

打兩顆蛋黃，耳垂蘸一蘸；

再裹上麵包粉；

以香草大蒜奶油炸；

淋上橄欖油，搭配薯泥上桌。

特製炸耳垂……

他傾身，嘴湊近麥克風回答法官大人的問題。說出姓氏後停頓了一下，手背拍掉左肩上的一點灰塵，接著才是名字、出生日期和職業；但這時他滿腦子想的卻是自己的怪癖：坐下前一定要解開西裝外套的釦子。這是伊頓公學學生都有的習慣，說得更確切一點，這是被選入菁英小團體「明日之星」（Pop）裡的那群人才有的舉動。不然就要一路回溯到愛德華七世身上，國王身形壯碩，「尊臀」坐下時需要多一點空間，所以解開外套釦子是必要動作。

法官剛開口要他說話。她拉正法袍的蕾絲領，又挪移了桌上幾份文件。特製炸耳垂。

他手握拳，對著手心咳了幾聲，慶幸出庭無需戴手銬，卻又隨即想到，接下來將取而代之鎖住他的是牢房。這時他眼前閃過一幅影像，影像盤據在他與垂耳法官之間。他看見自己像猴子一樣掛在牢房的鐵欄杆上，身上還是這套西裝。

他笑了。

群眾議論紛紛的喧嘩聲傳進耳裡。

雖然在笑，一道冷汗卻滑過頸背，他打了一個寒顫。

「又不是我的錯，」他喃喃自語，像是說給自己聽，「又不是我的錯……」

法官打斷他，他聽不清法官的話，只聽見句子的語調——節奏漸強上揚，接著戛然而止。法官在問他話。

「又不是我的錯，」他繼續說：「希爾達才是始作俑者……一切都是希爾達造成的……」

瑞典哈爾姆斯塔德，托夫申湖

二〇一五年七月十六日，星期四，凌晨四點三十五分

卡拉．韓森將手機放進牛仔褲後的口袋，拉上外套拉鍊、套上雨靴，換下來的Converse帆布鞋扔進旅行車的後車廂，便往樹林走去。

這時太陽已悠然攀上天穹，漫不經心灑下陽光。這七月天裡的驕陽，總要自得其樂地高掛天空十七小時（哦，多麼美好的時刻），似乎和瑞典人一樣，盡情享受著豔陽統御的夏日。今年冬天一直堅持到五月初才肯退讓，嚴寒如後母般咄咄逼人，硬是將抑鬱情緒渲染開來，嚇得春天不敢露臉，是大地神手一揮，才掀起凜冽簾幕，靄靄停雲的天空也才清朗起來，哈利路亞。

卡拉踩著枯枝和水窪前進，殘枝在腳下嘎吱作響；前一天下了大雨，帶著泥濘的積水是雨後留下來的，一踏過也是啪啪幾聲悶響。

每天早上都一樣，一起床，卡拉的腦袋就立刻轉換到「製造便利貼」模式，這外號是丈夫丹取的，他就是愛逗她。卡拉的待辦事項一長串，彷彿永無止境，夏天才剛到，她就開始想秋天的事了：一開學就得幫女兒註冊課後活動，大女兒琵雅要上柔道和足球、小女兒艾達要上現代舞和戲劇，然後兩人都得上西班牙語課。她們一定會抱怨不想學西語，但這可由不得她們。丹希望女兒去上法語課，但她們都投了反對票（孩子每個月有權對一件事說不，兩姊妹可是每次都用得很徹底），表面上的理由是法語老師是虐

待狂，實際上是因為誰都不想每個禮拜六早上八點爬起來上課。

卡拉還要找電工來家裡，到ＩＣＡ超市買晚餐要用的牛排、麵粉、草莓和香草奶油[1]……算了，她決定叫丹去買菜，順便負責搞定女兒的西語課，等近午再傳簡訊給他。

丹是作家，專寫青少年小說，說得更貼切一點，他的讀者主要是青少女，還有想變回少女的女人。他的故事裡有千年女巫、心狠手辣的壞皇后、驍勇善戰的武士和駭人的惡龍，他們為了爭奪某個王國的統治權互相鬥法，但沒人唸得出這些王國的名字。卡拉每日的瑣事清單就是一個個將丹拉回現實世界的方法，同時也提醒丹，他既是好父親，也是好丈夫。瘋狂愛慕丹的小女孩很多，她們都覬覦他，卡拉倘若不這麼做，要怎麼保住自己的地位呢？所以她一方面想辦法讓丹腳踏實地，卻也沒忘了顧及他的男性自尊，這就是卡拉採取的手段——簡單而純粹的操控，一起工作的同事都這樣戲稱。操弄人心？才不是，這就叫做「婚姻」，卡拉笑著替自己辯解，不敢承認這絕不是玩笑話。

卡拉慢下腳步，前方是排成一列的樺樹，她從顫抖的枝葉間看見托夫申湖，湖岸浸淫在血紅的黎明中。

「很抱歉，今天不開放進入。」一名穿制服的警員攔住卡拉去路，蒼白的面容看來憂心忡忡。

「我看見了……」

「我得請妳馬上離開。」

菜鳥警員一開口，卡拉就聞到一股嘔吐後的氣味。

「你剛把早餐全吐出來了吧？」
年輕警員噘著口水，眼神飄忽著掃過腳下沾滿泥巴的皮鞋。他挺起瘦弱的胸膛，試圖展現出強硬態度。
「女士，我真的得請妳……」
「希望你不是吐在我的犯罪現場。」
「什麼？妳是……」
「我是韓森警探。」
「啊……我……對不起……我還以為……」他變得結結巴巴，臉頰因尷尬泛起潮紅。
「你以為韓森警探會有『下面兩粒』吧？我倒是有，只不過位置更高，也好看多了。好了，小夥子，快告訴我『派對』在哪兒吧！」

英國倫敦，白教堂區，屯貨街

一八八八年八月三十一日，凌晨三點二十五分

一陣刺耳的嘈雜聲吵醒了芙瑞達．瓦林，其中混雜著驚叫聲、狗吠聲、口哨聲和嬉

1 瑞典語原名是「vaniljvisp」，一種香草醬，可打發成鮮奶油，搭配蛋糕或水果派食用。

笑聲。她在自己的小房間裡，很熟悉聲音來源，那些聲響來自幾條街外的斯皮特爾菲爾茲，就在離她住處一百五十碼[2]的地方，羊群正被趕往屠宰場，羊兒彷彿嗅到了即將面臨的悲慘結局，因瀕臨死亡而叫個不停。不合時宜的笑聲如鼓聲般迴盪，看熱鬧的那群蠢貨遇上流血場面就像看到妓女大腿一樣，興奮得不得了。

可憐的羊隻很快就會被宰割得屍骨無存，唯一僅存的臟腑散落在白教堂街道上，遍地的血水彷彿下了場血雨，死亡的氣味會附著在喉間，像是死神咯進嘴裡那般揮之不去。

芙瑞達邊打呵欠，手邊拂過髮絲。

「**見鬼了！**」

芙瑞達午夜時分才回到家，忘了灑基廷粉[3]除蟲。她湊近床墊，鼻子嗅遍床上的每一寸，聞起來有點像奶油發酸，但不是樹梅腐爛的味道；她又仔細檢查床單，保險起見還掀起來抖了抖，還好都不見臭蟲的蹤跡，感謝老天。

她太晚回家了，早知道就不該去沙德韋爾碼頭看火災，事發時她和莉茲・史翠德在一起，兩人在十鐘酒吧喝酒。十點整莉茲就撈夠了，賺來的錢可以到福勞爾狄恩街的旅館租個房間過夜，於是莉茲拉著芙瑞達到碼頭去「看戲」；沒想到這場「表演」既災難又令人著迷，火焰直衝雲霄，吞噬了雲朵和夜空，照亮了倫敦最美的時刻——萬籟俱寂之時。馬嘶聲、馬蹄踏過石子路的達達聲、鞍轡碰撞聲、蔬果攤與賣瑪芬和咖啡的小販快活地叫賣聲……白天無止盡的喧嘩破壞了這城市的美；馬車駛過濺起糞水弄髒了女士，她們的驚叫咒罵、孩子嘶啞的哭喊和咳嗽……所有聲響霎時被管風琴的樂聲淹沒。

白天的倫敦就像個面色紅潤的美少女，身材豐滿健美，還會衝著你開口笑，只是嘴裡沒有牙齒。

「芙瑞達！」

鄰居敲門叫醒芙瑞達。這個鄰居有鬧鐘，是前老闆給她的，這麼一來芙瑞達就不用付錢請人喊她起床了。鄰居的住處和芙瑞達的房間一樣小，不同的是她有六個孩子，丈夫死時，她肚子裡懷著第七胎；他是在碼頭上被掉落的貨櫃給壓死的。她一直希望這孩子別活下來，惡魔也的確聽見她的心願——可憐的小傢伙一出生就夭折了。

芙瑞達起身，臉盆裡有兩隻淹死的蟑螂，她撿起死蟑螂扔進壁爐，接著盛了點水洗臉，然後拉起羊毛大腿襪，並在法蘭絨的襯褲外再套上兩件棉裙。她盡其所能綁好束身衣，扣好上衣，最後穿上亞麻洋裝。

她拿了四張報紙，摺好放進外套左邊的口袋，粗糙的紙質老是磨得屁股發疼，但莉茲說得對，寧願痛一點，也不要整天忍受屁股沾著屎在外面跑。芙瑞達從右邊口袋裡拿出已被灰塵染黑的手帕，又從椅背上拿了一條乾淨的手帕替換。她拿起靴子搖了搖，雖然前一晚脫鞋睡覺的時間不長，還是得先確認過鞋裡沒蟲，接著才穿上短靴。

「殺人了！」

2 約一百三十七公尺。

3 Keating's powder，一種可去除衣物上蟲蚤等昆蟲的藥劑。

芙瑞達一聽趕緊跑到窗邊。

樓下是屯貨街，街上的人群在不遠處聚集起來。

「是謀殺！有人被殺了！」

一個小男孩雙手圈在嘴邊大叫。

芙瑞達趕緊穿上外套、戴上草帽，便急忙跑下樓。

瑞典哈爾姆斯塔德，托夫申湖

二〇一五年七月十六日，星期四，上午八點

藍白相間的警戒線綁在並排的細長樹幹上，赫克特．尼曼低下身子越過，警戒線這頭二十多個穿著連身工作服的鑑識人員正在樹林裡忙碌，赫克特想辦法從他們之間的空隙穿過。

犯罪科學警察主任畢約恩．侯爾脫下口罩撫平八字鬍，兩撇鬍子有如旅人在長途旅行後伸展的雙腿。

「哦，這可不是大名鼎鼎的尼曼警探嗎？」畢約恩說：「奇怪，金髮小子，你不是應該還在放假嗎？」

「還沒，我八月才休假，要去希臘好好曬出一身古銅色。」

赫克特從一張小桌子上拿起密封袋，拆開後取出帶帽的連身防護衣、鞋套、手套和口罩。

「為什麼出動這麼多人？是要辦市集還是什麼的？」赫克特邊說邊穿上標準裝備。

「特殊狀況需要支援，卡拉晚點會解釋。」

「說到這，我的搭檔在哪裡？」

「她在那裡，才剛潛下湖裡調查過。」湖在赫克特身後，畢約恩朝著湖的方向輕抬下巴點了一下。

「又是一身死人味嗎？」

「總之不是花香味，你可以先拿出維克斯舒緩軟膏來了。」

赫克特做了個鬼臉。一群穿著白色防護衣的技術人員剛上岸朝他們走來，赫克特轉身向前，分開那道朝他湧來的白色防護衣海洋。

成列的樺樹像一席簾子，走了幾分鐘後，赫克特看見簾後的湖岸，也看見搭檔卡拉．韓森。卡拉這時已經脫去防護衣，一雙逆天長腿立進雨靴裡，正和一名瘦骨嶙峋的男子交談，同時比手畫腳地講電話。

卡拉向赫克特揮了揮手，他加快腳步走到她身邊。

卡拉一掛斷電話，赫克特就忍不住抱怨：「沒猜錯的話，我又被畢約恩耍了，對不對？其實根本用不著穿防護服？」

「誰教你來晚了，鑑識科剛弄完，就等著撈起屍體。好，你可以脫了。」卡拉意有所指地對赫克特眨了眨眼。

「卡拉，才早上八點就開黃腔？拜託……妳老公居然能滿足妳，真不曉得他怎麼辦到的。」

「還不都靠我打他屁股。」

赫克特搖了搖頭，裝出心領神會的表情。

「這下好了，現在我滿腦子都是妳穿緊身皮衣的樣子……」

「別光用下面思考，想事情該用的是上面！」卡拉回答，同時拍了拍自己的頭。

「我都忘了介紹新法醫給你認識，這位是尼可拉斯．諾丁。」

聽完這段對話，一旁的尼可拉斯已經瞠目結舌。

「尼可拉斯要頂替布莉姬特一年。」卡拉接著說。

「哦，布莉姬特怎麼了？」

「育嬰假。」

「又來了？她下蛋的速度也太快了吧？」

「你也應該趕快生幾個，這樣至少做愛還有點用，有小孩其實很不錯的。」

「妳還真有說服力，天哪，我都等不及了。」

「快向諾丁醫師打招呼吧，我們有東西要給你看。」

「有『東西』要給我看，真不錯，我可是等不及了。」

尼可拉斯略顯遲疑地露出微笑，朝赫克特伸出手，赫克特握住他乾瘦的手掌，兩人的乳膠手套摩擦嘎吱作響。

「好了，我們走吧。」卡拉率先邁步。

他們三人排成一路縱隊沿著湖岸走，一邊是茂密的灌木叢，另一邊是卵石坡，石頭受湖水拍打變得溼滑。他們一直走到枯樹旁，這棵樹已經沒了枝葉，只剩下不太穩固的樹幹，周圍雜草很高，樹根無所依附，只能在草叢裡交錯盤生，看來就像一個病危女人的乾枯手指拉著一襲綠裙不肯鬆開，這棵樹還沒倒下真是奇蹟。

「赫克特，還好嗎？」卡拉問。

赫克特謹慎地點了點頭，目光始終停留在屍體上。

女子全裸坐在地上，背靠著枯死的樹幹，雙腿成「大」字形張開，手臂無力垂在身體兩側，手心朝上，頭向前低垂，下巴幾乎碰到胸部。中分的金色長髮沾著汙泥，被撩到肩後，看來凶手想讓她露出胸脯，然而原本該是乳房的地方只見兩處暗紅的凹陷，猶如火山洞口；凶手也切下了髖部與大腿一大塊肉。

赫克特吞了好幾次口水，試圖壓下直衝喉頭的膽汁。

「等等，還沒完。」卡拉解釋，同時在屍體旁邊蹲下。

她以手勢示意法醫上前，尼可拉斯走到另一側，扶住屍體的頭和手，讓卡拉將死者往他這一側放倒。

赫克特原先咬緊牙根，這時卻忍不住從齒縫間迸出一聲咒罵。

卡拉說得對，還沒完。死者的雙臀，現在只剩兩個大洞。

瑞典法爾肯貝里，阿維斯托普斯韋根路

二〇一五年七月十六日，星期四，上午八點

埃麗耶諾．林德柏格又喝了一口咖啡。

她七點就到了——阿維斯托普斯韋根路十四號，腳踏車靠著矮石牆停好，她坐在大樓前的石階上等待，同時吃了一根香蕉、三片瑞典傳統薄麵包和「普雷斯托斯特」[4]，這是瑞典唯一出產值得命名的乳酪；埃麗耶諾邊吃邊在腦子裡排演計畫好的每一步。

一次又一次。

從上個月開始，埃麗耶諾每天都會在同一時間騎腳踏車，從斯克利亞海灘出發，一路騎到阿維斯托普斯韋根路十四號，因為要確認這條路上可能發生的各種狀況，像是車流量、背包重量、因應天氣變化的騎乘穿著等，這樣才有辦法預測和避免意外。測試過幾次之後，她還知道七月十六日這個星期四早上六點三十分的溫度會是十七度，所以選擇了打褶褲、襯衫和棉質開襟針織衫，搭配帆布平底鞋；髮型則紮成低馬尾，避免騎車時被髮絲干擾，但偶爾還是感覺到頭髮搔得頸後發癢。她也隨身帶了食物和幾樣不可或缺的盥洗用品。

再過二十二分鐘，埃麗耶諾就會將保溫瓶收進後背包，放在捲筒衛生紙和安娜牌餅乾盒中間——這牌子的薑餅乾嚐起來才有真正香料麵包的味道，然後她會進到大樓裡。

再二十二分鐘。

埃麗耶諾心跳加速，閉上眼，鼻子慢慢吸氣，接著換嘴巴重重吐氣，重複這動作直到不再心悸為止。睜開眼，埃麗耶諾在腦海裡再排演一次流程，這麼做往往能有效抑制不斷累積的焦慮感。她看見那些待辦清單化成一個個字母寫在雲朵上，直到悅耳的鐘聲響起。八點二十七分，是時候收拾東西行動了。

埃麗耶諾推開玻璃門，大廳裡空蕩蕩，在淺色木質接待臺後面，只有一顆光頭探出臉看她。這麼一來就簡單多了。

「你好，我是埃麗耶諾．林德柏格，我和黎納．貝斯壯有約。」

年輕警員擺出撲克臉，拿起話筒時，眼睛始終盯著埃麗耶諾，接著在電話裡告知埃麗耶諾的來訪。另一頭可想而知是局長貝斯壯。

警員掛上電話便埋首辦公，埃麗耶諾俯視時剛好可以看見那光亮的後腦勺。也好，這樣她就不需要找話題。埃麗耶諾退後幾步，藉此避免與櫃檯警員再有任何交談的機會，省得他忽然改變心意要聊天氣。埃麗耶諾從來就不懂人們為什麼熱愛聊天氣：「今天好冷！」、「下雨了」、「好熱喔」……所謂冷熱完全是相對而非絕對，瑞典人和墨西哥人喜歡的天氣也絕對不可能一樣。埃麗耶諾的法語老師就說過，她讀「韋蘭德探案」系列時笑到不能自已，因為這位歐洲首席犯罪小說大師曼凱爾在描寫調查過程時，提及瑞典「夏季」二十度的氣溫「很舒適宜人」。

---

4 prästost，又稱「牧師乳酪」。

「妳是埃麗耶諾．林德柏格？」

埃麗耶諾轉身，她原以為局長會從櫃檯後方的走廊出來，沒想到他從靠近大門的另一扇門出現。

黎納．貝斯壯微微蹙眉，這時埃麗耶諾才意識到自己瞪大了眼，她回過神來，抿緊雙唇到臉頰收緊；埃麗耶諾管這表情叫「初遇的微笑」。

「我是黎納．貝斯壯，幸會。」

壯碩的身形加上花白的短鬍鬚，黎納．貝斯壯一如媒體所刊登的照片，去年因埃博納[5]一案，報章雜誌上經常可以看見他的身影。

黎納伸出手，埃麗耶諾與他握手，說：「幸會。」

黎納長繭的手握起來並不舒服，埃麗耶諾很快抽回了手，旋即露出「初遇的微笑」，以彌補這「野蠻」的舉動——她父親倘若在場肯定會這麼說。

黎納放鬆下來，「往這邊走。」他邊說邊邁開步伐，示意埃麗耶諾跟他走。

他們穿過走廊後來到開放空間，這裡有十來間互相隔開的小辦公室，裡面空無一人。黎納和埃麗耶諾沿著其間曲折的走道往前，在另一頭的一間辦公室門前停下。進到室內，黎納繞到桌後坐下，這想必是他的辦公桌了；埃麗耶諾在他對面坐下，椅子很硬，就和警局前的石階一樣，而且稍微移動就嘎吱作響，於是埃麗耶諾在椅子前緣坐定，好止住這惱人的噪音。

「我剛剛正好在看妳和檢察官的 E-mail……」黎納先開口。

「你說的是，出來接我之前你重讀了我和檢察官的電子郵件吧。」埃麗耶諾打斷他。

黎納不作聲。埃麗耶諾知道自己說了蠢話，她認得對方眼中閃過的訝異，這種眼神有時會立時轉變成帶有敵意的惱怒。

「妳是大學生，主修刑法和法庭心理學。」

「沒錯。」

「檢察官強烈推薦妳……」

「沒錯，沒有我，他不可能破得了彼得森一案。」

黎納眼神掃過凌亂的辦公室。「妳不怕來我們這裡會無聊嗎？畢竟妳之前在檢察官身邊實習。」

「十一個月。」

「妳說什麼？」

「我在漢斯．莫勒辦公室實習了十一個月。還有，我不會覺得無聊。」

黎納一手掩嘴，藏不住眼裡的笑意。埃麗耶諾不知道該不該跟著笑，她選擇不笑。這麼做比較穩當，搞不好他只是想遮掩正打著呵欠的嘴。

「既然妳在莫勒手下工作了十一個月，應該很清楚辦事流程。」黎納說：「妳要簽保密合約，我不會讓妳外出辦案，實習期間一切向我匯報。要是任務太多承受不了，就來

---

5 見《46號樓的囚徒》，愛蜜莉．洛伊系列首部曲。

找我，知道嗎？」

埃麗耶諾將身體重心移向另一邊。她不明白黎納．貝斯壯的問題，此外，她也不曉得怎麼稱呼他比較好。警長？貝斯壯？貝斯壯局長？

「比起檢察官辦公室，警局可忙多了，即使在法爾肯貝里這個小地方也一樣。當妳覺得這裡的環境讓妳……應付不來，盡快來找我，我們會找到解決辦法。」

「我應付得來，我準備好了。」

「所以妳希望九月加入我們的行列？」

「我希望九月到十二月能觀察調查程序和警局運作方式，但我想從今天就開始上班。」

「妳說今天？」

「對，今天，七月十六日星期四，這點我在寫給你的電子郵件裡提過。我在漢斯．莫勒的實習工作到昨天結束，也就是七月十五日晚上正式終止，和實習合約裡寫得一樣。所以我今天就可以在這裡工作。」

「可是莫勒和我說九月才開始。」黎納堅持，同時盯著電腦螢幕。

「嗯，但我在信裡明確表示我希望從七月十六日開始，你回信時也表示同意。」

「埃麗耶諾，我很抱歉，我一定是沒看清楚……我從明天起休假，九月前我沒辦法讓妳進來……」

埃麗耶諾心跳加速，原本預計七月十六日就要在警局工作，一切都計畫好了。

「你休假的時候，還有烏洛夫松警探，等你回來之前，我可以先向他匯報。」埃麗耶諾堅持。

椅子的嘎吱聲讓人再也受不了，埃麗耶諾忽然起身，黎納也跟著站起來。

「埃麗耶諾，真的很抱歉，可是我不能將妳交給烏洛夫松，莫勒特別請我要……好好照顧妳，烏洛夫松實在不是適合的人選……」

這時有人重重敲了三下門，接著門縫裡探出來一雙眼睛，眼皮上塗了藍眼影，還有個鷹勾鼻。

「局長，抱歉打擾你……辦公室電話打不通，應該是沒掛好，莫勒檢察官打來說有急事……」

「莫勒不是正在皮特奧度假？」

「是的，但他說這件事很急……」

黎納．貝斯壯閉上眼，疲倦地點了點頭。

「哈娜，謝謝。埃麗耶諾，給我一分鐘，妳可以留在這裡。」

哈娜離開八秒之後，電話就響了。

黎納以「hej（嗨），莫勒」打過招呼之後就再也沒開口，只不過一切都寫在臉上：他的嘴角下垂，皺起下巴，時不時咬緊牙關。

埃麗耶諾很熟悉這樣的情緒表現：黎納．貝斯壯不喜歡漢斯．莫勒正在說的事。

英國倫敦，白教堂區，十鐘酒吧

一八八八年八月三十一日，星期五，晚上十點

兩個可憐女人在十鐘酒吧前吵了起來，為的是人行道上那一小塊地盤。不得不說，酒吧招攬來不少客人，妓女在門口拉客也全是為了賺四便士——那是在客棧睡一晚的床價，床上鋪草蓆，裡面滿是蝨蚤，床單也很久沒換過了。

這兩個女人像流浪貓一樣張牙舞爪，打掉彼此的帽子、抓花對方的臉，一個扯爛了另一個的襯衫，還解開她破爛的束身衣，棉線都拉開了，一邊鬆垮的乳房像動物般裸露出來，從酒吧出來的客人看到這一幕都哈哈大笑，笑聲中滿是酒氣。

「這還不算什麼，妳等著看瑪麗・凱利使出渾身解數吧！」莉茲冷笑著說，穿過人群走到吧檯。

芙瑞達尾隨莉茲，試圖壓下作嘔的衝動。她來到英國已經三個月了。這三個月來，在工作結束之後，莉茲就拉著她到每一家酒吧，但芙瑞達依舊無法習慣裡頭各種令人反胃的氣味。十鐘酒吧裡，空氣中瀰漫著啤酒和琴酒的嗆鼻氣味、汙穢不堪的衣服臭氣，還有歷經一天勞動後，一個個疲憊身軀散發出的酸臭。酒吧常客並不常換洗衣物，因為他們沒經濟能力這麼做。這群迷失的靈魂身上就是所有家當了——破舊衣物，可能還有一條手帕、一把梳子、糖，以及工作一天掙來的錢，錢很快會買酒花掉。個性隨便一點的客人最後就直接睡在街道上，也就是那兩個妓女打架的地方。

白教堂的每個人都喝酒，男人、女人、小孩都喝。麻痺軀體和心靈最好的方法就是酒精，藉此遺忘明天不過是另一個今天的重演。

莉茲冷不防抬起手肘撞了一下年輕男子的胸膛，他的圓臉因窮困而顯得灰頭土臉。

「喂，小胖哥，要是想摸衣服下面的東西，就拿四便士出來，不然手最好安分點，拿穩你的啤酒就好。」

「親愛的，妳房間在哪裡啊？」

「我房間？」

莉茲大笑起來，毫不遮掩缺了牙的嘴。

「這傢伙還以為自己在梅費爾呢！你問我房間在哪裡，靠著酒吧牆壁能做的地方都是我房間！」

「站著做？」

「站著坐、坐著做、趴著做，隨你喜歡，親愛的，反正付錢的人是你！」

芙瑞達聽完朋友的話，臉都紅了。第一次見到莉茲是在王子廣場的瑞典教堂，莉茲的工作是在福勞爾狄恩街三十二號公寓大樓打掃，當時芙瑞達怎麼也想像不到，她還做很多打掃之外的活兒。牧師介紹她們認識時，也指出一些兩人相同的背景：芙瑞達和莉茲都曾在哥特堡生活，也都在瑞典西岸長大——莉茲在托斯蘭達、芙瑞達在法爾肯貝里，法爾肯貝里位在托斯蘭達以南約一百公里處。牧師希望能為迷途羔羊莉茲找個「牧羊人」，那兩年莉茲已經在警局進進出出十來次，牧師指望芙瑞達幫忙，引領這女孩走上正途。可惜問題是，在白教堂可找不到正途。

莉茲拿起兩人的酒杯往酒吧裡走，杯裡還裝著琴酒。路上見到一個小男孩，拉著母親破舊的披巾，女人被酒醉的男人親得咯咯笑，芙瑞達可不確定男人是她丈夫。可憐的光頭小男孩看起來累壞了，吸吮著大拇指，眼睛快瞇成一條線，還不時有啤酒從頭頂灑下來。

莉茲找到一張空桌，芙瑞達拿出小瓶子擺在朋友面前。

「我帶了基廷粉給妳。」

「哦，親愛的，妳真是體貼。」莉茲道謝，粗糙的手輕拍芙瑞達臉頰，「床上那幾隻臭蟲是咬不死我的。」

莉茲灌下一大口琴酒才接著說：「對了，聽說他們在妳家樓下找到波麗．尼寇斯的屍體？」

芙瑞達臉色發白，酒精燒得嘴唇發燙，她伸出舌頭舔了舔。

「我的天，莉茲……我就在現場……我看到了可憐的波麗……她躺在石子路上，裙子撩到肚子，身體還是熱的……警官以為她喝醉了，想扶她起來，這才看到她喉嚨被割開，那道口子從一邊耳朵延伸到另一邊……他發誓要是扶她起來，頭一定會掉下來……」

「可憐的波麗，妳知道嗎？她今年四十三，才小我一歲！要是這麼說還不夠慘……她還有五個孩子。儘管她生前倒也沒多費心照顧他們，畢竟從早到晚都醉醺醺的……」

莉茲平時歡樂的臉龐上籠罩著陰霾，在一股悲傷氣氛下，芙瑞達意外看見了莉茲的美，可惜她的美已遭到貧窮與酒精無情摧殘。

「我不是要對這個可憐的女人落井下石，畢竟待在這裡，除了喝酒也沒別的事好做……說到這，讓我敬她一杯。瑪麗安．尼寇斯，願妳安息！」莉茲也舉起酒杯，一飲而盡。

要是母親還在世，今年也是這個歲數，她和瑪麗安．尼寇斯——也就是波麗同年，芙瑞達思索著，心不禁揪了一下。芙瑞達今年十八歲，她離開瑞典可不是為了落得和波麗一樣的下場，當然更不想變成莉茲這樣；她逃離瑞典的鄉下、冰凍的冬天和沒有未來的人生，可不是為了死在白教堂區又溼又黏的石子路上。

莉茲接著說：「我跟妳說，是犯罪集團幹的，他們就是想嚇唬人，好搶走我們的錢，天曉得我們的錢連睡路邊都嫌少。」莉茲忽然動手解開襯衫鈕子，向一個紅髮大鬍子的男人露出胸脯，醉醺醺的男人正色瞇瞇盯著芙瑞達。

男人轉過頭，莉茲的注意力又回到芙瑞達身上。「她不是第一個，妳知道嗎？波麗不是第一個在這裡被謀殺的，」莉茲邊說邊伸出手指旋轉桌上的空酒杯，「波麗之前還有兩個女人受害，一個是四月死的，另一個是八月初。」

芙瑞達喉頭一緊，難道只有她一個人感到恐懼？

「老天嫌我們在這裡還不夠慘嗎……但別擔心，親愛的芙瑞達，我們不會有事的，我們就等著看下一個是誰吧。照目前情勢看來，這群狂人正在興頭上，我敢打賭，他們不會停手。」莉茲下了結論，旋即起身走向吧檯點酒。

瑞典法爾肯貝里警察局

二〇一五年七月十六日，星期四，上午十一點

卡拉．韓森和赫克特．尼曼面對黎納．貝斯壯局長坐下。

莫勒檢察官稍早打了電話給卡拉，當時她正在回哈爾姆斯塔德的路上，莫勒以高傲的口氣命令她到法爾肯貝里，因為調查已交由貝斯壯負責。卡拉連開口的機會都沒有，「親愛的長官」莫勒就掛上了電話。

「這是當然的，」卡拉心想，「調查當然會交給貝斯壯負責，他在埃博納一案可是出盡了鋒頭，捨他其誰呢？」但這個案子於情於理都該歸卡拉管，卻還是只能拱手讓人。壓抑的怒火在卡拉體內蔓延開來，像頭野獸，蓄勢待發就等著黎納開口，下了決心要狂咬他一口，藉此平反這不公的決定。

赫克特也感受到卡拉的怒氣，表現得像做壞事當場被捉到的孩子，吭也不吭一聲。

「好，看來我們要接手托夫申湖一案了。」黎納說。

「看起來是這樣沒錯。」卡拉冷淡回應。

黎納察覺到卡拉的語氣後略感詫異，打量了她幾眼。

「那我提議……」話還沒說完，就被闖進來的肌肉男打斷；他身著潛水服般的貼身T恤，緊緊包覆鼓起的肌肉，沒敲門就進入局長辦公室。

「局長，我……赫克特！」話才說到一半，肌肉男瞥見一旁的赫克特，便轉身張開雙臂。赫克特也站起來，兩人給彼此大大的擁抱，看得出他們之間深厚的兄弟情誼。

「老天，赫克特，你怎麼會在這裡？」塗滿髮膠的肌肉男問。

「因為現在是你們得想辦法向湖中女神要線索了。」

肌肉男聽了開懷大笑，露出潔白到驚人的牙齒，食指朝赫克特的方向點了幾下，似乎想說「真是的」，看來被赫克特那句話戳中了笑點。接著，他像是忽然想到什麼，看了黎納一眼，局長的目光也正掃向他。

「我和赫克特一起打冰上曲棍球，我們是隊友。」肌肉男解釋，語氣仍不失熱情，甚至還帶點感染力。

黎納嘆了一口氣，點點頭表示理解，沒再多說什麼。

「克里斯蒂昂，看來你已經認識赫克特．尼曼了。這位是卡拉．韓森警探，這位是局裡的克里斯蒂昂．烏洛夫松警探。你進門打斷我們的時候，我正要說由於他們分局長的身體狀況不佳，我不得不接下這個案子的調查工作。」

椅子實在很不舒服，卡拉挪了挪身體坐到椅子前緣。

「我不懂你在說什麼。」卡拉問，神情有些吃驚。

黎納皺起眉頭。

「莫勒沒告訴你們尤漢森出了意外？」

卡拉搖搖頭。

「尤漢森分局長骨盆破裂。」

「骨盆？」赫克特重複，雖然有些懷疑，嘴角卻不禁上揚成微笑的角度。

「對，衝浪害的。」黎納解釋。

赫克特聽了立時大笑。

原來，哈爾姆斯塔德分局長尤漢森最近剛離婚，即使快退休了，還是去嘗試許多荒腔走板的事：高空彈跳、叢林縱走、跳探戈……大家都在想這傢伙到底什麼時候才會服老，不要老是想藉此證明自己的存在感，像其他人一樣打打高爾夫球就好。

「所以莫勒才拜託我主導調查。」黎納接著說：「但我不可能將你們排除在外，卡拉，這還是妳的案子。」

卡拉彷彿感到一桶冷水澆在頭上。她完全搞錯了，貝斯壯根本沒想搶功。更讓卡拉難堪的是，他早就感受到卡拉幼稚的敵意，但並沒有因此針對她。

卡拉知道自己太容易進入備戰狀態，還沒弄清敵人身分就摩拳擦掌、蓄勢待發甚至發動攻勢……只因為不想被視為「普通女人」。她在警局裡可不是靠陪睡才爬到今天的地位，瞧不起卡拉的人總嫉妒她「有胸無腦」，連上司都說過她「長得太漂亮，不適合當警察」，而說這句話的人也是女警。誰說惡意中傷卡拉的只有男人呢？同為弱勢女性的毒舌才是最可怕的。

卡拉盡可能坐實椅子，雖然對她那一七六的身高來說不太容易；她發誓下次一定要控制好自己的火爆脾氣。

「赫克特，你回哈爾姆斯塔德代理尤漢森的職位，期間聽從我指令。」黎納繼續說，

「卡拉，這個案子還是交給妳全權處理，我會請克里斯蒂昂從旁協助，你們覺得怎麼樣？」

卡拉和赫克特同時點點頭。

「那好，卡拉，不如我們先去見見湖中女神吧。」黎納下結論。

瑞典哥特堡法醫研究所

二〇一五年七月十六日，星期四，下午五點三十分

黎納．貝斯壯摘下墨鏡，收進眼鏡盒裡，下車。接著下車的是卡拉．韓森。

他們先載赫克特．尼曼警探回哈爾姆斯塔德警局，沒想到停留時間比原先預計超出許多，因為黎納向分局同事自我介紹之後，又解釋了分局長尤漢森回到崗位前指揮鏈的暫時調動：赫克特．尼曼代理協調，黎納．貝斯壯擔綱總指揮；他會在法爾肯貝里調查托夫申湖謀殺案，但案子交由卡拉．韓森偵辦。這之後黎納又瀏覽了幾個偵辦中的案子、給出意見，順帶處理局裡工作分配的問題，甚至平息了一場內部爭執。

莫勒檢察官提過尤漢森「至少」要請一個月的假，這個「至少」是最後一根稻草。莫勒指望黎納接手，畢竟尤漢森那老傢伙不服老出了意外，天曉得需要多久才能復原。這消息有如酸掉的粉紅酒，著實讓黎納消化不良。

黎納今年夏天也因此沒辦法到謝爾港度假了，這可是二十二年來頭一遭。每到七月中，貝斯壯一家就會前往瑞典西海岸的小村莊度假四週，謝爾港距離法爾肯貝里兩個小時車程，他們在那裡有個小房子，房子經過長年翻修，坐落在兩塊巨岩間，兩旁是成排的漁夫小屋，貝斯壯的小屋前還有一小片私人海灘，兩個兒子就是在那裡學會游泳和釣螃蟹。

離開哈爾姆斯塔德時，黎納因惱惱而胃糾結，都是尤漢森惹了麻煩害他不能休假，黎納對這位同袍的遭遇完全沒有一絲同情。

雪上加霜的是，黎納根本沒時間走一趟犯罪現場，他和卡拉一離開哈爾姆斯塔德警局就直奔停屍間，新法醫尼可拉斯·諾丁已經在那裡久候多時了。

一個半小時的車程裡，卡拉向黎納報告案情細節，歸結起來就是找到了屍體，但還沒查出受害者身分。卡拉報告時被六、七通來電打斷，打來的是赫克特·尼曼，管理哈爾姆斯塔德分局讓他焦頭爛額。

「這到底是走的哪門子好運。」黎納苦笑。

※

黎納尾隨卡拉，拖著疲憊的步伐走進停屍間。她則是毫不顯倦意，身為兩個孩子的媽天剛破曉就起床了，到現在還精神飽滿。

一個四肢細長的男人迎接他們到來，往後梳的金髮露出不時緊蹙的眉頭；他簡單對卡拉點頭致意，然後向黎納伸出手。「我是法醫尼可拉斯·諾丁。」

黎納也同樣簡潔有力地介紹自己，接著三人一起進入驗屍室。法醫尼可拉斯·諾丁按下一系列開關，氖燈嗡嗡低鳴了一陣，像是禮貌性的抗議，然後才打開刺眼燈光照亮寬敞的房間。驗屍室中央擺了四張解剖桌，每張桌子間隔兩公尺，牆壁上貼著白磁磚；只有一張解剖桌上有屍體。

黎納和卡拉跟著尼可拉斯。尼可拉斯的矯正鞋踩在刺眼的綠地板上，每走一步都吱嘎作響。來到不鏽鋼解剖桌旁，他手扶桌緣等著，留一點時間給黎納和卡拉在鼻下塗樟腦膏。

屍體上粗糙的「Y」字形總是讓黎納感到胃翻騰，這表示內臟被清空了，身體已經過切割、解剖，再大略縫合。只不過這條腫脹的「Y」字線——從兩邊肩膀向下延伸到恥骨——不是此刻讓黎納皺眉的原因，而是這名年輕女性受害者身上受殘害的程度。天花板灑下的強光將極度蒼白的屍體照得發黃，那種黃有如黃疸，頭髮和皮膚在這片刻呈現出同一色系的暗黃。

「女性，二十八或三十歲，從未生育。」尼可拉斯開門見山說：「身高一百六十公分，體重五十四公斤，原本應該是五十六公斤。假使將胸部、髖部、臀部及大腿等被割去的部分也算進去。」尼可拉斯邊說，同時伸出食指和中指指著屍體上提及的部位，這舉動不知怎地，居然讓卡拉聯想到氣象播報員。「**斯德哥爾摩與哥特堡為晴天，髖部與腿肉遭割除。**」

「死亡已七十二小時。」

「凶手用什麼切割屍體？」卡拉問，隨手扔了兩顆薄荷糖進嘴裡，試圖蓋過飄進口鼻的死亡氣味。

「我正要說，」尼可拉斯沉著回答：「死因是勒斃，凶器柔軟，凶手面對死者行凶，脖子留下的勒痕可以看出凶器的寬度和深度，證明了這一點。」尼可拉斯指出死者喉嚨上呈深紫色的兩個區域，黎納彎腰檢視勒痕，腥臊酸味混合屍臭與清潔劑的味道逼得他不住後退。

「沒有性侵跡象，確認是死後毀屍，使用工具是廚用刀，刀片長度約十五公分，刀鋒銳利；左腳踝有明顯撕裂傷，看起來是寬鍊環的痕跡。」

「撕裂傷是最近造成的？」黎納問。

「對。」

「死前多久造成的？」

「最多不超過七十二小時。」

「看來她被囚禁過。」卡拉吞下另一顆薄荷糖。

「死者的胃幾乎是空的，」尼可拉斯接著說：「只找到微量的檸檬、蜂蜜和薑。」

卡拉喃喃自語：「凶手在測試花草茶嗎？」

「死者身上有沒有胎記、傷疤或刺青這類印記？」黎納問。

「三樣都有：膝後有胎記，下巴有傷痕，但是很久以前受的傷，頸後有四葉幸運草的刺青。」

卡拉在手機記下資訊。

「還有嗎？」黎納又問。

「有，我在耳道裡各找到一根黑羽毛。」

二〇一五年七月十七日，星期五

茱麗安．貝爾將一頭蓬鬆的亂髮隨意盤成髻，戴上浴帽，進入淋浴間。她雖然得早起工作，時間卻不長：今天上完BBC的晨間直播秀之後，就沒有既定行程了。

什麼都沒有。

不可思議吧！

簡直太棒了！

「整整五個小時完全屬於自己」，這句話後面該放上刪節號，還是括號？接下來的情節完全由她任意發揮。

茱麗安只有中午得和埃德里安吃午飯，餐廳就在攝影棚旁邊；埃德里安剛從保加利亞回來，原本預計待兩個禮拜，後來卻多留了一週，他為了下一部劇情長片去那裡勘景。

走出浴室，快速吹乾頭髮，茱麗安走進衣帽間，裡面的衣物收納有如軍隊般精確整齊。置鞋架之間有面穿衣鏡，就在超高的高跟鞋和舒適的芭蕾平底鞋中間，茱麗安從鏡中瞥見自己的身影，帶腳架的活動全身鏡反射出的身形令人失望，甚至有些慘不忍睹：

魚尾紋、皺眉紋……時光的痕跡一點也沒對她手下留情，胸部也是，不過十年光陰，就從驕傲高聳變得垂軟無力。歲月不饒人，時間就這樣無情向前，只得任其摧殘，在皮肉留下痕跡。

茱麗安轉身背對鏡子，沒必要徒增痛苦，電視臺的專業化妝師會抹去凋零的痕跡。她趕緊穿上蠶絲襯衫、亞麻長褲和條紋球鞋，接著挑出保羅．史密斯的藍色絲質洋裝、膚色高跟鞋，搭配梵克雅寶長項鍊，這套裝扮既充滿了夏天氣息，也非常適合今天的晨間秀。

她將隨身用品仔細裝進大帆布包裡，這時才想起得穿亞歷山大．麥昆的套裝進行訪問，有點不耐煩地咂了下舌，雖然不情願，但還是將藍洋裝放回衣櫃，又拿出套裝，伴隨衣服外的塑膠防塵套磨擦時沙沙作響。茱麗安接著拿了錢包、手機、鑰匙，全部扔進大包包裡，戴上鴨舌帽想遮掩狂亂的捲髮卻效果不彰，然後就出門了。

茱麗安低頭盯著鞋子前進，車就停在離家十幾公尺遠，她邊下坡邊專心想著下午的行程，一路來到特斯拉旁邊。

在倫敦漫遊、逛博物館、看展覽、看電影。

或是來點刺激的，在電影院漆黑的放映廳中高潮……慾望如情人溼潤的手，在雙腿間引燃熊熊慾火，她大聲喘氣，抑制被挑起的情慾。

這比喻錯了。

她將幻想中的手換成了手指……是手指……

老天！

茱麗安坐進駕駛座，一陣口乾舌燥，隨手將包包扔到後座。忽然間，她停下動作，全身因罪惡感而僵直，她咬緊牙根。出門前忘記親吻女兒了。

居然能想像在公眾場合做愛，卻忘了自己當母親的身分。

忘記親吻女兒這個習慣極具象徵性，畢竟這八年來，雖然偶爾得透過電話口頭親吻雙胞胎，但她從來沒忘記早上固定道別，這對茱麗安來說就像重新和孩子繫上臍帶一、兩秒，透過這樣的生命連結，她能再次感受到歡樂，同時又保持務實。

茱麗安嘆氣，受不了自己紊亂的心神。

得回家一趟，只要再花七分鐘，七分鐘後就能回到車上了。

茱麗安才伸手進包包裡撈鑰匙，肋骨間卻突然出現劇烈的灼燒感，陣陣作痛。她顫抖了起來，猶如狂風捲起的落葉，直到這椎心刺骨的痛楚穿透頭骨。

英國倫敦肯辛頓花園

一八八八年九月八日，星期六，上午十一點

芙瑞達將潔白滑嫩的手伸向床中央，碰到另一隻乾枯長斑的手。她與另一個年長的寢室女傭正在鋪床，兩人同時傾身，以熟練的手勢撫平床單，拿起兩個枕頭拍打，再小心翼翼放回帶天蓋大床的床頭。

「妳認識那個安妮．查普曼吧？」年長的女傭問。

她的身體飽受灰疫病摧殘，皮膚凹凸不平，聲音卻不受影響，仍保有少女清新的音色，形成了強烈反差。

芙瑞達搖搖頭，一邊拉下床罩。她實在受不了人們總是問她白教堂命案的事，她是被迫住在那裡的，卻不斷被提醒，讓她更加反感。

每一天，芙瑞達最高興的就是穿越倫敦市去工作，離開骯髒的社區到富裕奢華的肯辛頓，沒什麼比這更讓她快樂的。老爺和夫人宅邸裡飄散的氣味帶給她無比喜悅，那歡愉感就如俊美男子的稱讚一樣強烈。芙瑞達一天得工作十四個小時，但只要聞到夫人帶檸檬味的香水和廚房飄出的香甜味，就讓她覺得日子沒那麼難過。

今天女廚子還留了一塊奶油麵包給她，雖然放在儲藏櫃隔夜後有點乾掉，送進嘴裡卻還是像聖體餅般隨即融化。「上帝啊！」芙瑞達顧不得滿嘴食物驚呼出聲，光是想到就口水直流。

芙瑞達總是覺得自己生錯了地方，這遺憾如影隨形。夫人這棟富麗堂皇的大宅頭一次映入眼簾時，她心想，終於找到立身之處了：這才是對的城市、對的國家、對的世界。芙瑞達出身低微，即使擁有美貌，卻沒能讓生活好過一些。總有一天她會遇見對的人，不管那人多大歲數，他會帶她晉升上流社會，這點無庸置疑。上帝完全搞錯了她的出身，捅了那麼大的簍子，祂總要提供芙瑞達補救辦法吧。

「芙瑞達？」

她轉身面向老女傭。對方定定地看著芙瑞達，眼珠因衰老而變得混濁。芙瑞達心思飄忽，已經完全搞不清老女傭剛剛說了什麼。

「不好意思，我……」

「我剛問妳每天走回家的路上不會怕嗎？妳曉得安妮．查普曼被發現的時候是什麼樣子吧？喉嚨被割開，還被開腸破肚，跟宰豬沒兩樣，腸子被掏出來像項鍊一樣掛在脖子上……上帝保佑……我雖然說出口了，卻還是很難相信會發生這種事。夫人今天早上和老爺說話的時候，我剛好聽見了，安妮．查普曼的女性特徵從裡到外全被割了下來，那野獸全帶走了，就是因為這樣，才有人懷疑凶手是醫生……」

「開腸破肚這種事不見得只有醫生……」

「妳說得一點也沒錯。」老女傭邊贊同邊將換下的髒床單放進衣簍裡，又因疼痛而擠眉弄眼起來。

「別忙了，讓我來吧。」芙瑞達提議，隨手就從她手中拿起衣簍。

「妳知道最讓我膽戰心驚的是什麼嗎？除了他屠宰的手段，最可怕的就是他不但掏空了那可憐的女人，還花時間將那些東西一樣一樣放在她腳邊擺好……這傢伙肯定天生就不正常……聽說這幾個月來，有個穿皮圍裙的男人不斷威脅附近的妓女，妳聽過這個傳聞嗎？」

芙瑞達搖搖頭。

「聽說那男人手裡晃著一把刀，威脅要把所有不道德的女人統統開腸破肚，有人看過他，聲稱他皮膚是深色的，所以肯定是移民；自重的英國人不可能做得出這種野蠻行為。」

芙瑞達思索片刻，不確定該不該提醒老女傭，自己其實是瑞典人。

「唉，誰教我們要接收這些人，還把他們全放在倫敦東區呢？英國的名譽都被他們拖垮了……」

「警察最後一定會逮到凶手，把他關進大牢裡。」芙瑞達插話，她一直想打斷老女傭，這是腦子裡想到的第一句話。

「警察？芙瑞達，警察才不在乎人民呢！」老女傭湊近她小聲說：「妳聽過倫敦警察局局長的事嗎？」

芙瑞達搖頭，手還是一邊擦著櫃子。

「就是查爾斯．沃倫爵士啊。他是老爺的朋友，去年十一月，沃倫爵士像趕瘋狗一樣，邊打邊罵，驅逐了特拉法加廣場上所有的遊民，百餘人受傷，包括男人、女人、小孩，還死了兩個人。」

老女傭趴下確認沒東西滾到床下。

「倘若是肯辛頓的太太們遇害，相信我，凶手早被關進大牢裡了。」老女傭說，同時吃力地站起身，「可今天受害的都是下層的女人，這些妓女讓女王蒙羞，妳以為警察真的會花時間去找殺她們的凶手？那妳可就大錯特錯了！」

夫人將前一夜沾了經血的衣褲放在椅子上，芙瑞達全扔進衣簍裡。

「可能是墮胎出了差錯……？」

「別跟我說妳真的這樣想。」老女傭冷笑。

的確，芙瑞達一點也不相信這種說法。

這個節骨眼上只有一件事千真萬確：白教堂的女人全活在死神威凌之下。

英國倫敦，漢普斯特德，弗萊斯克步道，愛蜜莉家

二〇一五年七月十七日，星期五，上午七點三十分

門一關上，愛蜜莉．洛伊就脫下球鞋和慢跑穿的T恤、踩腳褲。她踩著輕盈卻沉穩的步伐上樓，猶如訓練有素的母獅在等待獵物那般，不發一點聲音，穿越走廊來到浴室，臥房就在浴室隔壁。愛蜜莉下意識拭去一邊胸口的汗珠，這一側的胸部動過手術，她之前被兇手割下乳暈，後來雖然縫合了，卻仍看得出痕跡。她開水淋浴。

十分鐘後，愛蜜莉走了出來，浴巾圍在腰間。她穿上黑色牛仔褲和黑色無袖背心，溼髮綁成馬尾。接著到走廊另一頭，書房旁邊是儲藏室，她從儲藏室裡拿出一只行李箱，打開攤在床上，敞開的行李箱看起來就像張大了嘴，飢渴地等待獵食；愛蜜莉揮揮手想擺脫這景象。

無需複習初級心理學也知道，愛蜜莉從幾個禮拜前就念著這趟旅行，還到兒子的墓前默思，但讓她擔心的是接下來的旅程。

她迅速收好行李、關上箱子，又拿了幾樣東西就出門了。她在弗萊斯克步道攔了一輛黑色計程車，行李箱放到後車廂，才正要坐進車裡，背包裡的手機就響起。

「ＢＩＡ洛伊女士嗎？」電話那頭傳來溫柔的聲音。

愛蜜莉簡短地回了「對」，對方請她稍候。

「ＢＩＡ」是「Behavioral Investigative Adviser」的縮寫，意指「行為科學調查分析顧問」，在加拿大——也就是愛蜜莉的故鄉，都直接稱她為「犯罪側寫師」，只有在英國，外行人仍堅持使用這浮誇而意義不明的稱謂。

「洛伊……」

愛蜜莉馬上就認出那優美的英語腔調。

飢渴的大嘴裡永遠藏著一頭貪吃的獸。

英國倫敦，梅費爾，綠街，貝爾宅

二〇一五年七月十七日，星期五，上午十點

利蘭．哈特格魯夫沒穿制服，因為他不是以倫敦警察局局長身分來訪，他是來幫朋友的，讓朋友有個可以依靠的肩膀，想哭也能在他面前盡情落淚……不對，應該沒什麼好哭的，目前還沒有任何值得哭泣的理由，不是嗎？

利蘭·哈特格魯夫是來安慰朋友的。

他利用自己的身分請人安排前來，就算不喜歡這樣，還是憑著良心做出這決定。埃德里安·貝爾坐在米白色皮沙發前緣，十指交扣放在大腿上，姿態看來彬彬有禮，像個客人在等待適當時機要起身告退；埃德里安的妻兄雷蒙就不是那麼一回事了，他急切地等著，在寬敞的客廳裡來回踱步，彷彿面試要遲到了似的。雷蒙不時會短暫停下腳步，都是在同一個地方停駐，也就是窗戶中央的位置；飄窗由三扇大拉窗組成，正對著綠街。

利蘭的妻子說他「骨子裡感應得到壞事」，焦慮感總會先附著在舌頭上，接著讓他的胃翻騰。

門鈴響起，埃德里安僵住，雷蒙不再焦急踱步，門外有警員看守，來人對他說明身分，利蘭馬上就認出那直率的口氣。

「是我手下的人，給我一分鐘，馬上回來。」利蘭對雷蒙與埃德里安解釋。

愛蜜莉·洛伊站在值班的警員身旁，看起來很平靜，兩人在大廳等著。愛蜜莉背包的帶子湊巧遮住了無袖背心的肩帶，這身穿著將她精實的身材展露無遺，讓身高僅一百五十五公分的她，顯得格外威嚴。

「愛蜜莉，謝謝妳來這一趟……」

利蘭算是愛蜜莉的上司，他伸出手，愛蜜莉緊緊一握，利蘭的眼神投向地上的格紋磁磚。

「請說吧。」

愛蜜莉簡短而直白的語氣有如當頭棒喝，身為倫敦警察局局長的利蘭一聽屬下這麼說，也不免眨了眨眼，吞了口口水才接著說：

「茱麗安．貝爾，四十三歲，今天早上原本應該六點要到ＢＢＣ攝影棚參加晨間直播秀的錄影，卻一直沒出現。」

「她的職業是？」

聽到愛蜜莉的問題，利蘭一點也不意外，她不是會看電視的那種人，也不會去黑漆漆的電影院消磨時間。

「演員，滿有名氣的。」

「婚姻狀態？」

「已婚，結婚約莫十年或十二年了。丈夫是導演埃德里安．貝爾，他們生了一對雙胞胎，今年八歲，我和我太太是孩子的乾爹乾媽。」

「最後有人看見她是什麼時候？」

「昨晚大約八點，送孩子上床之後，保姆看見茱麗安回自己的房間。今天早上五點左右，保姆聽見她房裡的淋浴聲，二十分鐘之後傳來大門關上的聲響。茱麗安的車是一臺黑色特斯拉，車窗使用有色玻璃，車子昨晚停在街上，現在已經不在原本的位置了。這也是保姆的證詞。」

「丈夫人在哪裡？」

「埃德里安今早剛從保加利亞回來，他出差了幾個禮拜。飛機早上八點三十分在希斯洛機場降落，一下機他就收到雷蒙驚慌的簡訊，雷蒙是茱麗安的哥哥，也是她的經紀人。」

「埃德里安接著馬上打了電話給我……我又打電話給偵緝高級督察傑克・皮爾斯，他要我聯絡妳，因為妳……」

「除了茱麗安、保姆和雙胞胎，昨晚到今天早上還有人在家嗎？」

利蘭並沒有因為話被打斷而生氣，也不堅持繼續說完，只回了一句：「沒有。」

「保姆住在這裡？」

「對。」

「她從什麼時候開始在貝爾家工作？」

「雙胞胎出生之後。」

「茱麗安在倫敦習慣自己開車？」

「對，埃德里安說一直是這樣。」

「這種情況是第一次發生？」

「對。」

「有沒有精神疾病、憂鬱症、醜聞、外遇或是遭到影迷騷擾？」

「沒有、沒有，妳說的這些情況都沒有……」

「最近曾和丈夫發生爭執？」

「埃德里安說沒有，他們本來約好今天一起吃午餐。」

「和她哥哥呢？」

「看起來應該也沒有問題。」

「她的車原本停在哪裡？」

「在綠街稍遠一點的地方，門牌十八號前面。」

「車牌？」

「LA13SUV。」

愛蜜莉轉身，值班的警衛還來不及反應，愛蜜莉就開門走了出去。

這突如其來的舉動也讓利蘭愣了幾秒鐘才反應過來。

「這……愛蜜莉，妳不需要茱麗安的照片嗎？」利蘭高聲問。

「我要的資料都有了。」

「妳不想見一見貝爾一家嗎？」

「晚一點。」愛蜜莉堅定回答，接著就離開，消失在街道上。

二〇一五年七月十七日，星期五

茱麗安被一陣椎心刺骨的痛楚驚醒，如閃電般的劇痛從腰間一路延伸到頭頂，她眨了眨眼，眼皮卻沉重得不得了，只好再度闔上眼。

她按壓太陽穴，每壓一下都能從指尖感受到頭骨，僵硬的肌肉一吋一吋隨之甦醒，身上每一處都在哀號。

等茱麗安終於睜開麻木的雙眼，只看到了罩在自己頭上皺成一團的被單，她拉下被單，映入眼簾的是四面泛黃牆壁，牆上一片空蕩蕩，房間裡還有馬桶、洗手臺和門，門上安裝有鐵欄的天窗。她的眼神又回到身上的被單，白底，上頭跳躍著藍色雛菊。恐懼壓迫著胸膛。

茱麗安將身體包進被單裡，腳轉向地板，卻聽到一陣金屬聲響，她呆住了，顫抖的手拉開被單——左腳踝繫著一條沉重的鐵鍊，在腳邊蜿蜒就像條蛇，最後消失在床墊下。

顧不得疼痛的身軀抗議，茱麗安站起身並掀起長方形床墊，鐵鍊釘在鐵環上，鐵環則以螺絲固定在地板。她驚恐的眼神重新檢視這狹小的房間。

我的女兒……我的女兒……我的女兒……

絕望又空虛的難受感令茱麗安作嘔。

她的胸膛因啜泣而顫抖起伏，喉頭也因此緊縮。

茱麗安嘶啞大叫將所有情緒釋放。

現在她只想緊緊抱住女兒，三人像辮子般交纏在一起。她只想再聞聞她們身上春日般清新的氣味，她每次送她們上床前都會這麼做，那一刻總是如此寧靜祥和，能夠盡情擁抱她們，無需在意時間長短。

茱麗安緊捉著回憶不放，試圖對抗內心的恐懼和肉體痛楚，還有栓住她的那條鐵鍊之下的邪惡。

英國倫敦，梅費爾，綠街
二〇一五年七月十七日，星期五，上午十點十五分

愛蜜莉．洛伊站在人行道上，手機緊貼耳朵，動也不動，眼睛緊盯著一臺閃耀的保時捷帕納美拉。

茱麗安．貝爾今天早上五點淋了浴，二十分鐘後離開家，應該是要開車到BBC攝影棚，她的車子是裝有色窗戶的黑色特斯拉，車牌是LA13SUV，這都是保姆的證詞，而且事發時也只有她和雙胞胎在家。

愛蜜莉在貝爾家門口展開調查，貝爾家的地址在綠街十四號，愛蜜莉首先鎖定倫敦市內安裝的四十萬支監視攝影器。

「愛蜜莉，好了，都拿到了，」電話另一頭忽然有了聲音：「我用電子郵件把影片都寄給妳。」那是愛蜜莉在倫敦警察廳的同事。

「有幾個角度？」

「兩個。因為妳要的地點只架了兩支攝影機，一支在西北方綠街和公園街交口，另一支在東南方，綠街和北奧德麗街交口。」

愛蜜莉找到第一支攝影機，但怎麼樣都找不到第二支，她人在街尾，距離攝影機一百五十公尺。

「十八號門口現在停了一臺保時捷帕納美拉，你可以從保時捷的位置，告訴我特斯拉今天早上停在哪裡嗎？」

「等我一下……」敲擊鍵盤的聲音蓋過了四周的嘈雜聲。

「好——了！愛蜜莉．洛伊小姐，對鏡頭打個招呼吧！嗯……有了，保時捷剛好停在特斯拉當時的位置，前後兩臺車，一臺是瑪莎拉蒂，另一臺是……是什麼牌子？」

「麥拉倫。」愛蜜莉回答。

「好，瑪莎拉蒂和麥拉倫一直都在，兩臺車之間原本是特斯拉，現在換成了保時捷。我說啊，這條貴族大街上有哪臺車不超過十萬歐元嗎？但說實在的，我可是一臺也沒看到！話說回來，我倒也不羨慕，還是乖乖開九八年分的老車就好，至少小孩在車上吃麥當勞，油膩膩的手隨便怎麼摸我都不會心疼。好，信應該已經寄到妳信箱了，妳先看一眼，我在線上等。」

愛蜜莉在手機上點開第一支影片：頭戴鴨舌帽、肩背大包包的女人從綠街十四號大門口走下階梯，愛蜜莉一眼就認出是茱麗安．貝爾，稍早她在貝爾家大廳看到了牆上的全家福。茱麗安接著坐進黑色特斯拉，車停在十八號門口，兩分鐘之後，駕駛座的門短暫開啟了三秒鐘，關上後便往公園街駛去。第二支影片捕捉到一樣的畫面，視角稍廣卻不清晰，而且是從較遠處拍攝到茱麗安的背影。

愛蜜莉再次將手機靠到耳邊。

「有沒有辦法放大北奧德麗街拍到的影片？」愛蜜莉問。

「沒辦法，親愛的，已經放到最大了，畫質超差的，攝影機離太遠了。」

「我再打給你。」

愛蜜莉蹲低查看保時捷車底，眼神掃過柏油路，最後在靠近右前輪處發現一只夾鏈袋。她拿手機照亮袋子，查看袋中物品。

愛蜜莉起身，又在手機上按下另一組電話號碼。

「喂！」偵緝高級督察傑克・皮爾斯接起電話，聽起來正在咀嚼食物，「對不起，害妳沒辦法休假……」

「馬上到梅費爾綠街十八號跟我會合。」

「愛蜜莉……」

愛蜜莉已經掛斷電話。

英國倫敦，梅費爾，綠街，貝爾宅

二〇一五年七月十七日，星期五，上午十一點

利蘭・哈特格魯夫局長進入客廳，身後跟著偵緝高級督察傑克・皮爾斯與愛蜜莉。

埃德里安．貝爾與雷蒙．貝爾坐在極大的沙發上，鮮橘色天鵝絨靠枕搭配同色調愛馬仕毛毯被他們兩人弄亂，沙發前的白色大理石茶几上擺放著電影藝術書。客廳經過精心陳設，但這兩人出現卻打亂了原有的秩序與和諧，傑克想，就像梳齊的油頭上翹起一根頭髮。

黑髮黑西裝的男人起身，與愛蜜莉和傑克堅定地握手。

「我是茱麗安的哥哥雷蒙．貝爾。」

「偵緝高級督察傑克．皮爾斯，這位是我的同事愛蜜莉．洛伊。」

「這是我妹婿，也就是茱麗安的丈夫埃德里安．貝爾。」

埃德里安曬成古銅色的臉頰上密布著才冒出頭的鬍渣，為臉部輪廓上了陰影。他穿著皮外套與亞麻圍巾，只簡短對愛蜜莉和傑克點了個頭，並沒有起身。

「請坐吧。」雷蒙招呼著，手比向兩兩一組擺在茶几兩端的四張扶手椅。

愛蜜莉選了利蘭身旁的位置坐下，然後轉過身看向兩位貝爾先生，臉上充滿母性的憐憫。

「貝爾先生……」

「這裡有兩位貝爾先生。」埃德里安打斷愛蜜莉，得體有禮，態度卻很堅定，「叫我埃德里安吧，這樣就不會弄錯了。」

傑克會意地瞥了愛蜜莉一眼，她才一試探，就探出了貝爾家的裂痕。

「埃德里安，」愛蜜莉一改熱情的語調，利蘭略感吃驚。「除了你們一家四口和保姆，還有誰住在這裡？」

「沒有了。」

「你們有沒有其他員工？」

「還有一位管家，她每個禮拜一到五會來，從中午待到下午四點。」

二十小時的清掃工作，傑克暗想，這位「管家」想必連天花板的線板都用牙刷刷得乾乾淨淨，不知道雙胞胎能不能到客廳裡玩，還是只能和芭比娃娃乖乖待在房間裡——要是現在的小女孩還玩芭比的話。

「能不能稍微描述你們和茱麗安最後一次聯絡的情況？」愛蜜莉繼續說，聲音裡還是充滿同情，這樣的語調只在特殊偵訊時才會用上。

埃德里安的眼神看向波斯地毯，接著又飄向壁爐臺上並排的三只鍍鉻花瓶。

「昨晚七點半——呃，我確認過手機的通話時間——那時雙胞胎在穿睡衣，茱麗安說她才和雷蒙通過電話，表示很期待ＢＢＣ的錄影，她打算聊電影的事，沒什麼特別的……」

埃德里安搖搖頭，最後一句話停頓在沉默，沒人敢打擾這酸楚的片刻，彷彿再多說一個字就會讓他陷得更深。

「我想說的是……她聽起來……很好……」埃德里安終於又開了口。

「茱麗安差不多晚上七點打給我，」雷蒙接著說：「那時雙胞胎在洗澡，我提醒她隔天早上訪問要穿的衣服。」

「是什麼衣服？」愛蜜莉問。

「亞歷山大．麥昆的藍色調亞麻條紋套裝，品牌贊助要讓她穿著上電視的。」

愛蜜莉聽了便皺起眉頭。

「你覺得她今天早上是穿著這套衣服出門嗎？」

「不可能，茱麗安……」雷蒙噘著口水，「她通常會帶著錄影要穿的衣服，出門則是穿較輕便的服裝。」

「你們昨晚談話時，她聽起來怎麼樣？」

「很好，她和雙胞胎在浴室裡笑得很開心，她們三個都在笑。」

雷蒙的眼神掃過地毯上的橘色花飾。

「你們兩位昨晚與茱麗安談話之後，是否還傳了訊息或電子郵件？」

雷蒙和埃德里安聽了同時搖頭。

愛蜜莉往後挪，讓身體靠在椅背上，示意傑克接手。

「你們看了衣櫃之後，有辦法說出茱麗安今天早上穿的衣服嗎？」傑克問。

埃德里安再次搖頭，同時轉向雷蒙。

「茱麗安衣服很多，」雷蒙解釋：「但我很確定她出門是穿T恤或襯衫配褲裝，戴鴨舌帽和穿球鞋。」

「你能告訴我她的身高、體重，還有衣服和鞋子的尺寸？」

「一百五十五公分，四十六公斤，衣服尺寸是六號或三十四號，鞋碼是三十六號。」

雷蒙不假思索說。

「雷蒙，你也是茱麗安的經紀人，你怎麼看她的演藝事業？」

「很好，非常非常好。」

「是否和其他藝人或導演、製片起過爭執？有過任何衝突？還是收過瘋狂影迷的威脅信？」

「有是有，可是都不……」

「倫敦有將近五十萬支監視攝影機，總有幾支拍到了茱麗安的行蹤吧？」埃德里安插話，眼睛像對爪子般緊盯著傑克不放。

「當然有，」傑克溫和地說：「只不過特斯拉開上環外M25號道路之後就失去了蹤跡。」

雷蒙深深嘆了一口氣。

「茱麗安絕對不是自願離開，」埃德里安很肯定，「也絕對不是離家出走。她不可能拋下女兒不管。」

埃德里安搖頭，因恐懼和悲傷而緊抿著嘴脣。

傑克只能點頭表示理解，不能告訴埃德里安，他說得對，他的妻子不是自願離開，也沒有離家出走，她沒有拋下他們不管。儘管他們可能很快就會希望茱麗安「只不過」是離家出走。

英國倫敦，白教堂

一八八八年九月二十九日，星期六，下午五點

芙瑞達與莉茲快速攤開報紙包好剩下的炸魚薯條，雖然穿著洋裝，兩人還是盡可能加快腳步走出芙瑞達房間。

汙穢的氣味讓她們作嘔，即使捏住鼻子也沒幫助，難聞的臭氣還是層層疊加在舌頭上，嘴裡彷彿成了堆積著穢物的排水道。

「真要命，實在要命！」莉茲大喊，腳一刻不停歇往漢柏里路走去，「肯定又是妳那棟樓的化糞池滿出來了！但我們也沒什麼好抱怨的，天曉得我們住在什麼樣的環境裡！」

芙瑞達慢下腳步，避免踩到散落一地的牡蠣殼，街道很溼滑，她可不想跌倒。這時她不禁想：離開家真的是好主意嗎？現在除了糞便的惡臭，還混合了來自屠宰場的嗆鼻血腥味，雨水也許能沖走白教堂的髒汙，卻刷不去石子路上根深蒂固的穢氣。

「我的天啊！今天真是臭得不得了！是誰弄灑了糞桶還是怎麼樣？」

「我覺得是下水道溢出來了。」

「我們算運氣很好，現在雨停了，今天雨下很大。」

一群年輕海軍迎面而來。莉茲撫著胸朝他們打招呼。

「帥哥，三人同行兩人價，怎麼樣啊？」

「親愛的，等妳找回了牙齒再來問吧！」最壯的男人回答。

莉茲對他們比中指，還在面前不住揮舞，直到他們轉身了才放下。

「莉茲，妳最好在我家過夜，最近發生了很多事，我覺得這樣比較安全……」

「然後讓妳照顧我嗎？妳都可以當我女兒了！我親愛的芙瑞達，這是絕對不可能發生的，不可能！妳用不著擔心，我今天去了福勞爾狄恩街三十二號打掃，賺了六便士，所以晚上沒客人也不打緊。」

「嘿，長莉茲，親愛的，妳好嗎？」一個瘦骨嶙峋的女人走來，她頭戴咖啡色草帽，停下腳步向莉茲攀談。

芙瑞達對她微微一笑，接著就不再注意她們倆談話。芙瑞達沒辦法將眼神從瘦女人的臉上移開：滿布紫紅色水皰，下嘴唇變形外翻至下巴，看起來不像人類，更像頭怪物，右臉頰上還開了個洞，像一道小門，通往穿了孔的發黃牙齦和灰白舌頭。

「妳剛剛看到她的臉了？」那可憐的瘦女人離開之後，莉茲小聲問芙瑞達：「她以前在布萊恩與梅火柴工廠上班，工廠就在附近。人家從前的美貌可不輸妳，我沒開玩笑！像她這樣的女孩多著了，到處都是，親愛的芙瑞達，所以我才一直跟妳說，不要到那間工廠上班，那些人都是殺人凶手！倘若有人該替瑪麗安・尼寇斯和安妮・查普曼去死，絕對就是開工廠的那兩個傢伙——法蘭西斯・布萊恩和威廉・梅。」

莉茲邊說，眼睛邊留意石子路，滿地狗屎和腐爛的菜。

「這群可憐女人今年夏天上街抗議，要是妳看了，肯定也會覺得很不舒服。她們成群結隊，老的少的，每個都瘸了腿，還有那一張張腫脹變形的臉，這全是火柴裡該死的白磷害的！」

「而且妳知道嗎？這些貪得無厭的豬！讓員工生病、變得畸形還不夠，居然還拿腐爛的食物充當工資！」

她們來到位於商業街的女王頭酒吧，莉茲領頭走了進去，手肘撐在吧檯上接著說：「比起白教堂的開膛手，法蘭西斯．布萊恩和威廉．梅根本好不到哪裡去。他們的作法就是合法殺人。」

英國倫敦，梅費爾，綠街

二〇一五年七月十七日，星期五，中午十二點三十分

雲搭起的柵欄驀然遮擋在太陽前方，就像一道沉重的鐵門粗暴地將夏日拒於門外，雨滴如軍隊般從灰濛濛的天空落下，劈里啪啦打在擋風玻璃上。

佛賀汽車的後門開了，利蘭．哈特格魯夫局長彎著腰衝進後座，淺藍色襯衫被雨水打溼後浮上點點斑紋。

「到底是怎麼回事？」

利蘭抬起手背一側的袖子抹去臉上的雨水，不慎被袖釦刮痛了臉頰。

「報告長官，我們到貝爾家和你碰面之前，愛蜜莉找到了一些線索。」傑克・皮爾斯邊說邊發動車子。

愛蜜莉拉下安全帶，仔細讓安全帶貼上左右胸之間，小心翼翼地不讓帶子磨擦到舊傷。

「我在一個夾鏈袋裡找到茱麗安今天早上穿的球鞋，袋子被放在一臺車下，也就是特斯拉原本停放的位置。」

利蘭不耐煩地揮了揮手，示意愛蜜莉說下去。

「二〇〇四到〇五年，這十二個月裡有六名女性遭到綁架，警方在每個綁架地點都找到夾鏈袋，袋裡裝了她們當天穿的鞋子。」

利蘭以拇指和食指捏了捏鼻梁。

「這些女性的屍體後來都在倫敦哈姆雷特塔村區被發現。」

利蘭猛然抬起頭。

「哈姆雷特塔村區謀殺案？凶手當時就被逮捕了，不是嗎？」

「沒錯，」傑克插話，語氣聽來略顯突兀。他握拳放到嘴邊向掌心咳了幾聲，試圖壓下胸口升起的焦慮。

「在每一個綁架地點，」愛蜜莉接著說：「凶手都在受害者左腳的鞋裡放了一雙襪子。今天早上，我在茱麗安左腳的鞋子裡找到一雙捲起的襪子，放置方式如出一轍。」

利蘭聽了不覺咬緊牙根，力道大得讓下顎喀喀作響。

「你們覺得是模仿作案？」利蘭的嗓音沙啞。

「如果是模仿作案，凶手的資訊很齊全。」愛蜜莉漠然回答。

「別對我太太說任何一個字。」利蘭斷然下了結論。

接下來的路程只聽到傑克渾厚的嗓音混雜著暴雨聲，他們要往普特尼去，利蘭家就在那裡，位在倫敦西南邊。傑克邊開車邊打電話給倫敦警察廳的同事，安排調查茱麗安·貝爾失蹤案。

等他們來到闕朵倫大道，天空也晴朗了起來，在這條富裕的街道上，哈特格魯夫一家擁有一棟紅磚建造的大房子。

一個留著齊短髮的女人赤著腳來開門，身穿紅色套裝。

「有消息了嗎？」女人問，連招呼都沒打一聲。

利蘭搖搖頭，女人嘆了一口氣，接著才對傑克和愛蜜莉禮貌地微笑。

「抱歉……」她趕忙道歉，「我是芙蘿虹絲·哈特格魯夫，請進，我準備了茶和三明治。利蘭，你帶路吧。」話音才落，芙蘿虹絲便匆匆走進廚房裡。

利蘭領著傑克和愛蜜莉來到客廳，鄉村風格的擺設十分舒適，玻璃窗洞對著狹長的花園。愛蜜莉與傑克挑了白色扶手椅坐下，沙發位置留給主人。

「請用。」芙蘿虹絲說，一邊端著裝有三明治的托盤放到茶几上，又幫所有人倒了茶，然後才在丈夫身邊坐下，雙手交纏，沉穩地放在膝上。利蘭一隻手像要保護妻子般放在她手上。

「我能幫你們什麼忙？」芙蘿虹絲問，一隻光腳來回磨蹭地毯邊緣。

「我們需要茱麗安的相關資訊，只有妳能提供給我們。」愛蜜莉直截了當地說。

芙蘿虹絲一聽似乎吃驚地張大了嘴，同時保持這個表情好一會兒，接著才點點頭，直盯著愛蜜莉瞧。

「妳丈夫告訴我們，妳和茱麗安是非常親密的朋友，」愛蜜莉繼續說：「妳的確很了解茱麗安嗎？或只是妳丈夫的誤解？」

愛蜜莉完全不重視傳統禮節，也不在乎官階倫理或社交禮儀，儘管真正有需要的時候，她完全知道該怎麼做，這一點著實令人費解。

傑克擔心地看了利蘭一眼，利蘭似乎在下屬面前卸下了心防，面對愛蜜莉的無禮發言，只微微挑了一下眉毛。

「我們的確是很親近的朋友，」芙蘿虹絲回答，眼睛眨也不眨一下，「我們認識十多年了，當年她要飾演一名交易員，於是聯絡匯豐銀行，我那時還在裡面任職，她希望能找個女性跟她聊聊這個行業，還跟著我工作了幾天。」

「貝爾一家相處得怎麼樣？」

「妳說的是哪個貝爾？」芙蘿虹絲諷刺地反問。

利蘭驚訝地看了妻子一眼。

愛蜜莉則是心領神會地對芙蘿虹絲微微一笑。

「我們先從茱麗安的婚姻談起吧，」芙蘿虹絲繼續說，仍帶著與前一句話相同的諷刺語氣，「埃德里安和茱麗安對彼此很堅定、也很相愛，我不是刻意幫他們塑造理想夫妻的形象，他們真的是那樣，支持彼此的事業，就算茱麗安比起埃德里安要來得成功也一樣。」

「他是電影導演，」利蘭強調：「他們結婚之後，他選擇冠妻姓。」

「茱麗安的事業是這一家人的優先考量，一切都以茱麗安的工作為主來安排，像是她去拍電影或演舞臺劇等等。但他們夫妻自有一套平衡的方式，埃德里安也滿意這種安排，而既然父母快樂，孩子當然也快樂。」

「他們其中一人有婚外情嗎？」

「茱麗安沒有，至少就我所知沒有，有的話我會很驚訝。每當有演員對茱麗安示好，她都會很大方地告訴我，這只讓她覺得好笑，其他的事她倒是沒有想太多。埃德里安我就不清楚了，不過我不覺得他有婚外情。你覺得呢？」芙蘿虹絲轉向利蘭。

「我也覺得不太可能，」利蘭回答：「埃德里安眼裡只有茱麗安，而且他不是會做那種事的人……」

利蘭一手手掌外側來回摩擦膝蓋，看來就像是極力想除去什麼頑強的汙垢一樣。

芙蘿虹絲的眼神從丈夫身上移到花園盡頭的一排櫻花樹上。

「至於茱麗安和她哥哥……」芙蘿虹絲接著說，眼睛始終盯著櫻花樹，「又是另一回事了……」

「雷蒙從什麼時候開始擔任她的經紀人？」愛蜜莉引導著提問。

「基本上，從她開始演戲就是了。茱麗安很年輕時就被發掘，原本沒打算當演員，但雷蒙很快就以茱麗安的經紀人自居，替她處理合約、打造形象什麼的。要是我沒記錯，頭幾年他還有自己的行銷工作，兩邊同時進行，後來他才變成茱麗安的全職經紀人。」

「他們的關係怎麼樣？」

「雷蒙要求很高，不太讓茱麗安有喘息的空間，我覺得他讓人窒息……」

「芙蘿虹絲，我覺得妳對他有偏見，因為妳見過他們爭執。」利蘭插話：「但雷蒙只是很保護妹妹，茱麗安剛進演藝圈的時候，他們的父母就去世了，身為長子，雷蒙自覺有責任身兼父母職，經紀人之外還得是演員的保姆、心腹、祕書和出氣筒，這就更不用說了，他們會有摩擦也是很正常的。」

「雷蒙是怎麼樣的人？」

「他是控制狂，但做起事來非常專業。」芙蘿虹絲回答。

「算是慈愛的長兄？」

「這點毫無疑問。」

「平常獨來獨往嗎？」

「才不是！派對一場接一場，身邊的女人一個換過一個，要不然就是同時交往好幾個。」

利蘭對妻子的話投以不贊同的眼神，芙蘿虹絲卻假裝沒看到。

傑克不合時宜地泛起微笑，這情況畢竟還是有點滑稽，倫敦警察廳廳長夫人給上司難看，這可是難得一見，或者說，她的氣勢完全壓過他了。

「埃德里安又是怎麼看待他們兄妹的關係呢？」愛蜜莉繼續問。

「他會忍受……」芙蘿虹絲說到一半戛然停住，話懸在半空中，她潤了潤嘴唇之後才說下去：「可是埃德里安知道，要是沒有雷蒙，茱麗安的事業只會是曇花一現；雷蒙把觀眾對茱麗安的一見鍾情，轉化成堅定不移的愛。」

二〇一五年七月十七日，星期五

茱麗安．貝爾坐在床上，一雙腿在面前伸展，她看著自己的腳。

精心修剪、保養過的腳。

腳趾塗了指甲油。

還有拴住腳踝的鐵鍊。

茱麗安驀然覺得塗了指甲油的腳趾顯得如此格格不入，就像是將王座放進了馬廄。

馬廄裡的王座……這景象多麼不相襯。

茱麗安困在沒有窗戶的狹小房間裡，鐵鍊拴住了她的腳。

房間只有一扇門，門上的小窗裝有鐵柵欄，還有一個貓洞；但這道活板門和小窗一樣，從外面被堵住了，封死了，沒救了。

這些出口就像沒有出口一樣。房間沒有窗戶，就沒有自然光；沒有光線，也就無從得知時間。

茱麗安的心臟激烈跳動，沉重而響亮，這是她唯一能聽見的聲音，除此之外就是迴盪在腦中的音樂——比才《獵珠者》裡的二重唱，不對，比才的作品是《採珠者》，不是《獵珠者》。

茱麗安的喉嚨裡像長滿了刺，口乾舌燥，然而汗水卻浸溼了後頸、腋下與上脣，她缺水的身體與滲出體外的水分彷彿串起了一道連通管。

忽然傳來一陣聲響——先是劈啪聲，接著是磨擦聲，貓洞打開了！一只寶特瓶被扔到地上，在地板前後滾動，像是無法決定要往哪裡去，最後終於滾到門邊停住。瓶身上沒有標籤，內裝液體混濁不堪。

茱麗安伸舌舔了舔乾裂的脣，她已經多久沒喝到水了？自從……她在這個房間裡醒來到現在，到底過了多久？她不曉得，但這也不重要，重要的是她渴得不得了。房間裡洗手臺的水龍頭不能用，馬桶裡的水是深藍色的。

她忽然想起生存「三」法則：人類不能三分鐘沒有空氣、三天不喝水、三週不進食。

三天？胡說八道。

茱麗安下床，手腳著地趴在地上。她伸出手撈過瓶子，打開瓶蓋後，鼻子湊近瓶口聞，瓶裡飄出薑與檸檬的味道，還有什麼呢？蜂蜜……裡面是薑、檸檬和蜂蜜。

茱麗安喝下一小口，剛好足以潤溼雙唇並平息喉間燃起的火，但就兩秒鐘，隨之而來的是更加難耐的口渴。她趕緊蓋上瓶蓋，想撲滅啜飲這些液體的誘惑，接著隨手一扔，瓶子搖搖晃晃往房間另一頭滾去，像個美麗的女子扭著屁股離去，最後停在馬桶座旁。

茱麗安躺回床上並拉上被單，閉起眼仔細聽著，聽身體的聲音。瓶子裡到底還有什麼鬼東西，她很快就會知道了。

英國倫敦，新蘇格蘭場

二〇一五年七月十七日，星期五，下午三點

傑克．皮爾斯的手下坐在會議室裡等著，每一個都比平常更顯得緊繃，他們全都急切地想知道，老大怎麼會來。

利蘭．哈特格魯夫坐在第一排，他感受到背後十幾雙眼睛全盯著他；傑克．皮爾斯站在所有人面前，手裡拿著兩支遙控器，按下其中一支，茱麗安．貝爾的照片立刻出現在大螢幕，螢幕就掛在一道灰色牆面上。

「知名女演員茱麗安．貝爾今天早晨失蹤了，」傑克開始簡報：「最後一次被看見是在早上五點二十二分，當時正要坐進車裡，她的車是黑色特斯拉，特徵是窗戶使用有色玻璃，車號為LA13SUV。車子原先停在梅費爾區綠街門牌十八號的住戶門前，茱麗安家也在同一條街上，門牌是十四號，就在幾公尺外。監視攝影機跟著特斯拉上了M25號之後就失去蹤跡，時間是五點三十七分，地點在九號和十號交流道間。」

傑克按下第二支遙控器，螢幕上播放起監視器的黑白錄影畫面，愛蜜莉稍早就看過了：一名長捲髮女子頭戴鴨舌帽，身穿襯衫、長褲，腳踩條紋球鞋，身上揹了個大袋子，正從綠街十四號的大門走出來。

「茱麗安．貝爾離開家門，正要走去車子。」傑克隨著畫面說明，「她在特斯拉裡坐了一分四十八秒，接著又打開車門，三秒鐘之後關上車門，然後發動車子離開，大家可以在畫面上看到。」

第二支影片接在第一支後面播放，沒有中斷，影片是從背面較遠的角度拍攝的。

「BIA愛蜜莉．洛伊找到了茱麗安．貝爾出門時穿的球鞋，就擺放在她原先停放特斯拉的車位。」

所有人四下張望著愛蜜莉的身影，但她並未出席這場緊急會議。沉默立時籠罩整個會議室，氣氛沉重了起來。

傑克再次按下遙控器，這次畫面中出現的是夜晚的綠街，螢幕右下角顯示時間是凌晨三點十八分。畫面中有個人戴了鴨舌帽，穿連帽外套遮住臉，在特斯拉駕駛座的門邊蹲下，大約一分鐘後打開車門，進入車內後再關上門。

傑克倒帶，再次播放第二段影片，並在車門開啟的畫面暫停，這是在茱麗安發動車子離開之前。

「綁架茱麗安・貝爾的綁匪破解了特斯拉的電動密碼，成功開門後躲進車裡等了兩小時，他也許使用電擊棒或其他方法制服茱麗安，這也解釋了整個綁架過程非常快，然後他脫下她的鞋子，放進塑膠夾鏈袋。我們可以在這個畫面看見，發動車子前，綁匪打開車門將袋子扔到車底，前後過程不超過兩秒鐘。」

傑克抿緊嘴唇，形成細長的「一」字形。

「二〇〇四年十月和二〇〇五年九月間，珍寧・桑德森、迪安娜・隆達、凱蒂・亞特金斯、克蘿伊・布羅默、席薇雅・喬治與克拉拉・桑德羅六名女性接連遭到綁架，受害時間僅僅相隔幾週，每次都在遇害地點找到夾鏈袋，袋裡裝了受害者的鞋子，而凶手的棄屍地都是哈姆雷特塔村區……」

一陣嘆息與低聲討論打斷了傑克。

「凶手在哈姆雷特塔村區棄屍，」傑克繼續著他同樣漠然的語調，「死者的胸部與臀部都被切除，髖部與大腿部位的肉也遭割除。」

「二〇〇六年四月二日，理查・韓菲爾出於前述罪名被逮捕，目前在布羅德莫精神病院服刑。」

傑克停頓，嚥下口水，藉此阻止湧上喉間的胃酸，底下的議論聲愈來愈大。

「理查・韓菲爾的作案特徵有兩點：第一，他會在每雙鞋的左腳放一雙襪子……」

「老大，你剛說『一雙』襪子？你的意思是那雙襪子不是受害者的？」長著一張馬臉的瘦削男子發問。

「我馬上會解釋。第二個特徵是受害者的兩邊耳道裡都塞了一根黑羽毛。」

傑克瞥了一眼米色油氈地板，椅腳大力滑動在地板上刮出許多痕跡。

「愛蜜莉在茱麗安・貝爾左腳的鞋子裡找到一雙襪子，擺放方式和理查・韓菲爾如出一轍。」

「見鬼了，這到底是怎麼回事？」臉上皺紋很深的女子驚呼。

「我要所有人翻出理查・韓菲爾的檔案，再分析一遍所有細節，」傑克繼續說：「我要知道凶手留下襪子這件事是否曾在別的地方被揭露過；如果有，誰能獲得這些資料。訴訟紀錄、法庭報告、相關媒體報導、電視新聞和廣播節目、網路文章全給我找出來，看看當時有沒有任何線索被遺漏了，也要再確認是否有人能經手這些消息再散播出去。我們也要研究雷蒙・貝爾給的線索，茱麗安・貝爾顯然和一些製作人和編劇有過節，還得調查幾名瘋狂影迷。」

「老大，茱麗安・貝爾知名度很高，媒體應該很快就會找上門來，我們對外要怎麼說？」一個男子問。他穿了件T恤，上頭寫著：「我喜歡動物，因為很美味。」

「目前先冷處理，對貝爾一家也一樣，不准提到任何哈姆雷特塔村區的事。還有一點，鞋裡的襪子……」

「督察……」傑克的祕書說，聲音在會議室裡迴盪。她一身海軍藍套裝，直挺挺站在門口。

「凱特，晚點再說。」

「督察，對不起，貝斯壯局長來電，他在線上等……」

「會議結束我再打給他。」傑克硬是打斷她。

「督察，真的很抱歉，但你一定得接這通電話，貝斯壯局長說很急，他手上有哈姆雷特塔村區謀殺案的資訊。」

英國倫敦，櫻草花山

二〇一五年七月十七日，星期五，下午兩點

艾蕾克希・卡斯泰勒掀開紙杯的塑膠蓋，奶泡上灑了紅糖，她舔了一口。從櫻草花山山頂往下看，倫敦景色一覽無遺。艾蕾克希看到了本頓維爾監獄——王爾德和喬治・邁可都在那裡待過，還看到了歷史中心的西敏區與市區裡的摩天大樓。艾蕾克希注視著碎片大廈（The Shard），這棟玻璃拼成的尖塔驕傲地直衝倫敦天際。她接著喝了一口拿鐵，或者說「拉—鐵—」，英國人都是這麼唸的。

艾蕾克希原本想帶自己去吃頓大餐，慶祝這個美好的早晨，最後還是跳上黑色計程車，來到這座小山丘；櫻草花山位於攝政公園一側，坐落在倫敦市西北邊。艾蕾克希決定以咖啡和景色取代美食。

接近中午時分，艾蕾克希來到潘德曼出版社，心怦怦直跳，節奏宛如威爾第歌劇那般激情，腳步幾乎跟不上心跳的速度。幾個禮拜前，這間知名出版社聯絡了艾蕾克希，希望她能將埃博納一案寫成書，當然是以法語寫作，出版社會負責翻譯。他們希望能直接經手附屬版權，因為成書後預計改編成電視影集，由ＢＢＣ製作，拍攝成十二集。在這之後，艾蕾克希就顯得心滿意足、不時露出微笑，姊姊戲稱她像是「嘴裡塞了個衣架」。

就是在這天早上，艾蕾克希與出版社簽約，他們同時準備了咖啡、可頌與巧克力麵包——非常「法式」的早餐，以慶祝「新簽下的法籍作家」，由此可見出版社的用心。

艾蕾克希併攏雙腿，讓路給一位氣喘吁吁的母親，她推著雙人推車。畫家威廉・布萊克曾宣稱在櫻草花山上「與靈性的太陽對話」，這句話還被刻在山頂的矮牆上。在十八世紀也許真是如此，但今天這一帶已是滿滿的觀光客與倫敦人，實在與「靈性」沾不上邊。

想坐在倫敦的屋簷上是需要付出代價的。

艾蕾克希喝完咖啡，儘管覺得很慵懶，她仍想著回家後要煮什麼好吃的。信手攬了臺計程車，不到十分鐘，就來到哈爾姆斯塔德，她在家門口下了車。

⁂

艾蕾克希貪婪地咬下布里乳酪三明治，這時母親的臉出現在平板電腦的螢幕上。

「哎，終於看見妳了，要不然都只有訊息！妳在吃什麼？」

「乳酪。」艾蕾克希趁著咀嚼空檔回答。

「是在妳家附近的小市集買的嗎？有一攤的老闆娘是布列塔尼人，妳還記得我上次買的昂貝爾乳酪？就是跟她買的。給我看看妳今天穿什麼衣服。」

艾蕾克希繼續吃，一邊放直了平板電腦。

「妳穿了我買給妳的上衣！」母親說，聲音因激動而顫抖。

艾蕾克希滿嘴食物，只能點點頭。

「哦，親愛的，我真是太高興了，還以為妳絕對不可能穿呢……」

「媽，妳為什麼老是這麼說呢？」

「因為妳都不穿我買給妳的衣服啊！」

艾蕾克希喝下一大口水當做回答，也許可以避免母親提起安哥拉羊毛背心那件事。

一、二、三……

「就像那件白色的安哥拉羊毛背心！」母親果然還是提了，語氣中隱含一絲責難。

又是那件白色的安哥拉羊毛背心。

「媽，那件我穿起來太小了，我跟妳說過，我連拉鍊都拉不上來！」

「好啦，好啦，反正妳永遠都找得到藉口……後來妳跟出版社談得怎麼樣？」

「很好啊。」

「真要命，艾蕾克希，聽妳講話實在猜不出來妳是可收錢說故事的人呢，就不能跟妳媽多聊幾句嗎？是誰接待妳的？你們談了什麼？他們有沒有請妳喝東西？妳的編輯也在場嗎？」

艾蕾克希邊吞下最後一口三明治邊點頭。

「唯一的麻煩，」艾蕾克希終於又開口：「就是我得在聖誕節前寫完，我說的是『今年聖誕節』。」

「哦，天啊，親愛的，截稿期也太短了吧！那妳要怎麼辦？又得在書桌前從早坐到晚了？」

艾蕾克希放聲大笑，她今天心情真的很好。

這時電鈴聲響起，艾蕾克希藉機與母親道別。電話另一頭母親正一邊聊，手邊同時削著胡蘿蔔和洋蔥，準備教她怎麼做蔬菜燉牛肉。

艾蕾克希對著螢幕飛吻了母親幾下就去應門。開了門，站在門外的人是愛蜜莉。

愛蜜莉和艾蕾克希是四年前認識的，當時艾蕾克希要寫一本書，主角是蘇格蘭連環殺人凶手強尼．柏奈特，她正在蒐集寫作資料，後來發生埃博納一案，她與愛蜜莉也因此熟稔起來。但是兩人從二〇一四年之後就沒見過面了，最後一次見面，她們一起去了庫姆拉監獄，然後艾蕾克希送仍在康復中的愛蜜莉回家。

她們在調查過程建立起革命情感，艾蕾克希想保持聯繫，在愛蜜莉的語音信箱裡留了不少敘舊的訊息，但愛蜜莉每次都只以文字訊息簡短回覆，她們最後一次傳訊也已經是上個月的事了。一見到愛蜜莉，艾蕾克希忍不住分享了潘德曼出版社邀約出書的好消息，愛蜜莉只簡單回了「恭喜」——這個詞能從愛蜜莉的嘴裡說出來，幾乎等同於一級方程式賽車冠軍開的超大香檳。

愛蜜莉對艾蕾克希點點頭當打招呼，背包隨手放在地上，不顧散落在沙發上的草稿，一屁股就坐下來，艾蕾克希也隨她在沙發上坐定，兩人前方有張摩洛哥式的小圓茶几。

「我們得重啟哈姆雷特塔村區謀殺案。」

艾蕾克希一聽，胃立時翻攪起來，痛楚緊箍心口，讓她幾乎要喘不過氣。於是她張開嘴，試圖吸點空氣，就一口氣也好，她覺得肺臟彷彿忽然停擺，像是被放到密封罐裡一樣讓她無法呼吸。

愛蜜莉輕撫艾蕾克希的手。

「我不希望妳是從媒體上得到這個消息。」

艾蕾克希今早的好心情已經蕩然無存，取而代之的是滿嘴的酸楚，來自膽汁與過去的痛苦記憶。

英國倫敦，肯辛頓花園

一八八八年，十月一日星期一，下午四點三十分

夫人與女性友人面對面，分別坐在兩張桃花心木沙發上；沙發備有舒適軟墊，兩側還擺放同系列的扶手椅。夫人正在和友人喝下午茶。

「芙瑞達，快過來吧。」夫人說，同時將手裡精緻的瓷杯與瓷盤放到茶几上。

芙瑞達小步穿過豪華客廳，踩著偌大的地毯前進。她今天早上才拿著刷子清理過這張地毯。

爬上通往大客廳的階梯時，芙瑞達還暗忖夫人為什麼召見她，肯定是因為她犯了錯……愚蠢又嚴重的錯誤……或許是夫人發現廚子都會偷偷留一點剩菜給她，所以要從薪水裡扣錢？……又或者夫人會當場解雇她……？

「這是芙瑞達，我們家的女傭。」

女士們眨了眨眼回應。

芙瑞達對賓客行了小小的屈膝禮，然後手放到背後。

「妳住在白教堂，是嗎？」

「回夫人，是的。」

「芙瑞達是瑞典人，」夫人解釋，應該是想替員工的外國口音道歉，「我們家另一個叫瑪喬麗的女傭告訴我的。」夫人對客人強調：「瑪麗安．尼寇斯的謀殺案就發生在妳家樓下？」

「回夫人，沒錯。」

在場的四名女士聽了，全放下手中的司康，直盯著芙瑞達瞧，彷彿這時才發現她在客廳裡。

「啊！太不可思議了！」最胖的女士驚呼，順帶舉起手要僕人倒茶，「親愛的，這真是太不可思議了！」

「這個案子真是太吸引人了！」另一位鷹勾鼻女士咯咯笑說。

夫人帶著驕傲對所有人微笑，一邊假裝謙虛地搖搖頭。

「妳和『幸運莉茲』也是朋友，對嗎？」

這句話像是一巴掌重重打在芙瑞達臉上，那麼出其不意，就像芙瑞達父親的拳頭一樣。她咬緊牙，設法吞下痛苦與悲傷的怒吼。幸運莉茲，報紙這樣稱呼她。幸運莉茲，到底哪來的幸運？

「回夫人，是的。」

「那麼妳昨天，也就是九月三十日她死的那天，有見過莉茲．史翠德嗎？」

芙瑞達嚥下口水，試圖不讓眼淚流下來，在喉嚨深處就先扼殺淚水。

她垂下眼簾盯著地毯，上面有貴婦人們高跟鞋蹂躪過的痕跡。

「回夫人，我前一晚見過她。」

「太不可思議了！真是太不可思議了！」最年輕的女士大喊，臉上的粉難以遮掩旺盛的青春痘，以及那張面目可憎的臉。「妳們都去哪裡吃晚餐？」

芙瑞達目瞪口呆地看著她。

「妳們……都……去……哪裡……吃……晚餐？」醜臉女將句子中的單詞分開來說，以為芙瑞達這個「外國人」聽不懂她的意思。

「她們去哪裡用餐不重要！」夫人插話：「我們想知道的是她有沒有看到莉茲．史翠德的屍體。」

芙瑞達感到一陣暈眩，這些看熱鬧的人只要見到血就興奮難耐，即便身著華服絲襪也是同一副德性。

「芙瑞達，妳有沒有看見幸運莉茲的屍體呢？」

「回夫人，沒有。」芙瑞達眼睛直直盯著地板。

「聽說她還好，那晚的第二名受害者被毀屍得更嚴重。」鷹勾鼻說。

胖女人一聽，瞪大豬一般的圓眼。

「什麼？昨天有兩個遇害？」

另外三人同時點頭。

「妳怎麼會不知道？」青春痘女士激動地說：「報紙上全是這件事！『嗜血狂魔這次屠殺兩名受害者！』」

「親愛的，我說妳該少花點時間在餐桌上，多花點時間讀報……」

「我們之前在曼徹斯特拜訪親戚嘛！」胖女人反擊，因羞愧而漲紅了臉。

「妳們應該還沒聽說比雙重謀殺案更精采的事吧？」鷹勾鼻咯咯笑說，眼神裡藏不住興奮之情。她停頓幾秒，享受著眾所矚目的一刻。「凶手寫了一封信給報社。」

胖女人拿起一片檸檬蛋糕，眼神沒離開過鷹勾鼻。

「信是用紅墨水寫的，不是受害者的血，畢竟血液太稠了，會像膠水一樣，這可不是我胡亂編的，凶手在信裡解釋了這點。他真是好大的膽子，根本目無法紀了。他還說要把下一名受害者的耳朵割下來，而且絕對不會停止——我引用他的話——對『妓女』開膛剖腹！」（「妓女」兩字引起眾人議論，接著驚呼連連。）「直到他被逮住為止。」

鷹勾鼻眼裡射出的光芒，讓芙瑞達想起在十鐘酒吧門口招攬醉漢的妓女。

「親愛的，還沒完，他還在信裡署名：『開膛手傑克』。」語畢，她全身興奮得顫抖。胖女人被這番話深深吸引，有幾秒鐘忘了禮儀，咀嚼時沒閉上嘴。

「所以呢，再回到雙重謀殺案上，」夫人說：「大約凌晨一點，人稱莉茲的伊莉莎白·史翠德先遇害，因為她『只』被割喉，所以報社才替她取了『幸運莉茲』這個暱稱。一個猶太小販經過時發現屍體，應該是打斷凶手犯案了，然後還有凱瑟琳……」

「是凱特琳啦！」青春痘女士糾正，一雙白嫩的手閒著，交叉放在膝上。

「對，不好意思，是凱特琳·艾鐸斯，她在半個小時後遇害，死狀慘不忍睹。」

客廳裡一片靜默，這是進入高潮前必要的停頓，藉此引人入勝，達到戲劇化的效果。原來，開膛手替人們帶來無盡的娛樂，芙瑞達心想，同時覺得非常不舒服。

「凱特琳·艾鐸斯的喉嚨被大大割開到見骨了，還被開腸破肚，就像『市場上賣的豬隻』，這可不是我說的，是發現屍體的警察這麼形容。」

胖女人嘴邊沾滿糖霜，一聽便張大了嘴，接著搖搖頭，肥厚的雙頰如果凍般晃動著。

「而且啊，開膛手傑克還切開凱特琳·艾鐸斯的腸子，一段掛在她右肩，另一段放在她左側。」

「我的天啊！」胖女人非常震驚，滿嘴蛋糕屑結結巴巴地驚呼。

「但又能怎麼辦呢？」鷹勾鼻加入討論，「白教堂就是道德墮落的大本營啊！大主教昨天告訴我那裡有超過六十間妓院，還有一千兩百名妓女，妳們能想像嗎？一千兩百個！這可是一個村的人數了！而且我們都曉得，變態和謀殺之間只有一線之隔……」

「他們自相殘殺不打緊，只要不越界我可無所謂。」青春痘女士說：「就當是為民除害。」

她這番評論換來眾人滿意點頭。

夫人轉身面對芙瑞達，細長的嘴唇往兩頰拉成燦爛微笑。

「芙瑞達，謝謝妳，沒事了。」

瑞典哥特堡機場

二〇一五年七月十七日，星期五，晚上九點

艾蕾克希・卡斯泰勒一邊肩上揹著登機包，走在機場航廈的長廊上，看也不看告示牌一眼。過去這十八個月來，她已經在這條廊道上來回不下數十次，施泰倫・埃克倫形容她都快要「瑞典化」了。

艾蕾克希的公寓在倫敦，施泰倫定居法爾肯貝里，這十八個月來，她在兩地穿梭。

他們之間簡單而隨興的關係是艾蕾克希從未經歷過的——十八個月來既沒有無止盡的提問，也從未針對彼此的地位起爭執。艾蕾克希唯一的焦慮來自母親。她一想到女兒愛上「北—方人」就擔心得不得了，還很愛在「北」這個字上加重音，擔心艾蕾克希最後會下定決心在「蠻荒之地」定居。為了不受母親影響，每每談到這些煩心的事，艾蕾克希就會迅速轉換話題；要是耐性被磨光了，她會直接掛電話。

艾蕾克希從轉盤上拿起行李箱，拖著行李就往出口走。

心中浮現的景象讓她面露苦笑。

這比喻是很糟糕的文字遊戲，實在太諷刺、太貼切又太痛苦了。她「拖著『行李』」，行李是她沉重的「包袱」——也是她的「過去」。

此刻艾蕾克希還難以消化愛蜜莉的話，每個字都如影隨形。那天愛蜜莉來訪，話一說完，這消息旋即懸宕在她們之間；當「現實」只存在於文字，兩人沉默的那短暫瞬間，艾蕾克希唯一所感受到的不解與疑慮，就像正一躍而起，準備給予靈魂重重的一擊。令人窒息的悲傷混雜著哀悼的餘味，霎時湧上心頭。

施泰倫在出口大門等她，眼睛緊盯著每個走出來的旅客，臉上帶著勝利的神態，又透著些傻氣。艾蕾克希不得不承認，感情初萌芽的戀人還不明白現實的嚴厲殘酷，不懂得未來需要低頭妥協。

但他一見到艾蕾克希，笑容就消失了。

「難道這麼明顯嗎？」艾蕾克希心想，輕輕在施泰倫嘴脣上啄了一下。

「妳怎麼了？」施泰倫問，聲音有些緊繃。

艾蕾克希還沒告訴他。其實不是她刻意這麼做，在一起的時候真的沒想到，她忙著擔心腦子裡那些問題、假設與恐懼，全然忘了應該先讓施泰倫了解從前她所經歷的事。

「艾蕾克希？」

她張開嘴，遲疑著又閉上，不知道該從何說起才好。

施泰倫拉著艾蕾克希，找到一張最近的桌子，那是入境大廳門口附近咖啡亭攤子前的桌椅，施泰倫坐下，一臉擔憂，艾蕾克希拉了他對面的椅子坐下。

「幾個小時前我正要趕去希斯洛機場，愛蜜莉忽然來家裡找我，她說警方取得了哈姆雷特塔村區謀殺案的新線索，準備重啟調查。現在不確定理查・韓菲爾是否真的有罪。」

艾蕾克希口乾舌燥，說話速度又急又快，仍一字不漏地快速說完。

施泰倫不發一語看著她。

「他想確認我不會在這裡昏倒，」艾蕾克希心想：「我看起來應該是真的很糟糕。」

施泰倫進入她的生活才十八個月，她就已經跟他提起理查・韓菲爾了。倒不是因為施泰倫當過警察，而是艾蕾克希明白得揭開瘡疤，才能真正與戀人坦誠相見。

理查・韓菲爾不只是綁架、囚禁了六名女子，並且於謀殺她們之後毀屍；九年前，他也殺害了艾蕾克希當時的男友。理查．韓菲爾毀了艾蕾克希曾經的未來，矛盾的是，他也因此成為她生命裡殘酷卻不可或缺的一分子。

「妳不可能踩油門的同時只盯著後照鏡看，」有人這樣說：「除非是不想活了。過去的傷痛好比流沙，腳踩進去了就只能接受，全身放鬆、放棄掙扎；愈想逃離，下陷得就愈快。在張開雙臂擁抱所謂的『韌性』之前，必須先找到內心的平靜，唯有如此才能『完全接受』，並且『重新站起來』。」

「『韌性』這概念太愚蠢了，懂拉丁語的人應該會覺得更愚蠢。『résilience』的原意是『往後跳』，和所謂的『重新站起來』差別也太大了。」

施泰倫先嘆了一口氣才說：「這也不能改變理查．韓菲爾殺害了塞繆爾的事實。」

艾蕾克希一聽猶如五雷轟頂，她用力吞下口水。施泰倫過去從沒提過「塞繆爾」這三個字，從他嘴裡聽到這名字，讓塞繆爾的存在和消失變得更為具體，彷彿塞繆爾就坐在兩人之間。

從機場回法爾肯貝里的路上是一段令人窒息的沉默，車內的兩人隱隱懷著恐懼，迷失在各自的思緒裡。艾蕾克希一心只想快點開工，把自己埋進工作中。她打開登機時隨身帶的旅行包，拿出哈姆雷特塔村區謀殺案的資料，仔細讀了起來，她不曉得讀過這份資料幾百幾千次了。

車子轉進通往施泰倫家的小路，艾蕾克希不禁看向鄰棟的房子；那原本是好友莉內雅的家，直到她去年遇害身亡。

現在一對退休夫婦住在裡面，他們幾個月前買下了房子。前屋主悲慘的遭遇並沒有嚇跑他們，他們自嘲著「這把年紀早就習慣和鬼魂相處，再多一個也無所謂」。

艾蕾克希忽然想起還沒向父母報平安，手伸進袋子裡，撈出手機並解除飛行模式，快速打了簡訊給母親，好讓她安心，接著看見一則新留言。難道是母親留的？抱怨艾蕾克希都不關心她的感受？

這時手機裡傳來愛蜜莉生硬的聲音。

她也將在今晚抵達瑞典。

瑞典法爾肯貝里，大飯店

二〇一五年七月十八日，星期六，午夜十二點三十分

愛蜜莉．洛伊抬起行李箱放上專用架，架子就在淺色木櫃旁。接著她脫去高筒球鞋、襪子和牛仔褲，辦公桌旁有張扶手椅，她將衣物全放在扶手椅椅背上，又從背包裡拿出三份文件和一瓶氣泡水，然後拿著文件和水上了床。

稍早還在艾蕾克希家的時候，傑克．皮爾斯打了電話給愛蜜莉，電話響了好一會兒她才聽見，那時她正陷在艾蕾克希的沉默裡，現實被緊緊包覆，就像人們在早晨拉起棉被遮住臉，試圖隔絕鬧鐘的噪音。愛蜜莉只得留下悲傷的艾蕾克希，走到街上回撥電話給傑克。傑克告訴她，警方在瑞典西岸的哈爾姆斯塔德發現了一具屍體，犯案手法與哈姆雷特塔村區的受害者相同。當晚，傑克便派她前往瑞典。

愛蜜莉喝一口水，打開第一份檔案夾，撫平床單之後，拿出四份文件分別在床上攤開。

理查・韓菲爾被判有罪，罪名是綁架、囚禁與謀殺，檢方認定他在二〇〇四年十月到二〇〇五年九月間於哈姆雷特塔村區綁架並殺害六名女性。自二〇〇六年起，理查・韓菲爾便在英國布羅德莫高控管精神病院服刑。

愛蜜莉在那年八月離開加拿大，加入蘇格蘭場協同辦案。當時理查・韓菲爾已經服刑四個月，傑克和同事還會談起這個案子：遭毀屍的屍體被丟在倫敦市中心，凶手細心捲好受害者的襪子，塞在左腳鞋子裡，受害者兩邊耳裡都插入黑羽毛；歷經十六個月的恐懼、沮喪、憤怒與驚恐，最終警方逮捕理查・韓菲爾到案，過程直至今日還為人津津樂道。

那張裝著金色芭蕾平底鞋的夾鏈袋照片，很長一段時間就釘在蘇格蘭場大會議室的資料板上，袋子棄置在第一名受害者住家的門廊下。那近乎電影場景的擺設，愛蜜莉記得非常清楚：放在溼階梯上的夾鏈袋表面沾附泥土成了咖啡色，階梯間的縫隙裡已經長出了雜草，人造皮革上的亮片從袋子裡透出光芒；這雙鞋小巧的設計風格看起來就像給孩子穿的。

金色芭蕾平底鞋的主人是珍寧．桑德森。

二〇〇四年十月二十九日星期五，珍寧八點下班，她在牛津街的博姿藥妝店工作；離開店裡之後，先在攝政街附近的壽司吧快速解決晚餐，接著前往大馬爾伯勒街上的酒吧與同事聚會，一直到十點或十一點才結束，當時的證人已經記不清確切的時間。

十九天後，有人在位於倫敦北部的哈姆雷特塔村區發現了珍寧。她全身赤裸坐著，背靠紅磚牆，身體下方全是蛆。她是被勒死的，凶手割除了她的胸部，還切下髖部、臀部與大腿這幾個部位的肉。

當時再過四天就是珍寧的二十五歲生日，她有一頭半長金髮，身材纖細，單身。她和理查．韓菲爾的其他受害者都不一樣——迪安娜．隆達、凱蒂．亞特金斯、克蘿伊．布羅默、席薇雅．喬治、克拉拉．桑德羅這幾名女性的外貌都和珍寧．桑德森不一樣，完全沒有相同點。

這次重讀報告，愛蜜莉發現六名受害者除了膚色和性別，完全沒有共通點。有深髮色和金髮的女性，克蘿伊．布羅默則是紅髮；身材上也有很大的差距，胖瘦皆有，有的還屬健美體型；她們之中有的是單身，有的已經結了婚，分別在不同的地區工作和生活，所屬的社會階層也不一致；受害者的年齡分布範圍很廣，介於二十四到四十二歲。

因此，愛蜜莉得想辦法深入分析，才能建立韓菲爾受害者的側寫，找出受害者之間的連結。要做到這點的癥結在於觀點，愛蜜莉得從凶手的角度出發，換個方式檢視受害者，於是她在一堆文件裡翻找解剖報告。

法醫認為凶手勒死受害者前還讓她們活了十一到十九天，囚禁時間不一：第一名受害者珍寧被關了十九天；第二名受害者迪安娜被關了十三天；第三名受害者凱蒂則是十八天……所有受害女性都沒有遭受性侵的痕跡，死前身體也未受凌虐，所有傷口都是在死後造成的。那麼，她們遭到囚禁的期間到底經歷了什麼？

愛蜜莉驀然想起茱麗安．貝爾，她的丈夫埃德里安稱她為「紅髮的奧黛麗．赫本」，他這麼說時，臉上露出悲傷的微笑。

茱麗安目前又正經歷著什麼樣的恐懼呢？

愛蜜莉閉上雙眼。

理查．韓菲爾是無辜的嗎？假使答案是肯定的，哈姆雷特塔村區謀殺案的真凶又為何沉寂了十年沒犯案？難道韓菲爾有同夥？茱麗安是被模仿犯罪的凶手給綁架了嗎？

科學在這幾項疑點上也許能助一臂之力。二〇〇四年在珍寧．桑德森鞋裡襪子上採集到的DNA並不是她的，時至今日也還沒找到匹配者；至於後來在受害者鞋裡找到的襪子，經檢測都發現上頭的DNA屬於前一名死者。倘若凶手是同一人，那麼以上的推測邏輯就很可能適用於茱麗安的案子。畢竟凶手的作案手法太精確了，儘管離最後一次犯案時間已經久遠，凶手也不可能完全改變這套手法。這麼說來，茱麗安的球鞋裡也塞了一雙鑲白邊的襪子，襪子送檢後，警方應該能採集到瑞典受害者的DNA，不然也可能回溯到二〇〇四年最早的不明DNA。

愛蜜莉睜開雙眼，再次檢視六處陳屍地點的照片。

受害者身上能表現出女性特徵的部位皆被割除：胸部、髖部、大腿與臀部。那麼鞋子又象徵什麼？還有襪子？在耳中插入黑羽毛的意義？最初的調查報告裡並沒有解答這些問題，逮捕理查．韓菲爾到案之後，調查也隨之結束了。

愛蜜莉緩緩搖了搖頭，目前無法確定的疑點太多了，無從建立側寫。

她選了六張受害者赤裸著躺在解剖檯上的照片，一一在眼前排開，才剛排好，腦中旋即浮現出一道畫面——這出乎意料的念頭令她大吃一驚。

這下子愛蜜莉有了調查的方向，她知道下一步該怎麼走了。

瑞典哈爾姆斯塔德，托夫申湖

二〇一五年七月十八日星期六，上午八點三十分

愛蜜莉．洛伊五點就醒了，在白雲點點的天空，太陽已舒適就位。她在海灘和飯店之間快跑了四公里，又游泳游到小腿抽筋才停下來。愛蜜莉及時回到飯店房間，沖過澡後快速掃光早餐，然後就出門前往哈爾姆斯塔德。

黎納．貝斯壯局長半個小時前到法爾肯貝里大飯店與愛蜜莉會合，儘管她的肢體動作試圖保持距離，黎納還是擁抱了愛蜜莉；那是斯堪地那維亞式的短暫擁抱，愛蜜莉順從地接受了。「都過了一年半，」黎納懷念地說，也解釋了那久違的熱情問候，他知道接著很快得將話題轉到調查上。

啟程前，黎納遞了一個信封給愛蜜莉，裡面裝有犯罪現場的照片，她一路上都在專心研究和分析。

「愛—蜜莉，我們就快到了。」

黎納喚她名字時那一口瑞典腔，特別在「愛」上加重語氣，聽起來像是「ㄞ一」蜜莉，那抑揚頓挫極富詩意。

黎納依照導航指示在路邊停下，道路兩側綠意盎然，茂密的灌木叢和細長的樺樹交錯林立，長滿樹葉的細枝好似伸長了綠油油的手臂直指天際。

黎納在引擎蓋上攤開一張地圖。

「我們現在在這裡。」他解釋，手指地圖，「這條小徑是從大路到陳屍地點最近的路線，小徑離我們就幾公尺，警方在這條路上發現痕跡，可是沒辦法採樣；星期三下了場大雨，一直下到星期四早上，這天氣對採證實在沒什麼幫助……但地面的腳印也不一定就是兇手的……」

黎納的食指在地圖上指出一條路線，上頭特別以黃色標示。

「犯罪鑑識警察和警方都是走小徑到陳屍地點。附近有兩個停車場，分別在這裡和這裡，第一個在北邊約兩百公尺處，另一個在西邊五十公尺左右。」愛蜜莉隨著黎納解釋轉身，仔細觀察環境。

「凶手也很可能將車子停在樹後，這樣從路上就看不到了。」愛蜜莉沒開口，黎納卻彷彿聽到她腦子裡的問題並替她解答：「湖周圍也種了相同植物，我們走吧？」

愛蜜莉點點頭，看了一眼手錶，就跟在黎納身後往小徑走。

小徑雖是從大路通往湖邊的捷徑，看起來卻少有人使用，雜草都長到了及膝的高度。但這條小徑偏僻且人煙稀少，對凶手來說極為理想。

十五日星期三的晚上應該是多雲的天氣，黎納判斷凶手考量行動方便，又要搬運屍體，應該戴了頭燈。

他們越過樹林來到托夫申湖邊，四周一片死寂，唯有風吹過草叢的窸窣聲破壞了這寧靜。愛蜜莉在一棵枯樹前停步，這就是凶手棄屍的地點，她再次看錶，接著後退幾步，打開黎納在車上給她的信封，拿出一系列照片，一張接著一張仔細檢視，偶爾停下來轉頭盯著枯樹幹，扭曲的樹根像是從土壤深處嘔出來似地暴露在地表。

年輕女子坐著，面朝西方，身體與湖岸平行，頭低垂，頭髮雖髒卻梳整過，背靠著樹幹，手心朝上，雙腿前伸。身體遭毀屍的部位除了臀部全暴露在外，看得出這令凶手感到驕傲。屍體經過精心擺設，凶手想炫耀，「展示」給人們「欣賞」。

經過二十分鐘的沉默之後，黎納開口：「妳怎麼看？」

愛蜜莉沒有回答，她暗忖著托夫申湖對凶手有何特殊意義，因為之前在英國遇害的死者也都在靠近水邊處被發現，像聖凱瑟琳港和倫敦東部等地。哈姆雷特塔村區謀殺案和這個案子的相似之處還不只是棄屍地點的象徵性，勒斃、屍體擺放方式、毀屍手法與耳中的羽毛，都讓她相信這兩樁案件到頭來是殊途同歸。

「現在還沒辦法說。」愛蜜莉最後這麼回答黎納。

在還沒確認受害者身分和找到她的鞋子之前，愛蜜莉不願多說；妄下結論前，她得好好梳理一番。愛蜜莉一如往常，懷著極大的耐性仔細觀察每一項細節，唯有如此，接下來才能判斷假設是否朝正確的方向前進。

英國倫敦，白教堂區，多賽特街

一八八八年十一月九日，星期五，上午十點四十五分

刺骨的風鞭打後頸與背部，芙瑞達拉起大衣領子抵禦寒風，倫敦的冬季與瑞典平分秋色，凜冽的風吹來一樣強烈，拍打著人們的帽子、披肩、圍巾和衣裙。

莉茲死去六個禮拜了，報紙上都叫她壞女人，可是對芙瑞達來說，她是很棒的朋友，艱難的人生路上也因為有她才變得不那麼痛苦。伊莉莎白·史翠德原是她在東城的基準點。天啊，芙瑞達真是太想她了。

距離開膛手傑克上次做案也過了六個禮拜，但每當夜幕降臨，人們依舊感到提心吊膽，尤其是白教堂小路上那些不幸的可憐女人，因為白教堂就是他狩獵之地。這兩個月以來，關於殺手真實身分的理論猶如雨後春筍般湧現，連維多利亞女王也自有一套看

法；女王注意到謀殺案都發生在週末，於是下令偵訊放假中的水手，可惜警方一無所獲，所有的努力到現在也沒能讓他們更接近凶手，一點也沒有。

於是惡魔趁機釋出更多訊息。

開膛手傑克這次找上了白教堂警戒委員會主席喬治・盧斯科，先不論動機為何，盧斯科是極少數真正關心當地的人士。

惡名昭彰的傑克寄了一封信給喬治・盧斯科，不但註明此信「來自地獄」，還在信末戲謔寫道：「盧斯科先生，等想出了辦法再來捉我吧！」開膛手傑克玩得很高興，在記者、警方甚至女王眼皮底下公然藐視他們，既嘲諷調查者無能，也玩弄民眾不安的情緒。報紙登出這封邪惡的信，夫人讀了非常氣憤，因為信裡拼字錯誤百出。開膛手傑克還提到他將其中一名受害者的部分腎臟炸來吃，而且彷彿光憑文字敘述還不夠似的，隨信還附上一件包裹——小紙箱裡以牛皮紙包住的正是殘餘的腎臟，應該屬於凱特琳・艾鐸斯；他從她身上取出器官、包好帶走，將這可憐的女人遺棄在主教廣場油膩的石道上。

莉茲死去六個禮拜了——

芙瑞達加快腳步，發抖著推開多賽特街二十七號的門。寒冷溼氣穿透鞋底直入衣裙，就像有隻濡溼冰冷的手伸進束身與裙底。

老爺和夫人帶著孩子到漢普郡一個禮拜，老爺的姊姊家在那裡。芙瑞達趁機請了一天假，計畫和瑞典教堂裡認識的女孩們前往聖保羅，去看倫敦城市長遊行[6]；新市長會穿華服遊街，芙瑞達也一直想見識豪華馬車。她的生活裡沒什麼樂趣，缺少歌舞慶典，蒼白而了無生氣的氛圍像包裹她的第二層外衣，難以抹除。

「妳好，芙瑞達。」約翰．麥卡錫在櫃檯後，手撫弄著小鬍子向芙瑞達打招呼。

「你好，麥卡錫先生。」

「親愛的，今天要買什麼？」

「請給我糖、火柴、蠟燭和基廷粉。」

「妳在肯辛頓花園那邊還好嗎？」雜貨鋪老闆約翰關切問道，同時從櫃檯後方的貨架上一一取下芙瑞達要的商品。

「很好，完全是另一個世界……」

「哎，這絕對毫無疑問，那個世界可少了許多髒東西！」

「老闆——」

芙瑞達與約翰．麥卡錫同時轉身，道路的嘈雜聲響掩蓋了湯瑪士．鮑爾的腳步聲。湯瑪士是雜貨鋪小差，此時他眼神驚恐地瞪著約翰，彷彿初上戰場的士兵首次震懾於戰爭的威力。

「老闆，我照你吩咐去了米勒公寓十三號向瑪麗．凱利收——」湯瑪士停頓，摘下

6 Lord Mayor's Show，超過八百年歷史，倫敦歷史最悠久的慶典之一。

帽子，儘管天氣寒冷，他卻滿頭大汗，還抬起袖口擦去從眼皮滴下的汗珠。「瑪麗．凱利欠的二十九先令……我……她沒回應，我……我試著開門，可是鎖住了……所以我走到窗邊往裡看……她上次和老公吵架時把窗戶打破了……」

「湯瑪士，說重點！你到底收到錢沒有？還是我得親自出馬？」約翰．麥卡錫不耐煩地說。

「老闆，她……她……她死了，她……上帝啊……」湯瑪士下巴抽搐，下脣也不住抖了起來。

「你說什麼？」

約翰趕緊穿上外套，戴上帽子便倉促離開店裡，湯瑪士尾隨在後。

芙瑞達緊跟著他們，她認識瑪麗．凱利——全名是瑪麗．貞奈特．凱利，她喜歡大家這樣叫她。瑪麗最多不超過二十五歲，面容姣好，脾氣火爆但嗓音美妙如黃鶯。芙瑞達在十鐘酒吧前見過瑪麗幾次，誰搞不清楚狀況敢來搶地盤她就跟誰拚命。這個可憐的女孩到底發生了什麼事？

三人轉進店鋪旁的小巷內，巷子可通往米勒公寓。經過十三號時，約翰過門不入，直接走向靠人行道的兩扇窗。其中一扇窗破了，窗簾很輕薄，他小心翼翼伸手穿過窗戶拉開窗簾。

芙瑞達站得更近了，雖然是白天，小巷內卻很陰暗，房裡更是一片漆黑，雙眼過了幾秒才適應微弱的光線。

「我的老天啊！」芙瑞達咕噥著，小房間裡躺了具屍體。她的目光全聚焦在屍體上。屍體的頭對著窗戶，像是這可憐的女孩渴望人們能瞧上她最後一眼。芙瑞達完全認不出床上躺的是瑪麗・凱利，血浸透床鋪，那張臉被割得面目全非，唯一僅存的是額頭和下巴，還有幾顆牙齒矗立在這片血肉模糊中。血水一路流到床底，向外蔓延，猶如床邊的一塊紅地墊。一旁靠近窗邊的床頭櫃上，凶手將割下來一大塊血淋淋的肉放在上頭，就像人們總習慣在床頭放上一本聖經。

「我的老天啊！」芙瑞達重複，目光無法從床上移開。

死去的女孩面朝上仰躺，雙腿膝蓋彎曲呈「く」字形分開，就像新生兒的姿勢。大腿見骨，似乎被啃咬過；私處也一團血肉模糊，好似遭到狂犬吞噬；離窗戶較近的左臂上有很深的傷口，反折放在身體上，手浸在大大剖開的腹中，就在乳房下方，而原本是乳房的位置，現在只剩兩塊暗紅窟窿。

瑞典法爾肯貝里警局

二〇一五年七月十八日，星期六，上午十一點四十五分

埃麗耶諾・林德柏格推開會議室的雙開門，桌上堆了十二份厚厚的文件，她的目光稍微停在文件上，接著選了門和白板正中間的位置坐下，想避免任何無法控制的意外反應，以及臉上肌肉不自覺流露的神情可能引起的誤會。坐在這裡看白板很清楚，犯罪現場的照片很快就會展示在上面。

十一點五十分了，再十分鐘其他人就要到了。埃麗耶諾從背包裡拿出夾鏈袋，裡面裝了四個青椒乳酪三明治，她咀嚼起午餐。

吃下最後一口傳統北極軟薄餅做成的三明治的同時，埃麗耶諾再次看錶：十二點零五分，還是沒有人來。她翻閱著帶來的資料打發時間，不讓自己一直想著同事們遲到的事。

雙開門的一邊冷不防被推開，卡拉．韓森與克里斯蒂昂．烏洛夫松走進會議室。

「Hej，埃麗耶諾！」卡拉對埃麗耶諾打招呼。

「都快十二點十分了，貝斯壯局長要求大家十二點到會議室，你們遲到了。」

「拜託，妳該不會因為才遲到十分鐘，就要把我們罵得狗血淋頭吧？」克里斯蒂昂語帶諷刺，選了張椅子一屁股坐下。

克里斯蒂昂的比喻在腦中形成了畫面，埃麗耶諾不禁睜大眼，隨即甩了甩頭好擺脫這個畫面。

「克里斯蒂昂，別對她太過分了。」卡拉插話。

「我又沒說什麼，她也不是易碎品，還要『小心輕放』嗎？」

「大家好，」黎納快步走進會議室，打斷了他們談話，一個黑長髮女人跟在黎納身後，頭髮紮成馬尾。

「愛蜜莉．洛伊！」克里斯蒂昂大叫，雙手高舉像是要慶祝射門得分。

埃麗耶諾上下打量愛蜜莉。

「克里斯蒂昂先幫我介紹了，」黎納說，一邊把手上的資料放到桌上，「愛蜜莉，這位是來自哈爾姆斯塔德分局的卡拉．韓森警探；這是埃麗耶諾．林德柏格，未來幾個月她會在這裡幫忙。愛蜜莉．洛伊是蘇格蘭場的犯罪側寫師，去年也協同調查了埃博納的案子。」

愛蜜莉對所有人點了個頭致意，卡拉也點頭回應，埃麗耶諾沒有動靜。黎納接著說：「我們剛從犯罪現場回來——」

「我想看錄影畫面。」愛蜜莉打斷黎納。

愛蜜莉話一說完，卡拉驚訝挑眉，強忍笑意的克里斯蒂昂則抿緊嘴唇，臉頰不時鼓起，又瞥了局長一眼，只見黎納頭歪向一邊，臉上露出淺淺的微笑——愛蜜莉頤指氣使的態度完全沒有激怒他。

黎納示意卡拉播放影片。

首先出現在畫面上的是雨鞋特寫，接著是一個制服警察的背影，他走在小徑上，兩邊是成排的樺樹。畫面忽然轉白，原來是光線所致，籠罩托夫申湖湖岸的陽光與灌木叢間透出的光線形成對比。接著，鏡頭定格在一棵搖晃的樹幹上，受害的年輕女子全身赤裸，背靠枯樹坐在泥地上；鏡頭外有人清了清喉嚨，然後聽到卡拉的聲音，她指責警員沒有帶上塑膠袋。

鏡頭向前特寫受害者，定格之後，又聽到卡拉連續咒罵「helvete」，非常適用於這個場景——整體看起來就像身處地獄，這點毫無疑問。攝影機對著屍體轉了一圈，接著特寫每個傷口，影片就結束了。

畫面一轉黑，愛蜜莉就開口：「很多人會來托夫申湖的這個海灘嗎？」

「妳說錯了，」埃麗耶諾插話：「應該是托夫申湖的『沙灘』而不是托夫申湖的『海灘』，都說是托夫申『湖』了。」

愛蜜莉盯著埃麗耶諾。

原本癱在椅子裡的克里斯蒂昂挺直背脊坐正，等不及要看這兩人脣槍舌戰。

「發現哈姆雷特塔村區謀殺案和這名受害者有關聯的就是埃麗耶諾。」黎納趕緊對愛蜜莉說明，也藉此替新來的實習生道歉。

愛蜜莉點頭表示理解，目光仍停在埃麗耶諾身上。

埃麗耶諾覺得不太自在，愛蜜莉似乎在等她說些什麼？該道歉嗎？還是希望她多解釋一點？

「我一直都在追蹤歐洲連環謀殺案並加以分類，到現在已經十六年了。」埃麗耶諾接著說：「其中也包括哈姆雷特塔村區案。這個案子和本次案件都包含了勒斃、毀屍與屍體特殊擺放方式這三項共同元素，於是我立刻將兩個案子聯想在一起。」

克里斯蒂昂吹了聲口哨。「十六年？妳還在喝奶就追著連環殺手了嗎？」

「我是一九八七年出生的，往前推十六年，也就是從十二歲開始。十二歲已經不喝奶了。」

「哎，要我說啊，看來跟妳的話前戲應該很有趣！」

「克里斯蒂昂！」黎納大吼。

「『有趣』應該不適合用來形容『前戲』。」埃麗耶諾回話，眼睛眨也不眨。

卡拉咬緊嘴唇強忍笑意。

「但妳的理論有問題。」克里斯蒂昂趕緊轉換話題，「這傢伙當時就忽然停手了，難不成哪天去買菜時又猛然想起：『好久沒動手了，不如重新開工吧』，是這樣嗎？」

「連環殺手會停止犯罪往往有四個原因，」埃麗耶諾的語氣和先前一樣平靜而專業。「死了，但這不是本案的情況，因為凶手又再度犯案；生重病、失去行為能力，因此無法犯罪；再來是因其他罪行入獄，服刑中無法犯案；最後是離開原本的犯罪地，另尋他處下手。」

這番發言讓眾人驚訝地說不出話來。

「所以，傑克．皮爾斯很可能關錯人嘍？」克里斯蒂昂問：「老天，這傢伙最近晚上應該很難睡得著……」

「我們繼續說下去之前，有一件關於理查．韓菲爾的事要讓各位知道……」黎納接著說。

這時會議室裡的電話響起，打斷了黎納的鋪陳，黎納拿起話筒。

是尼可拉斯．諾丁，也就是新上任的法醫。他剛剛確認了死者的身分。

二〇一五年七月十八日星期六

茱麗安因胃痙攣而痛醒，肚子裡像有群狗在狂吠。

半闔的眼一睜開就是天花板上那三盞永遠亮著的燈，這房間裡沒有黑夜，茱麗安無法得知自己到底睡了多久，是幾分鐘？還是幾個小時？她轉身側向一邊，腿蜷曲貼合身體，雙手抱腿試圖平撫腹中傳來的陣陣刺痛，每動一下，銬在腳踝上的鐵鍊便匡噹作響。

要是這房間沒有出口，又為什麼要把我銬起來呢？

這一次在她體內狂吼的是恐懼，茱麗安心跳加速，劇烈到彷彿聽得見聲音。

她不曉得雙胞胎女兒晚上睡不睡得著？有沒有睡覺？有沒有吃飯？

眼前出現各種可怕的場景，這讓茱麗安感到更加口乾舌燥。

埃德里安和雷蒙可能沒對女兒說實話？媒體知道她失蹤了嗎？

茱麗安沒去上ＢＢＣ的節目，媒體肯定知道了——電視、廣播、報紙，肯定到處都在討論她的綁架案，也肯定是其他家長和孩子閒聊的話題。

但絕對不能讓雙胞胎知道！

埃德里安，拜託，別讓她們去學校，拜託……

喀噠聲響迴盪在泛黃的牆壁間，是活板門！茱麗安現在認得出這個聲音了，所以不會再受到驚嚇，活板門開了。

又一個瓶子扔進來，從她被關進來到現在，已經是第四罐了，瓶裡裝的是水、薑汁、檸檬、蜂蜜。仍然沒有食物。

還記得埃德里安和女兒在遊樂園裡玩碰碰車，他們盡情大笑，茱麗安從沒見過他們笑得那麼開心。

沒有吃的，只有這瓶混濁的水能壓下飢餓。

那我呢，我到底在哪裡？我在這裡做什麼？是誰綁架我？為什麼？為了贖金嗎？

茱麗安放聲大叫，聲音卻卡在喉間，像剛被吹熄的蠟燭，尿液形成細線沿著腿往下流。

他想強暴我？

茱麗安不禁夾緊雙腿。被強暴就像是死了一次，往後的人生比死了還不如。

死——

他要我死。

瑞典托斯蘭達，賈克柏・保羅森家

二〇一五年七月十八日，星期六，下午四點

一陣熱烈歡呼與掌聲吵醒了熟睡的賈克柏・保羅森，躺在沙發上的他坐起來，發黏的舌頭舔過乾燥的嘴脣，兩眼無神地察看周遭每樣物品，彷彿不是在自己家裡。賈克柏拿起茶几上的 Ramlösa[7] 氣泡水，喝了一口又躺回沙發。

他手裡拿著遙控器，漫不經心地轉臺，其實什麼都沒看進去，這時電鈴響起，響了三聲。

「賈克柏，可以去開個門嗎？我手上都是麵粉！」

莎嘉在家，他怎麼不記得看到或聽到她進門呢？

電鈴再次響起。

「賈克柏，你醒著嗎？」

「我去！」賈克柏扯著嘶啞的嗓子回話。

他起身，拖著步伐穿過走廊，眼睛始終盯著地板，因為不想和「瑪麗亞」對上眼——牆上掛了十二幅照片，裡頭永遠留下了瑪麗亞的身影。

賈克柏開了門，門口站了兩個女人。

「請問是賈克柏．保羅森嗎？」高的女人問他。

賈克柏的心跳聲頓時蓋過周遭所有聲音，他點了點頭，又吞了口口水。

「你好，我叫卡拉．韓森，我是哈爾姆斯塔德警局的警探，這位是愛蜜莉．洛伊女士，我們可以進去嗎？」

「賈克柏，是誰？」姊姊又扯起了嗓門。

卡拉和愛蜜莉看到一個女人走來，一頭及肩的頭髮顯然吹整過，鬆軟垂在古銅色的肩膀上。

「我是賈克柏的姊姊莎嘉。」女人自我介紹。

「她們……是……警察……」賈克柏結結巴巴地說。

莎嘉臉色一變，浮現憂慮的神情，凝重的眼神透出沉重的疑問。

卡拉和愛蜜莉快速交換了眼神。

「很遺憾。」卡拉說。

賈克柏低下頭，肩膀微微顫抖起來，揉了揉眼睛，任淚水湧出。

莎嘉輕撫賈克柏的臉頰，然後緊緊握住他的手。「過來，賈克柏，來吧……」

她領他回屋裡，並示意卡拉與愛蜜莉進門，四人來到客廳坐下。

愛蜜莉在出發前就請卡拉到了保羅森家時先以瑞典語問話，她會等待適當時機再加入對話；說得更精確一點，愛蜜莉並不是「建議」這麼做，而是發號施令要求卡拉照辦。但卡拉並不打算反抗，甚至不想與愛蜜莉作對，這一點就連卡拉都覺得不可思議。

「她是怎麼……瑪麗亞發生了什麼事？」賈克柏邊以手背揉眼睛邊問。

「有人在托夫申湖發現她。」卡拉回答。

「是誰發現她的？」

「兩個青少年。」

「她在托夫申湖？她是……她是淹死的？」賈克柏又問，臉龐因痛苦而變得扭曲。

7 瑞典的氣泡水品牌。

「不是，她是在湖岸被發現的。」

既然沒辦法美化現實，還不如直截了當說清楚。卡拉的大女兒說得好：「就像撕OK繃，一口氣用力撕開反而還比較不痛。」

「有人謀殺了瑪麗亞……賈克柏，請節哀。」

賈克柏的臉皺成一團，臉上交雜著無盡的悲傷和強忍的淚水。

「我不明白，」莎嘉說：「她是什麼時候死的？她……她已經失蹤九天了……」說到最後幾乎聽不見聲音。

「死亡時間是星期一。」

「可是……那之前……她……我真的不懂……」

卡拉喉頭一緊，情緒也受到莎嘉與賈克柏的悲痛影響。

「瑪麗亞應該是在哈爾姆斯塔德那晚被綁架的，可能發生在派對中或之後。」

莎嘉一愣。

「她……被強暴了嗎？」

「沒有，沒有性侵跡象。」

賈克柏蜷曲著身子，雙臂環抱膝蓋。

「她是怎麼死的？」

「勒斃。」卡拉咬著下脣回答。

賈克柏・保羅森全身悲傷得不住顫抖。

「我要見她。」他含糊不清說著。

「她目前在哥特堡。」

「哥特堡？」

「賈克柏，她在法醫實驗室。」莎嘉插話。

賈克柏轉頭看她，彷彿這才發現她也在。莎嘉悲傷地對他微笑。

「妳們已經知道是誰……」莎嘉停頓，沒說完的問句懸宕在空氣中。

「不，還不曉得……」卡拉說到一半也停下來，觀察起賈克柏——瑪麗亞的伴侶，愛蜜莉似乎看穿了她的心思，對她輕輕點頭示意。卡拉便單刀直入說了：

「賈克柏，警方的調查需要你幫忙，你現在有辦法回答我們幾個問題嗎？」

他沉重地點點頭。

「那好。謝謝。你認識瑪麗亞多久了？」

「八年……應該說……快滿八年了。」

賈克柏冷不防聳起肩膀，一手摀住嘴——一陣噁心感湧上喉頭。

「對不起，我得去躺下來。」賈克柏一說完就起身。

「不要緊。」

莎嘉也跟著起身。

「莎嘉，我想一個人靜一靜。」賈克柏轉身離開客廳，腳步聲迴盪在走廊，留在客廳裡的三人聽到他踩著階梯上樓。

莎嘉又坐下來，看著沾滿麵粉的手指，麵粉都乾掉了。

「瑪麗亞和賈克柏……已經在一起八年了，瑪麗亞……在市中心的美髮店工作，失蹤那晚，也就是九天前，她去哈爾姆斯塔德的酒吧慶祝朋友生日，我記不得壽星的名字了，但我想，我所說的妳們應該都知道了。」

「你們三個人住在一起？」

「怎麼可能！我的公寓離這裡走路約五分鐘，有時候會過來幫賈克柏煮飯，順便確認……」

莎嘉伸出食指摳掉手腕上乾掉的麵粉塊。

愛蜜莉輕觸卡拉的手，接著身體往前，雙肘撐在大腿上，露出充滿同情的微笑。

「莎嘉，我們可以用英語繼續聊嗎？我目前和瑞典警方合作，只可惜我瑞典語說得還不夠好。」

莎嘉點了點頭表示同意。

「莎嘉，妳能不能跟我們聊聊妳弟媳，也就是瑪麗亞這個人？」

莎嘉不屑地噘起嘴，手背順了順裙子，然後苦澀地乾笑一聲。「瑪麗亞就是個……」

莎嘉嘖聲，接著嘆了一口氣。

「瑪麗亞在感情上不斷背叛我弟弟，出軌也毫不隱瞞……但每一次賈克柏都原諒她。這個笨蛋每次都原諒她……」

莎嘉舉起雙手，手背遮擋在臉前方一邊搖頭，像是有人正威脅她而擺出防禦姿勢。

「我始終不懂，」莎嘉接著說，因流淚而哽咽起來。「不懂他為什麼堅持和她在一起，而現在居然出了這種事……」

莎嘉咬緊牙，閉上眼。「他這輩子都走不出來了……」

「瑪麗亞有固定的情人嗎？」

「沒有，嗯，我想沒有……她會和酒吧裡認識的陌生人在車子後座做愛，這才是她的風格。」

「她和約會的男人有過爭執嗎？」

「完全沒有，她出軌不是為了找其他男人取代賈克柏，就是……我想說的是……我覺得她的目的完全是為了……『性』。」

莎嘉厭惡地吐出最後一個字，指尖抹了抹嘴角。

「瑪麗亞失蹤當天，妳或賈克柏是否在家門口發現了她的鞋子？」

莎嘉驚訝地瞪大雙眼。

「妳怎麼知道？我們的確在信箱旁發現了瑪麗亞的高跟鞋，就裝在塑膠袋裡。到底是怎麼一回事？我和賈克柏待在這兒可不是為了整天替她收拾！那個袋子還被雨水淋得溼透，於是我原封不動放回她衣櫃裡，放在一堆衣服上。我要讓她知道，我不是替她打雜的女傭，而且我很清楚她去了哪裡過夜。」

瑞典哈爾姆斯塔德，韓森家
二〇一五年七月十八日，星期六，晚上八點

卡拉擦好流理臺和桌子，又按下洗碗機。

女兒堅持今晚在家做披薩吃，於是她們三人整個下午都待在廚房，一陣吵吵鬧鬧之後，兩個美味的披薩就出爐了，一個是皇家披薩，另一個是薄荷羊酪口味，小女兒說羊酪那個看起來比較像派。

丹．韓森笑著走進廚房。

「怎麼了？」卡拉問，同時從冷凍庫拿出一盒冰淇淋。

「聽好了，妳大女兒說剛找到暑假的打工，她要去動物醫院兼差。而且這就是她的終身志向，所以她決定不再去上西班牙語課，因為——她還一副嘲諷的口吻——『反正動物又不說西語』。妳小女兒不放過機會也來插一腳說：『琵雅，最重要的妳忘了說——醫生是湯瑪士的爸爸，湯瑪士就是妳想親的那個男生，我還聽到妳跟愛麗莎說要伸舌頭哩。』妳大女兒立刻滿臉通紅，拉起被子蓋住臉，還叫我馬上離開她房間。」

「你覺得這很好笑？她才十一歲！我十一歲的時候，根本不知道可以伸舌頭！」

「妳不知道可以伸舌頭？」

卡拉強忍著笑意搖了搖頭。

「總之，可以確定的是琵雅想要有自己的房間，親愛的，我們得犧牲你的書房了，

真可憐。」卡拉戲謔地說。

丹咬了一口草莓，在兩個碗裡盛滿冰淇淋，還淋上焦糖醬，然後將其中一碗遞給卡拉。

「簽名會怎麼樣？快說你簽了幾件胸罩?!」卡拉邊吃甜點邊問。

「妳知道我的讀者裡也有很多男性吧……」

「那你簽了幾件四角褲？」

丹在自己的那碗冰淇淋又灑上巧克力碎片。

「我倒是希望妳和女兒一起出席。」

「你要我們去陪你簽四角褲？」

「妳們錯過了很動人的時刻。有個男孩在我為他簽書時，感動到都流眼淚了，他告訴我在學校裡遭到同學霸凌，是《厄格森戰役》第四集裡的戰士希利蘭給了他勇氣反擊。」

卡拉給了他一個飛吻。

「真是太棒了！親愛的，我真替你開心。」

「妳呢？調查進行得怎麼樣？」

「你不會想知道調查的進展……」

「那就聊聊妳的新同事。」

卡拉又回想起見到黎納．貝斯壯前，一股無來由的怒火完全控制了她，現在一想起來她就羞愧得想躲到桌底下。

「黎納．貝斯壯跟我想的完全不一樣，一點也不傲慢，我還以為他會排擠我，可是他沒有。他非常專業，願意傾聽，也很重視團隊合作。」

丹假裝關心地看著她。

「那……妳接受嗎？」

「哦，少來了，我也是有團隊精神的，好嗎？只不過我需要和能力強的人一起工作，可以放心把事情交代給他們，這樣的要求不算過分吧！這次的情況就是這樣，所以沒什麼好抱怨的。連貝斯壯手下的警探克里斯蒂昂．烏洛夫松看起來也挺有效率，但給他的指令得夠明確就是了。他花在髮膠上的錢，應該等於我們一家四口的伙食費。檢察官的前實習生也在貝斯壯那裡，那個小女孩叫埃麗耶諾．林德柏格，她很不簡單；雖然我說『小女孩』，其實她也要二十八歲了，正在讀犯罪學博士，患有亞斯伯格症，性格有點孤僻。」

「我敢說，她肯定因為能參與這個案子感到很雀躍。英國來的側寫師怎麼樣？」

「她其實是加拿大人，只不過是在蘇格蘭場工作。資歷很驚人，在匡提科受訓，現在是英國首席犯罪側寫師，破案率很高，總之挺了不起的。」

「個性好嗎？」

「不算好，很直接，近乎魯莽。但看在她那顆腦袋瓜的分上，這些我都可以原諒。」

「妳成了女性主義者嗎？」

「我帶著金髮、大胸在做男人的工作，想不當女性主義者都沒辦法。」卡拉邊說邊吞下一大匙冰淇淋。

「是這樣嗎……」

「什麼？」

「妳邊提起胸部又舔著湯匙……」

「我已經舔很久了，我說的是湯匙。」

「我也舔湯匙舔了很久。」

「你沒有大胸部，舔起來效果不一樣……」

「看起來是這樣沒錯……」

丹放下碗，繞到桌子另一邊，目光炙熱，卡拉瞄了走廊一眼。

「她們都睡了。」丹向她保證，順手關上廚房的門。

他吻她，雙脣灼熱，舌頭卻很冰涼。

卡拉脫下牛仔褲，丹一把扯下她的內褲，卡拉跳上桌子，雙腿環住丈夫。

丹撩起卡拉的背心上衣，拉到胸上，解開胸罩釋放沉甸甸的乳房，手指捏住已經硬挺的乳頭；卡拉嘆息，丹那冰涼的舌尖舔舐上乳頭時，她忍不住呻吟。

「看來韓森警探在談女性主義的時候，腦袋裡就有了明確的計畫……」丹邊調侃她邊解開褲子。

「我腦袋裡計畫的事可多了……」卡拉低聲說，拉著丹貼近自己，直到他進入她體內。

瑞典法爾肯貝里警察局

二〇一五年，七月十八日星期六，晚上八點

愛蜜莉盯著照片，一張接著一張，每一張都是一具不同的屍體，她剛剛將照片放上磁性白板，空間大一點，死者才能對愛蜜莉述說經歷，讓她依序拼湊出真相。

這塊白板上拼貼的是生與死，愛蜜莉站著凝視這些照片，重返七處犯罪現場，找尋相似點，試圖了解連環殺手（們）留下的邏輯與一致性，因為她目前什麼都無法確定。眼前的連環命案都已經結案快十年了，卻因為瑞典和英國接連發生的綁架謀殺案，如今又重啟調查。所以愛蜜莉得小心檢視，一絲一毫線索都不能放過。

會議室的雙開門伴隨著一聲長響後打開，緊接著是門上絞鍊沉悶的撞擊聲。

愛蜜莉轉身，只見埃麗耶諾直挺挺站著，纖細的身上揹了個沉重的大背包也絲毫不影響站姿。

午會後，黎納向愛蜜莉解釋了埃麗耶諾的狀況。卡拉和克里斯蒂昂早已知情，但克里斯蒂昂本來就沒幾分禮貌和耐心，更別提分寸了，就算事先了解埃麗耶諾的情況，他的表現還是一如往常。

愛蜜莉上下打量眼前的幫手：埃麗耶諾有著芭蕾舞者的姿態──微微揚起的頭、下巴稍微往前、肩膀下沉；也具有芭蕾舞者必備的三樣精神特質──紀律、韌性和決心。

「妳也有亞斯伯格症嗎？」埃麗耶諾劈頭就問。

愛蜜莉搖了搖頭。

「可是妳的行為舉止看起來都像有亞斯伯格症。」

愛蜜莉聽了覺得有趣。

「妳在忙什麼？」埃麗耶諾接著問。

「找出死者之間的關聯性。」

「妳在建立受害者側寫。」

愛蜜莉點頭。

「告訴我要做什麼才能幫上忙吧。」埃麗耶諾邊說邊坐下來，迅速從背包裡拿出筆記本，再從本子上的皮製線圈裡抽出筆，完全沒考慮到愛蜜莉可能想獨自作業。

愛蜜莉並未因此感到不快。

「首先要從每個受害者身上收集十五項分析點，」愛蜜莉握成拳頭的手壓在桌上。「倫敦有六名死者，加上茱麗安．貝爾與這次瑞典的受害者，我們要從這八名女性身上找出共通點，我需要的資訊包括她們的外貌身材與衣著敘述、過去及目前職業清單、過去及目前居住地、家庭背景和婚姻狀態、教育程度、在職場上與鄰居間的評價、過去及目前經濟狀況、病史、個人與社交習慣、酗酒與用藥習慣、休閒娛樂、有哪些朋友和敵人、最近是否改變生活習慣，最後一項是犯罪紀錄。」

埃麗耶諾在筆記本上一一記下，寫好了就站起來，筆還拿在手上。她拿木楔子卡住門的一邊，又打開三扇玻璃窗的其中一扇。

「這裡空氣好差。」埃麗耶諾嘟囔著，語畢又坐了下來。

愛蜜莉和埃麗耶諾各自埋首苦幹，紙張翻動是會議室裡唯一的聲音。忽然間，走廊上傳來急促的腳步聲，幾秒之後就看到艾蕾克希衝進會議室，肩上揹了個旅行包。

前一晚愛蜜莉的來電對艾蕾克希有如晴天霹靂：哈爾姆斯塔德發生了一起謀殺案，類似哈姆雷特塔村區兇殺案，而且愛蜜莉來到法爾肯貝里；她在電話裡要求艾蕾克希晚上八點後到警局來見她，想聊聊幾件與調查相關的事。

艾蕾克希星期六一整天都沉浸在過往，她拿出近十年前彙編的檔案深入研究，梳理調查的每個細節，重新看過庭審紀錄、證詞、新聞報導，每一項都勾起酸楚的回憶，讓她油然升起一陣憤怒和悲傷。

艾蕾克希從包包裡拿出一疊文件放在會議桌上，接著抬頭看愛蜜莉。

「這疊文件全是我個人的調查，裡頭有妳在官方資料找不到的訊息。」

瘦弱的艾蕾克希選了一張離愛蜜莉幾步遠的椅子坐下。眼前愛蜜莉正以奇怪的眼神看著她，讓艾蕾克希一度懷疑自己忘了拿下浴帽，還是化妝只化了一邊臉。施泰倫今天在斯德哥爾摩有個約會，得去一整天，他離開後，心神不寧的艾蕾克希就頻頻出狀況，像是早餐時拿麵包去沾果汁，或是把原本該送進微波爐加熱的咖啡放到冰箱。

「不好意思，我應該要先自我介紹，我是艾蕾克希．卡斯泰勒。」

「幸會，我是埃麗耶諾．林德柏格，」埃麗耶諾露出過分誇張的微笑。「妳原本是塞繆爾．賈荷爾的女朋友，他是法國籍的警察，在追捕理查．韓菲爾到案時遭殺害。」

這段話像是一巴掌打在艾蕾克希臉上，她的臉色霎時一陣慘白，低下了頭。

埃麗耶諾從艾蕾克希的表情看出她很驚訝，卻不明白她為什麼會如此反應，自己不過是說出了公開的事實。而且既然與艾蕾克希切身相關，她肯定會知情。沒想到她聽完之後卻顯得很……震驚，一副剛剛才得知男友塞繆爾．賈荷爾死訊的表情。

「施泰倫還沒從斯德哥爾摩回來嗎？」愛蜜莉忽然開口。

還處於驚訝狀態的艾蕾克希轉頭看愛蜜莉。

「他……呃……我想他應該再兩、三個小時就會到家。」艾蕾克希低聲說，思緒驀然轉向施泰倫。他們已經將近兩個禮拜沒見，前一晚終於見了面卻沒做愛。她感覺很糟，彷彿塞繆爾和他們一起躺在床上，就躺在他們之間。

一綹髮掉出鬆散的髮髻，艾蕾克希用手背往後撥。

「愛蜜莉，妳說有事找我聊……」

「調查裡有件事妳不曉得，警方之前一直保密。妳知道的是受害者被綁架時穿的鞋子，後來都被放進夾鏈袋，扔在受害者家附近。其中左腳鞋子裡會塞進一雙襪子，襪子上的ＤＮＡ都屬於前一名受害者；然而只有哈姆雷特塔村區案的第一名受害者不同；從鞋裡襪子上採集的ＤＮＡ，到現在都沒能確認身分。」

艾蕾克希往身旁小心探索，直到手摸上另一把椅子便緊緊抓住好支撐身子。

「茱麗安．貝爾和瑪麗亞．保羅森遭到綁架時，鞋裡也有襪子，我們還在等ＤＮＡ結果，瑪麗亞．保羅森是哈爾姆斯塔德的受害者。另一件事情，瑪麗亞．保羅森的兩邊耳道裡都塞了一根黑羽毛，這點和遭理查・韓菲爾毒手的受害者一樣。」

艾蕾克希驚訝地瞪大了眼，這些突如其來的資訊令她難以消化，她也不想消化，她做不到。

愛蜜莉冷不防拋給她的訊息彷彿一塊壓向胸口的大石，艾蕾克希試著深吸一口氣想挺起胸膛、打起精神，但空氣卻進不了肺部，她只好張開嘴痛苦呼吸，彷彿喉間長滿了棘刺。

「我一整天都在重讀我過去整理的文件……」幾秒後，艾蕾克希才喃喃說著：「理查・韓菲爾有罪，愛蜜莉，他有罪！」

「妳沒有資格做出定論。」

「妳說什麼？」艾蕾克希氣憤大吼。

「有證據之前的揣測是一大錯誤，要讓推論與事實相符而不是反過來。」

「這是亞瑟・柯南・道爾說的，」埃麗耶諾低聲評論：「出自福爾摩斯探案系列的《波希米亞醜聞》。」

「妳心裡已經認定理查・韓菲爾有罪。」愛蜜莉心平氣和地接著說。

「真要命，愛蜜莉，因為他**就是**有罪，他都被定罪了，不是嗎？」

「茱麗安・貝爾失蹤和瑪麗亞・保羅森遇害帶來新的疑點，現在唯一能確認的是理查・韓菲爾殺害了塞繆爾，其他我們還在查。」

艾蕾克希對愛蜜莉投以憤怒的目光，拿走自己放在桌上的文件，快步走出會議室。

英國倫敦，白教堂區，多賽特街

一九〇〇年，四月二日，星期一，晚上十一點

芙瑞達轉過身，額頭靠在潮溼的牆上。

十二年了，她奉獻了十二年的時光服務夫人。

芙瑞達美貌依舊，大家都說她看起來只有二十歲出頭，多虧了高顴骨，臉上看不出歲月的痕跡，反倒是手洩漏了一切——因長時間泡在冰水裡洗衣服和辛苦的勞動而變得枯黃粗糙。

與芙瑞達共事的老女傭在一八八九年冬天去世，她死後夫人便要求芙瑞達取而代之，成為首席寢室女傭，芙瑞達因此離開東區到肯辛頓定居，天曉得她有多開心。雖然住的是閣樓的一個小房間，還得與老鼠為伍，但至少沒有蟲；而且這三年來，她成了大小姐的貼身女僕。大小姐既討人厭又醜陋，長得跟父親一個樣，還好芙瑞達有兩把刷子，巧手改造大小姐的髮型與妝容，讓她至少能上得了檯面，還因此覓得夫婿，去年夏天出嫁。

芙瑞達的臉頰貼上冰涼的磚牆，藉此放鬆脖頸筋骨。才眨了眨眼，她忽然驚呼一聲。她沒注意到自己居然走著走著就來到米勒巷；一八八八年十一月九日早晨，她在這裡發現了瑪麗・凱利殘破的屍體，下毒手的就是開膛手傑克，此後她再也沒走進這條蒼涼的小巷。死者的大腿和髖部被割到入骨，凶手扯出體外的五臟六腑遍布床鋪與床頭櫃，這些畫面仍歷歷在目；芙瑞達又想到瑪麗．凱利的死狀，割下的乳房像枕頭一樣墊在她後腦勺下。

想到這裡，芙瑞達的脊椎直發涼。但自從犯下瑪麗．貞奈特．凱利謀殺案後，開膛手傑克似乎就消失了。報章雜誌上還幾度大肆討論，彷彿惋惜凶手竟就此遠離白教堂區；然而他確實沒再出現過。

芙瑞達露出痛苦的表情——她又感到噁心想吐。真是個噩夢……整個人生都是噩夢……好不容易遠離酒精與賣淫，堅持了十二年之後，身體卻背叛了她。莉茲跟她說過，一個錯誤的決定就足以讓人深陷地獄。

芙瑞達並非沒有等待——她不只等，還非常有耐心，等到那個對的人拜倒在她石榴裙下；他對她獻殷勤，從門縫塞情書給她，她也偷偷去見他，約會中僅存在純情的吻和永誌不渝的承諾。

八個月後，芙瑞達的祕密情人說要娶她，也就在那時候，她犯下不可逆轉的錯誤：把自己獻給他。她當然沒忘了莉茲曾囑咐她要小心的事，老天卻還是決定懲罰她。而她居然驕傲地以為自己能戰勝一切，逃過不變的自然法則。不料那混帳一得知她懷孕就驚慌失措，立刻與她斷絕往來。

錯誤在肚子裡種下惡果，芙瑞達只能帶著汙點繼續工作。她覺得整個身體變得不像自己的，彷彿她被排除在外，有人接管了她的身體。這感覺很討厭，懷孕實在太難受了，從來沒人告訴過她會這麼痛苦：極度疲倦、持續噁心、胸疼腳重，要這樣挺過每天十四小時的家務工作簡直是一大挑戰。但她就這麼撐著，直到被疲倦壓垮，在客廳裡倒下，昏倒時連帶撞倒了一排昂貴的花瓶。夫人因此趕她出門，臉上依舊帶著笑容，就和先前問起莉茲死狀時一樣的微笑。這邪惡的女人解雇芙瑞達時，一點也不知道她肚裡懷的正是他們這個貴族世家的後代。

芙瑞達只好回到白教堂區，肚裡的孩子奪走了她原有的一切，惡魔由內而外吞噬著她。

回過神來，芙瑞達感到臀部接近大腿根部像黏了隻蛞蝓，她拉下襯裙和外裙，接著轉頭對完事的男人微笑，他出手很大方，而且很可能會再回來找她。男人回應她，傾身捏了捏她深色的乳頭，芙瑞達聞到近乎落水狗的臭味，心想很快就會有張小嘴掛在奶頭上，像水蛭般吸乾她。

瑞典法爾肯貝里，施泰倫．埃克倫家

二〇一五年七月十九日，星期天，正午十二點

「艾蕾克希，親愛的，幫我調油醋醬好嗎？」

母親響亮的喊叫聲把艾蕾克希拉回現實。她從昨晚就一直想著愛蜜莉的話，腦海中反覆播放當時的景象：愛蜜莉定睛看著她，向她解釋理查．韓菲爾可能是無罪的。她明白愛蜜莉實事求是，但那番話如同踐踏過艾蕾克希的哀戚與傷痛，她那事不關己的態度不但驚人，也很傷人。艾蕾克希感覺像是被同伴遺棄了，獨自守著空城——她得一個人面對理查．韓菲爾。

「妳忘了放香草和胡椒！」母親不耐煩叨唸著，一邊把調味料放到流理臺上。

艾蕾克希的母親瑪杜兩個小時前抵達，一到就掌管了廚房，父親諾伯赫、施泰倫和黎納像前線的士兵對她唯命是從，擺餐具、切香料麵包、鵝肝片，還要注意烤箱裡的焗烤乳酪通心捲，重新整理冰箱好空出位置放加泰隆尼亞焦糖布丁——每個人各司其職。

父親不願意帶著六公斤的食物出遠門，瑪杜只好寫採購清單給艾蕾克希，上面的食材幾乎就跟準備聖誕大餐沒有兩樣。瑪杜最後只從法國帶了兩大塊完整鵝肝，這當然是瞞著丈夫偷渡來的。

為了來法爾肯貝里這一趟，父母已經計畫了將近三個月，艾蕾克希實在不忍心在最後一刻要求他們取消，可是哈姆雷特塔村區謀殺案要重啟了，聽到這個消息，就算是施泰倫第一次見家長，艾蕾克希也實在沒那個心神應付。施泰倫是艾蕾克希在塞繆爾去世後的首任官方男友，她當然沒跟父母說過「一夜情」的事，只有姊姊知情，所以父母一聽說兩人交往，就迫不及待想見施泰倫一面，也希望藉此確認他不會傷害女兒——艾蕾克希受過夠多傷了，非常脆弱。起初，艾蕾克希極力推托阻撓，六個月後還是投降了。

讓她驚訝的是母親堅持到瑞典見施泰倫，順便「在他習慣的環境就近觀察他」，母親這麼解釋，彷彿「施泰倫．埃克倫先生」是樣瀕絕物種，而法爾肯貝里是田野調查絕不可錯過的照相景點。

「媽，還有什麼要我做的？」艾蕾克希問，一邊將髒碗盤放進洗碗機。

「妳可以幫我開酒。」

「也許該留給施泰倫開？」

「施泰倫負責鵝肝和麵包，親愛的，幫我開索甸貴腐酒吧。」瑪杜堅持，一邊煎著新鮮無花果，鍋裡的奶油燒成慕斯狀。

艾蕾克希對施泰倫微笑，同時以嘴型無聲地說了句「謝謝你」；今天如果角色對調，未來的婆婆擅自占用她的廚房，艾蕾克希肯定會在她的酒裡偷摻瀉藥。

「我們在想帶你們去博斯塔德看看，」艾蕾克希建議，然後開了餐前的第一瓶酒，「施泰倫小時候都去那裡過暑假。」

「博斯塔德很棒！」黎納說著西班牙語附和她。

「這頓午餐會很有趣，」艾蕾克希心想，她和施泰倫說英語、和父母說法語，施泰倫和黎納說瑞典語，黎納則是以西班牙語和艾蕾克希的父母溝通，這根本就是《歐洲歌唱大賽》了吧。

「但今天下午我想到法爾肯貝里市區逛街購物……」瑪杜解開圍裙。

「瑪杜，妳還要買什麼？」父親問：「妳的行李箱在來之前就已經塞到快爆炸了！」

「我想到城裡看看，買兩、三樣禮物給孫子，順便看這裡的人都怎麼生活的。」

看這裡的人都怎麼生活的。**拜託，媽，這裡的人都住在茅草屋裡，洗衣服還要去河**

邊，這才是維京人該有的樣子。艾蕾克希不禁在心裡翻起了白眼。

「瑪杜，今天可買不了東西！」父親板起臉回話。

「天啊，對，我都忘了今天是星期天！」

「不只這樣，這一帶的商店一個禮拜只開一次，每週二營業，因為都是在那天進貨。」

瑪杜驚訝得臉都僵了，眼珠子像是快掉出來，多半是想到親愛的女兒往後得住在這樣的地獄裡。

諾伯赫不覺大笑起來。施泰倫和黎納在一旁是一頭霧水，艾蕾克希將剛才的對話翻譯給他們聽，大家便也跟著笑了起來。

「媽，妳希望的話，今天下午我還是可以載妳去市區。」艾蕾克希插了話，一邊伸手輕撫母親臉頰。

「親愛的，謝謝妳。」瑪杜朝丈夫投去一個勝利的眼神，接著說：「都準備好了，大家就坐吧！」

第一道菜是鵝肝搭配美味的自製香料麵包，所有人嚐過一口後就安靜地吃著，享受美食就該如此。

「施泰倫，你父親不能過來一起用餐真是太可惜了！」瑪杜邊切麵包邊說：「我們很想認識他呢……」

老埃克倫不枉為瑞典人，非常喜愛高爾夫球，客戶邀請他到佛羅里達打球，他就像充滿活力的小夥子，二話不說就飛往棕櫚灘。

「沒錯，真是太可惜了，下次還有機會……」施泰倫說，完全沉浸在盤中的美食裡。

「李奧納，我說啊……」瑪杜又開了話題，同時起身要去拿麵包。

「媽，是黎納！」

「這個名字在西語裡是『李奧納多』，在法語就是『李奧納』，所以我沒說錯啊。」

「既然這樣，他也可以叫妳『瑪格達』嘍。」

每個瑞典名字對瑪杜來說似乎都難以發音，光是「施泰倫」就讓她傷透腦筋，她發不出字尾那個「倫」的音，反而比較像「拉」，最後聽起來就像是知名啤酒的品牌（Stella Artois，斯泰拉）。瑪杜居然還因此沾沾自喜，老是對施泰倫開一些啤酒的玩笑，瑞典人要在卡斯泰勒家得到一席之地真是太辛苦了。

「我說啊，黎納赫，你太太和兒子都好嗎？小孩在馬德里開心嗎？」

「開心啊！我都覺得他們應該不想回來了！蕾娜說很抱歉不能來，因為我們今年不能去度假，所以她趁機飛去西班牙探望兒子。」

「為什麼不能去度假？」諾伯赫問，然後替所有人斟酒，「警局真的這麼忙啊？我倒覺得瑞典夏天滿平靜的，不是嗎？該不會又有連環殺手了吧？」他笑著說。

這句玩笑話換來的卻是一片靜默。

黎納、施泰倫與艾蕾克希互相交換著眼神，答案不言而喻。

瑪杜走到艾蕾克希身旁坐下，嚴肅的臉上淨是擔憂，眼神中充滿質疑。她盯著女兒問：「艾蕾克希，發生了什麼事？」

瑞典法爾肯貝里警察局

二〇一五年七月二十日，星期一，上午七點

埃麗耶諾從背包拿出保溫瓶放在會議室桌上。

星期六晚上很關鍵，因為發生了一件大事，當時埃麗耶諾還不知情，直到今天早上起床，在腦海裡演練一天行程細節時才發現。她預計在六點五十分抵達阿維斯托普斯韋根路十四號，石階底端前有根柱子，腳踏車會停在那裡上鎖，進入警局，穿越開放式辦公空間、狹窄的走廊，推開會議室（克里斯蒂昂·烏洛夫松都簡稱「會室」）雙推門，然後在門和白板正中間的那張椅子坐下——

就是這一刻。

埃麗耶諾想到這裡，在腦海裡按下暫停，就在這一刻她意識到，她要在「會室」裡工作；黎納在開放式的辦公空間留了個角落給她，她卻想在大會議室裡做事。

埃麗耶諾的父母花了很多年，才了解為什麼早上起來會看見女兒手握成拳頭睡在廚房的雜物間，裡面有母親放的狗睡墊。只要家裡有客人，父母就禁止她到那裡，這時埃麗耶諾會躲回房間，把棉被拉到床底下鋪好，床單和毯子就夾在床墊與床架間，垂落到地板。她會在自己搭起的「帳篷」裡睡覺，但狗睡墊還是舒服多了，反正打掃阿姨葛塔經常清洗睡墊，因為葛塔光是「看到」毛茸茸的動物就會打噴嚏。

埃麗耶諾十二歲的時候，歷史老師巫維·愛德華森保證會讓她在學校裡找到歸屬

感。他在魁北克節（聖讓巴提斯特日，六月二十四日）前一天請埃麗耶諾的父母到學校，告訴他們，他發現了解讀埃麗耶諾行為的關鍵——他和他們談起自閉症和亞斯伯格症候群。

於是接下來的六個月裡，父母帶著埃麗耶諾去見相關專家，他們一個比一個嚴肅，對埃麗耶諾做了許多檢查，檢測過程既不舒服又讓人十分憂心，但全都指出同一個結果。

在這之後，林德柏格一家改變了看待埃麗耶諾的方式，他們不再排斥、惱怒，原先的悲傷與不諒解也轉化成好奇與接受，埃麗耶諾終於覺得可以做自己了，雖然家人還是無法全然理解她，但至少尊重她，接納她為家中的一分子，也愈來愈少指責她「不穩定」、「情緒化」、「任性」或「被寵壞了」。此外，埃麗耶諾總覺得說她「被寵壞了」很奇怪。雖然她還與父母同住，卻是出於母親堅持，以她現在的薪水要支付生活開銷完全無虞，像是食物、洗滌與衛生用品（衛生紙、牙刷、牙膏、肥皂、洗髮精、體香膏，還有每個月特定幾天需要的衛生棉）、書籍，以及可上網的電腦；治裝費僅僅占了埃麗耶諾列出的預算裡一小部分，她的衣服只有幾件，都是穿到壞了才換。

熱水瓶的塑膠蓋可以當杯子用，埃麗耶諾倒入咖啡，喝了幾口，接著拿出筆記本，上面寫著愛蜜莉口頭交代的事項，那是在星期日凌晨兩點二十分，就在愛蜜莉離開警局前，埃麗耶諾聽寫記下的。

埃麗耶諾等了七個小時才打電話給黎納·貝斯壯，向他請示是否能處理愛蜜莉交辦的事項，也就是收集哈姆雷特塔村區謀殺案的資料。黎納回覆她，如果她願意負責，克里斯蒂昂・烏洛夫松絕對會感激不盡。

埃麗耶諾又讀了一次線圈筆記本上的內容：

1. 警方初步報告（包括鑑識警察採集的證據、發現屍體的情況和當時錄下的影像、詢問證人與鄰居紀錄）。
2. 屍體解剖報告（包含毒物與血清檢測報告、傷口清洗後的照片，不只要最後的報告，還要法醫驗屍過程中的發現與看法）。
3. 發現死者地點的空拍照。
4. 鄰近區域附比例尺的地圖，上面要標注細節：房子、公寓、學校、加油站、超市、商店等等。
5. 陳屍地點的社會經濟資料數據（也就是可以顯示當地居民和來往人群類型的資訊）。

埃麗耶諾決定要更進一步。她要藉由這些資料建立一套推理給犯罪側寫師洛伊，還有貝斯壯局長。她又喝了一大口咖啡，將椅子拉往桌子，直到上身完全卡在桌緣和椅背之間才開工。

英國倫敦，白教堂區，紅磚巷

一九二二年十一月二十二日，星期二，凌晨四點

鬧鐘一響，珍妮就以最快的速度按掉，她可不想吵醒母親；母親兩個小時前才回到家，沾上啤酒和精液的衣服飄出惡臭，她卻脫都沒脫就上了床。

「天殺的鬧鐘！」芙瑞達抱怨，一邊拉起裙襬擦去大腿上黏糊糊的精液。她掙扎著睜開眼，轉身看珍妮；女兒坐在床上，正要脫下睡袍，一邊忍住不打哈欠。芙瑞達的目光移向女兒飽滿的臀部，坐在草蓆上成了乳白心型，胸部大又渾圓。芙瑞達挪動身體靠近珍妮，忽然出手重重捶了她右胸一下。珍妮聲音沙啞地大叫了一聲。

「小蕩婦！」芙瑞達大聲嚷嚷：「在妳媽面前像婊子一樣搔首弄姿，都不覺得羞恥嗎？」

珍妮趕緊跳下床。衣服放在靠近壁爐的椅子上，她一手抓過衣服，匆忙穿上。她太清楚母親像這樣生氣時，接下來會發生的事。

芙瑞達試了三次才終於在床上坐起身。

「妳讓我看著妳緊實的奶子和屁股有什麼意圖？妳說啊！是要提醒我，我的身材已經走樣了嗎？這全是妳的錯！今天我會變成這樣都是妳的錯！妳爸會跑走都是妳害的，是妳害我失去了青春！要是沒有妳，我現在還住在肯辛頓，我收藏的帽子絕對不會輸給瑪麗皇后！

想看看妳對我做的好事嗎？妳想看看我的胸部變成什麼樣子了嗎？妳一長牙，就把我奶頭咬到流血，邪惡的小傢伙，妳還以為我喜歡把奶子放到妳嘴裡讓妳吸嗎？可以的話，我寧願直接把肉塞進妳嘴裡，我跟妳說！」

宿醉的芙瑞達一口英語混雜著瑞典語咆哮著。

「妳給我過來！」芙瑞達命令。

珍妮站在門邊，顫抖的手編著金色髮辮。

「我叫妳過來，聽到沒！」

珍妮走近床邊，母親一把拉住她的裙子，把她拖來面前。珍妮的膝蓋在混亂中撞到了床框。

「不准妳靠近我拉客的地盤，聽懂沒？妳已經搶走了我的一切，再讓妳來不就又讓妳搶走我嘴裡的麵包！妳現在在哪裡工作？」

「回母親大人，在梅費爾。」

「哦，對，我想起來了，在梅費爾，替有錢人打掃，就跟妳媽一樣。我還沒懷妳之前也做這工作。」

芙瑞達啞著嗓子笑了起來，難聞的口氣從嘴裡噴出來。

珍妮不敢正視她，因為母親很可能找藉口打她屁股或賞她耳光。珍妮始終垂著頭，母親還拉著她裙子，她就盯著母親的手指，粗糙的手因生病而指甲發黃。母親就要死了，珍妮很確定。腹痛每每讓母親痛苦呻吟，珍妮替她倒尿盆時也看見血了。母親就要死了，可是珍妮不會照顧她，這個老巫婆將會孤獨地死去。

「親愛的女兒，妳最後也會和我一樣，妳會被夫人的兒子搞大肚子，她會把妳趕出門，然後妳就得張開雙腿接客，把肉體獻給那些東區最底層的傢伙。」

穿著豔麗俗氣、滿身香水味的女人曾經好幾次靠近珍妮，但她每次都拒絕。去了也許能賺一大筆錢，她卻一點也不後悔。

珍妮看著母親張開雙腿長大，那些男人在母親的雙腿間抖動，她發誓絕對不要步上這般恐怖的後塵。她很確定那些猥瑣男人來家裡洩慾之前，褲襠裡的傢伙絕非乾淨如新。珍妮寧願從事家務活，再累都不打緊，她不要像母親一樣被骯髒的陌生人操。

「妳到底要不要回答我的問題？」母親在她傷痕累累的手臂上擰了一下，「昨天賺來的錢放到哪去了？」

「昨天沒領錢，發薪日是每個星期六晚上。」

「今天是星期幾？」

「星期二。」

芙瑞達鬆開拉著女兒裙子的手。珍妮走回門邊，迅速穿上大衣和鞋子就離開了房間。

白教堂的路上濃霧瀰漫，厚重的霧氣彷彿將棉被拉高至頭頂，珍妮感覺自己像還沒離開那張床。她手伸進袋子，拉出木十字架，那是十八歲生日時牧師送她的禮物。十字架在公車上和起霧的日子很實用，能趕走扒手，也能懲罰好色之徒。

再三個禮拜，珍妮心想，她每走一步，裙邊的木十字架就隨著擺動，彷彿在跳雙人舞；只要在這死亡之地再熬三個禮拜，忍受母親的脾氣、她的責難、她的氣味，以及與她同床共枕，再三個禮拜。

再三個禮拜就好。

瑞典托斯蘭達，L．L髮廊

二〇一五年七月二十日，星期一，上午九點

克里斯蒂昂下車時咕噥了一聲，黎納派他和卡拉去瑪麗亞．保羅森生前工作的地方進一步了解，畢竟死者的大姑莎嘉對她的看法很負面。去程的交通狀況很糟，克里斯蒂昂一路都在抱怨與咒罵其他駕駛人，卡拉倒是被他的反應逗得很樂。

克里斯蒂昂微微抬起下巴，朝髮廊櫥窗的方向點了一下。卡拉抬頭看招牌，素雅而不失時尚，上面寫著兩個黑色的「L」，以黑點隔開，直角處設計成圓角。

兩人走進髮廊，克里斯蒂昂問卡拉：「妳聞到了沒？」

「聞到什麼？」

「錢的味道啊，很多很多錢。」

卡拉點點頭表示同意，光進來洗個頭就得花上至少七百克朗[8]，拿這筆錢去買吹風機還比較划算。

「歡迎兩位來到L．L髮廊，我叫米雅，請問是女士還是先生需要服務？或者兩位都要？」年輕女子有禮地詢問，她站在強化玻璃櫃檯後面。

克里斯蒂昂的目光從她淡褐色的眼眸，游移到毫無存在感的胸部，最後停在飽滿的紅唇上。

卡拉則是欣賞著她的法式編髮，髮辮沿脖子垂下如項鍊墜子，要是她會幫女兒編頭髮就好了……她唯一會的是綁馬尾，女兒都戲稱是「賽馬完的馬尾」，因為綁出來的成果總不盡人意，老是亂糟糟的。

卡拉暗忖著，下意識地摸了摸自己的頭髮，忽然間碰到一個塑膠髮夾，原來是早上淋浴時忘了拿下來，這也表示她根本沒梳頭！

「妳好，米雅，」卡拉回話，語氣中帶著一絲不該有的嘲諷，「我們是警察，與莉亞・拉格爾有約。」

年輕女子臉上露出燦爛的笑容，彷彿完全沒聽見「警察」兩個字。

卡拉心想：「親愛的，妳這樣笑，口紅可是會沾到牙齒。」

「辮子很漂亮吧？」櫃檯接待米雅摸著髮辮興奮地說：「莉亞只花五分鐘就幫我編好了！她真的很厲害，我超愛她！她已經在等你們了。」米雅又補一句：「右邊第一扇門進去就是了。」她語氣中帶著一貫的熱切，那股熱情幾乎都能感染大家了。

8 瑞典的貨幣單位。七百克朗換算成新臺幣約兩千元。

幾乎而已。

兩位警探穿過髮廊，克里斯蒂昂還想著米雅那副令人失望的平板身材，還好嬌豔欲滴的豐唇替她扳回一城，他倒是想看看那對紅唇有什麼能耐……

「克里斯蒂昂，你在飢渴什麼？」卡拉忍不住揶揄他。

克里斯蒂昂驚訝地望著她，倒不只是因為卡拉看穿了他的心思，而是對她不是那種極端強勢又不近人情的女權主義者略感意外。卡拉既漂亮又好相處，比起愛掃興的黎納非常不同。

「我食欲隨時都很好。」克里斯蒂昂回話，對卡拉快速眨眼。

卡拉噗哧笑了出來，接著敲了敲門。

開門的是一名年約四十的女人，金磚色的頭髮中分，臉上是恰到好處的妝容。

莉亞．拉格爾伸出手，看得出來指甲細心護理過，克里斯蒂昂認得她手環上的「H」，是愛馬仕的手環，代表了「誰教你買不起」。

「有勞兩位警探親自跑一趟，請坐。」

從髮廊老闆娘狹小的辦公室看出去是滿滿植栽的露臺，兩位警探坐下，椅子是深色的小酒館木椅，類似韓森家廚房裡的餐椅，那是卡拉在菲耶巴卡的古董市場買的。但這張坐起來稍微舒服一點，卡拉想。好吧，其實舒服多了。

「發生在瑪麗亞身上的事真是太可怕太可怕了！」莉亞．拉格爾邊說邊繞到辦公桌後坐下，「店裡所有員工都很震驚……」

除了米雅，她有了新髮型就可以將同事慘死的事拋在腦後，卡拉在心中補充。

「莉亞，我們感到很遺憾，」卡拉大聲說：「但我得再問妳幾個問題，雖然瑪麗亞・保羅森失蹤的時候，妳很可能就回答過了。」

「我明白，沒問題的。」

「妳認識瑪麗亞多久了？」

「快十年了，遇見她的時候，我剛生完第四胎，產假結束要回到職場，我在托斯蘭達開了L・L髮廊，這是我開的第一間髮廊。瑪麗亞那時剛拿到染髮師執照，正在找工作，我們就一直合作到現在。」

「妳可以稍微說明她失蹤那晚的情形嗎？」

「我們去了嘿瑪酒吧，在哈爾姆斯塔德，同行的還有另外三位女性朋友。我們吃了點東西，喝了幾杯，差不多十一點，單身的那幾個就去——呃，『打獵』了。」

莉亞舉起手替最後幾個字加上空氣括號。這個手勢在英美文化中因為電視而流行起來。

卡拉之前就看過四位同行友人的證詞，她們太忙著「打獵」（空氣括號手勢再來一次），根本沒人記得瑪麗亞去了哪兒。

「我差不多是在那時候離開酒吧，約十一點半，」莉亞接著說：「我每天早上都五點起床，晚上需要睡滿至少四個小時，隔天才有辦法工作。」

卡拉聽了不禁瞪大眼睛，她有自己的事業，還有四個孩子，四個孩子！即使晚上睡這麼少，看起來還是明豔動人，她做出來的髮型連茜茜公主[9]也得甘拜下風。不僅如此，莉亞居然還有辦法在一天僅有的二十四小時裡擠出時間做瑜珈（或皮拉提斯？還是冥想？），放在辦公桌旁捲起的瑜珈墊證實了這點。卡拉想像著莉亞．拉格爾天微亮時起床，在完美無瑕的白套裝上套著圍裙，一邊揉著含有六種穀物的麵糰做起了麵包，另一手還能空中拋甩可麗餅。老天，她根本是丹的書裡會出現的那種女人，觀音下凡，生下來就有一千隻手。但卡拉不禁想問：她都什麼時候用獨角獸的奶泡澡呢？

「瑪麗亞在這裡負責什麼工作？」克里斯蒂昂問，略顯困惑地看了卡拉一眼，她完全沉浸在自己的世界裡。

「瑪麗亞是很棒的染髮師，也很擅長管理，她協助我發展L．L這個品牌；要是沒有她，我不可能打造出這個小王國。我現在旗下有八間店。」莉亞笑著強調，「瑪麗亞偶爾也幫我照顧小孩，因為有時我先生去了外地，我又剛好得出差。」

莉亞說到這裡似乎有點遲疑。

「莉亞，我們知道的愈多，就愈有可能捉到凶手。」克里斯蒂昂向她保證。

卡拉忍住不翻白眼。拜託，克里斯蒂昂居然把《CSI犯罪現場》裡的臺詞搬了出來。但沒想到這番話奏效了。

得分。《CSI犯罪現場》：1，卡拉：0。

「瑪麗亞非常不適合定下來，她很獨立，喜歡換性伴侶，而她對於這點也從不隱瞞。」

「賈克柏知道她出軌嗎？」

「他完全知情，但又不願意離開瑪麗亞，雖然他姊姊莎嘉不斷敲邊鼓，要他甩了她。」

「是誰告訴妳的？」

「瑪麗亞。」

「她和莎嘉的關係怎麼樣？」

「如果我是瑪麗亞，早就對這女人發飆了。可是她不在意。譬如說，莎嘉有他們家的鑰匙，有時沒告知就闖進門，剛好撞見兩夫妻在親熱，這時瑪麗亞居然可以全裸走出房門，態度冷靜地請莎嘉在外面等他們結束。」

「妳是否聽過，賈克柏可能也出軌？」

「從瑪麗亞的口氣聽起來沒有，我都懷疑他或許就喜歡這一味……知道妻子在外面亂搞，你們知道我的意思嗎……也許這是他們平衡夫妻關係的方式？」

克里斯蒂昂在椅子上扭動了一下身體。他一輩子都不可能和別人分享自己的女人，一個鍋只能配一個蓋。

「瑪麗亞外遇對象的配偶或女朋友都沒上門找過她麻煩？」卡拉又問：「這些男人甚至可能會抱怨自己被……『利用』了，這也不是沒有可能？」

「就我所知沒有。但的確是遲早會發生的事，畢竟瑪麗亞征服過的男人很多，夜路走多了終究會遇到鬼。」

---

9 Sissi，十九世紀奧匈帝國的伊莉莎白皇后，「茜茜」是她自少女時期的暱稱，以美貌與一頭豐盈秀髮著稱。

這下好了，卡拉心想，莉亞也說了影集裡的臺詞。

《CSI犯罪現場》：2，卡拉：0。

二〇一五年七月二十日，星期一

男人發燙的身體流著汗，全身重量都壓在茱麗安身上，粗壯的臂膀像人體手銬一樣緊緊環抱住她，她吞下淚水，強忍腹部猛烈拉扯的刺痛。為了避免吃到男人頭髮，茱麗安別過頭，也避開他襲來的口臭，他全身散發著酸味、尿騷味和變質奶油的臊味，他……

茱麗安睜開眼，只看到泛黃的牆，一絡髮掛在睫毛上。她眨了眨眼，嚥下口水，發現自己面朝下躺著，房間裡沒有男人，只有她一個人，獨自與噩夢共處，油膩的頭髮散落在臉前，皮膚和私處散發出陣陣酸臊味。

茱麗安才轉過頭就不住嘔吐，吐了一地。

到底哪樣比較糟糕呢？是剛才的噩夢，還是……這個等死的牢房？

腰間突如其來一陣刺痛，痛到她無法呼吸，喘不過氣。茱麗安嚥著口水又不住作嘔，膽汁都吐了出來，額頭抵著床單。

老天，我到底發生了什麼事？

等到呼吸平緩下來，茱麗安將身體稍微轉向左側，試圖減輕背痛，過程中卻痛得不住呻吟，指尖抓住被子一角，一把扯開。

她全身赤裸。她醒來時並沒有意識到這點，可是她的確光裸著身子，右臂上貼了一塊紗布，一大塊紗布，以醫療用膠帶固定住。

恐懼淹沒了她，她幾乎忘了疼痛。茱麗安感到喉嚨一緊。

他們……他們……對我……做了……什麼？

茱麗安伸長手臂，顫抖的手摸上臀部。

我是不是……

她沒能想下去，發狂似地，以食指摳開膠帶邊緣，彷彿膠帶是某種標籤。茱麗安咬著牙，一口氣撕下整塊紗布。

哦，上帝……

純粹的恐懼占據了她整張臉，茱麗安瞪大眼、扭曲著嘴，接著如動物般狂嚎。囚禁她的小房間裡空氣汙濁，而她乾啞的吶喊撕裂了停滯的空氣。

英國倫敦，伯克郡，克勞索恩，布羅德莫精神病院

二〇一五年七月二十日，星期一，上午十點

傑克．皮爾斯脫下西裝外套、皮鞋，交出配槍，掏出口袋裡的物品，然後把所有東西放進塑膠籃裡，準備好要過探測器。他穿過安檢的金屬探測門，收回私人物品，再次亮出倫敦警察廳的識別證，最後站在精神病院入口，別上訪客證。

警衛請他稍等幾分鐘，指了指一排棕色四連椅示意他坐下。那些椅腳全釘死在地板上。

傑克並沒有等太久，一個體型壯碩的男人出來接待他。男人蓄平頭、戴粗框眼鏡，腰帶上掛了一串鑰匙，鑰匙隨著他的步伐敲打出有節奏的聲響。他拉正夾扣式領帶，對來訪的傑克伸出厚實的手。

「皮爾斯督察？」

傑克邊與他握手邊點頭。

「我叫派特．維傑爾，我是院長，請跟我來吧。」

兩人沉默地沿著走廊，走走停停進入一道又一道門，每扇門都通向另一扇門，而且門上皆有兩個開口：第一個與門把同高，第二個則再高出約六十公分，上方掛著小簾子遮蔽。他們途中穿過寬敞的橢圓形會客室，裡面擺了淺色木椅、沙發和茶几，家具看來十分陳舊，兩人繼續走向另一條走廊。

院長在右邊第二扇門停下腳步，門上正中央貼了一張護貝的Ａ４紙，上頭寫著「診察室」。

派特．維傑爾拿出兩支藍色鑰匙，猶豫片刻，拿起第二支插進門鎖裡開門，這時隔壁房間傳來一陣咒罵，然後以「去死吧，混帳！」作結。

「他們應該馬上就到了。」派特說，提高聲量想蓋過叫罵聲。

傑克在一張破舊的椅子坐下，前方擺了張小方桌。

派特則是站在門邊，門保持敞開，完全不在意隔牆病患的狀況，以及他喋喋不休的咒罵。

幾秒之後，理查．韓菲爾出現了，左右兩邊分別跟著一名護理師，兩人都戴著乳膠手套，一手搭著理查的肩、一手握住他手腕走進來。理查一認出傑克就露出苦笑，參差不齊的八字鬍隨之上揚。

理查．韓菲爾穿著成套的灰色連帽衣褲，看上去彷彿從十九世紀穿越而來，臉上掛著維多利亞時代畫家的神情，好似要來替醫院的古蹟外牆作畫，卻不知怎地，一個踉蹌就來到了現代。理查．韓菲爾剛好與理查．戴德同名，不僅如此，他們都蓄著八字鬍與落腮鬍；理查．戴德是維多利亞時代的知名畫家，患有精神分裂症，迷戀超自然與描繪仙子，而且也曾經被監禁在布羅德莫精神病院。

理查在傑克對面坐下，院長和兩名護理師站在他身後，擋住房間的出口。

「傑克．皮爾斯，偵緝高級督察。」理查率先嘲諷，臉上仍掛著挖苦的微笑。

他現在的聲音聽起來比較尖細，但語氣和十年前沒兩樣：緩慢的語速、教條式口吻，口氣卻出乎意料的友善。

「我變胖了，你頭白了，」理查．韓菲爾說，小圓眼鏡後的眼睛同時眨了一下，「這裡沒什麼感官享受，傑克，這點你很清楚，他們叫我們畫圖、唱歌、打鼓或是什麼鬼東方樂器，我們還演話劇呢！

這叫『藝術治療』，你知道吧，可是真正的樂趣……貨真價實的那種……現在只剩下兩種了，其實應該說兩個半，一個是食物，布羅德莫的伙食很不錯；二是自慰。可惜我的想像力一天比一天衰退，藥物害我失去了性慾，還讓我發胖。慶幸的是我還沒禿頭，身上的毛髮也都在，我在這方面很幸運。」

傑克始終盯著他看。

「近十年來，我一直在整理回憶，」理查繼續說：「我都寫下來了，筆記本在我的牢房……不對……是房間裡。」他修正，還舉起手對院長做了個道歉的手勢，「我去拿來給你看看？」

傑克搖搖頭。

「好吧，我得蒐集回憶，才能看得更清楚，搞清楚我為什麼會在這裡，還有要怎麼做才能出去。」

理查停頓了一會兒，目光掃過桌面，彈了一下舌頭，又大聲嚥下口水才接著說：「藥……火燒心……我剛剛在說……啊，對了，蒐集回憶，我的犯罪紀錄可是幫了大忙，這點無庸置疑。」

理查高舉的雙臂緩緩落下，放在大腿上。一直以來，他的一舉一動都經過計算，有意無意地放慢速度，說話時也是如此。

「還能怎麼辦呢？我就是喜歡女人，我喜歡看她們活著的樣子，看她們的動作、做愛、自慰……我愛女人，也愛聞她們身上的氣味，應該說……我深愛嗅聞她們肌膚的味道……耳後的味道……雙腿間的味道……我就愛女人的氣味，每個女人身上的味道都獨一無二，我也熱愛辨識各種味道中的不同，它們組合起來就像一束花。」

他再次停頓，點了點下巴才接著說：「你知道，一切都是從問問題開始。在我還小的時候……應該十歲吧……我找了個女人，問她可不可以聞她的絲襪。你光想就會明白，絲襪總是不停摩擦著女人的性器官……」

說到這裡，理查噘起嘴來。

「可是她拒絕了……這時我懂了，我明白了有些事就是不能說。」

理查．韓菲爾抬起雙手，掌心朝下平放在桌面，修長的手指與光滑的指甲猶如蓄勢待發的利箭指向傑克。

「傑克，你可以幫我。我殺掉的那個法國警察——塞繆爾．賈荷爾，他父母都去世了，應該是因為喪子之痛，我想向他女友道歉……她叫艾蕾克希．卡斯泰勒……我寄了很多信給她，可是應該都被醫院扣押了。傑克，請她來見我吧。」

「理查，我不會叫她來見你。」

「好、好，我知道。」

理查嘆了一口氣。

「錯就錯在我和珍寧．桑德森是鄰居，我在她家自慰被當場逮到……那時我手上正拿著她的絲襪……然後我又在錯誤的時間出現在克拉拉．桑德羅陳屍的地點。」

傑克聽到這裡不覺咬緊牙根。這時理查瞪大了雙眼。

「啊，看吧！我就知道！可是過了這麼多年，時間一久，現實和想像愈來愈混淆不清，這也不是新鮮事，傑克，看看你周遭就知道了；派特戴夾扣式領帶，防止被病人勒死……長袖和乳膠手套是為了不被抓傷，被潑屎尿或嘔吐物也可以保護自己。有些病人還需要院方出動六個人，才有辦法捉回房裡。這十年來，我每一餐用的都是塑膠餐具，吃完了還要接受檢查再回收。傑克，你知道我花了政府多少錢嗎？每年三十萬英鎊！三十萬英鎊啊！比普通監獄的費用可高出了五倍……這三十萬英鎊可都白白浪費掉了！」

傑克拉了拉西裝外套，理查伸出食指指著他。「就是這個！我又看見了！在你眼裡……」

理查．韓菲爾微笑，紅潤的臉頰鼓起輕輕碰觸鏡框。

「我就知道我是無辜的，也是因為這樣，你今天才會來看我……你想知道是不是還有那種不對勁的感覺，你想知道那種走錯路的直覺是不是一直都在……你現在知道了，傑克，殺了那些女孩的人不是我。」

英國哈特福郡，迪格斯韋爾鎮

二〇一五年七月二十日，星期一，下午三點

梅塞迪斯．蘭斯洛快步往家門口走去。無奈她患有關節炎，所謂「快步」也只是盡可能加快腳步。今天左肩特別疼，早上已經按摩了兩次，後來又貼上針灸師給的藥布；她完全不清楚藥布的成分，包裝上寫的都是韓語，但她其實也不在意，因為的確漸漸就不痛了。

「愛蜜莉！親愛的！」

梅塞迪斯不顧老邁身體抗議，一把抱住愛蜜莉，忍著不露出痛苦的表情，白髮編成的髮髻散落了一綹，她趕忙撥整好。

「親愛的，快來吧，為了妳要來，我準備了茶和司康。」

兩人穿過狹窄的玄關，走道上放滿了赤陶罐、園藝工具和袋裝的盆栽土。她們一直走到客廳，半月形的窗戶外是菜園，廳內相鄰的幾面牆都做成從地板延伸到天花板的書牆，上頭擺滿了書，沒有空隙。

「查爾斯在書房裡，我最近又寫了一本愛情小說，他正在讀書裡的一章。」

梅塞迪斯的丈夫查爾斯是享譽盛名的人類學家，也是愛蜜莉從前的老師。上個星期六深夜，愛蜜莉在法爾肯貝里的旅館房間裡撥了電話給他，要請他幫忙；他提議等愛蜜莉一回到倫敦就來家裡找他。

「妳知道嗎，我的編輯又來了，他要我透露真實身分。親愛的，說真的，妳能想像我上電視去聊愛情小說的內容嗎？妳不介意倒茶吧？我要加糖和牛奶，謝謝。」

「書的確是妳寫的啊。」愛蜜莉邊倒茶邊說。

「是啊，可是很少像我這把年紀的女人還寫這種書。」

愛蜜莉露出微笑說：「的確如此。」

「我的身體就像核桃一樣皺巴巴的，手腳因為關節炎都變形了，妳能想像主持人看到我這副德性會多不自在？要是她還想像我做著書裡那些動作——下垂的皮肉和男人磨蹭，肯定會更覺得噁心吧！然後我得說：『我七十九歲了，還是很愛硬屌，就我所知，性愛這件事完全不存在有效期限！』」

「我完全能夠想像。」愛蜜莉回答。梅塞迪斯優雅的英語和談話內容的反差，讓她覺得十分有趣。

「親愛的，妳在嗎？」查爾斯的話音每次到了句尾都會變得微弱。

「對，愛蜜莉也在。」

一個矮小的微胖男子頂著亂髮突然現身客廳，他身著起皺的亞麻西裝，腳踩土耳其藍皮製拖鞋，手裡拿著一疊紙。

「妳可以稍微解釋一下，為什麼書裡女主角的私密部位都要做巴西式除毛嗎？」查爾斯問，完全沒看愛蜜莉一眼。

梅塞迪斯聳了聳右肩。

「還有妳那個沙子的比喻太明顯了。對了，妳應該考慮寫小胸部的女人，妳知道不是每個男人都愛大奶，有些人偏愛小巧的乳房。除此之外，妳的書真是太讓人『性』奮了。好了，愛蜜莉，跟我來吧。」

愛蜜莉拿起茶杯跟著查爾斯上樓。

這位名教授的書房永遠積滿了灰塵和雜物，一疊又一疊的書被他拿來當茶几，上面放著用過的髒杯子，三個紙簍裡都是揉皺的紙球，就要滿出來了，一系列青銅人偶倚著舊書書脊，全堆在桃花心木書櫃裡。

「快把妳杯裡的外來茶倒掉，嚐一嚐我的松子杏仁茶吧！」查爾斯吩咐愛蜜莉，然後在書桌後坐下，「妳剛從瑞典回來？」

「接近中午的時候到的。」愛蜜莉回答，一邊從老師的茶壺裡倒茶。

「好了，妳帶了什麼可怕的東西過來？」

愛蜜莉從背包裡拿出一疊相片——相片中，七名受害者躺在解剖桌上。教授的書桌上散落著剪報和活頁紙，紙上有潦草的筆跡，愛蜜莉把相片在這一片狼藉中攤開。

查爾斯目不轉睛地檢視照片。

「愛蜜莉，妳怎麼會聯想到是食人？」教授問，目光始終沒離開過相片。

「我們在蒙特婁上課的時候，你在課堂上說過：『大腿、臀部、胸部是人體上最棒的食用部位』。」

「易洛魁聯盟倒是偏好吃脖子，不過一般而言，妳說得沒錯：大腿、屁股和聖耶柔米說的『處女乳頭』，是食人族的最佳選擇。妳記不記得，在《憨第德》裡，女人屁股被切下來『大快朵頤』？但很多美洲原住民部落其實更喜歡吃男人，可以的話，最好是年輕男子，據說他們身上肌肉比較多，吃起來更美味。妳在追的凶手有沒有特意養肥受害人？」

「看起來沒有，可是他應該『淨化』了受害人的身體。她們死亡的時候，腸胃裡都空無一物。」

「或許是為了避免死亡時脫糞，也可能是種調味，要讓肉質變得軟嫩，類似醃肉的作法。」

查爾斯抬起那張胖胖的圓臉望著愛蜜莉。

「我同意妳的看法，愛蜜莉，妳要找的是會吃人的連環殺手。」

他大口喝完杯裡的茶，然後又倒了一杯。

「妳知道深諳此道的人都怎麼說嗎？一旦嚐過人肉就回不去了！薩德侯爵在《茱麗葉，或喻邪惡的喜樂》一書中，也透過巨人敏斯基這麼說過。妳讀過薩德的作品嗎？」

愛蜜莉搖頭。

「啊！妳應該去找來讀一讀！他的作品非常令人著迷！我剛剛說到哪裡……哦，對了，一旦嚐過人肉就戒不掉了，十六世紀末的賓恩家族就是活生生的例子；這家人住在蘇格蘭的洞穴裡，吃人又亂倫，索尼．賓恩和一大群兒孫只吃人肉過活，就這樣吃了超過四十年。一位法國外交官曾說人肉吃起來是絕世美味，他優雅地形容：『可以喚醒富人疲憊的味蕾。』甚至還流傳著專門的人肉食譜，天曉得吃起來到底是什麼味道，每個人各有一套說法，有的說人肉吃起來像豬肉，有的說像野味，還有一說像鮪魚。我沒辦法發表意見，畢竟我從來沒想過要嘗試。」

老教授冷不防拉開書桌抽屜，全面檢查過之後又拉開另一個。

「這裡應該有無花果蛋糕，不知道放哪裡去了……食人文化一直是西方歷史裡的標記，」他邊找邊說：「『我是天上降下的生活的食糧』，」他戲劇化地大喊：「『誰若吃了這食糧，必會永遠活著。這食糧就是我的肉，我為世人生命所賜下的糧就是我的肉』。還有『耶穌拿起餅，祝謝了就剝開，遞給門徒，說：你們拿去吃吧，這是我的身體。』聖餐儀式裡帶著吃人意象的聯想，妳不覺得嗎？」

查爾斯終於從抽屜裡拿出一袋椰子球，一打開就吃了起來。

「也有關於食人的童謠，像是法國兒歌〈有一艘小船〉，妳聽過嗎？歌裡敘述一艘船上因糧食短缺，船員們打算吃掉小水手的故事，很不可思議吧！一些蹩腳的心理學家胡謅出了食人理論，試圖創新伊底帕斯（戀母）情結，可是別怪我太直白，這些所謂的專家，說穿了就是江湖郎中。」

「他們的理論是什麼？」

「我現在想到的其中一個是：哺乳是食人的起源。真是胡說八道！」

愛蜜莉胸前的疤驀然拉扯了一下傷口。她下意識伸手快速撫過胸部。

「事實上，食人的背後潛藏的意識是絕對占有——另一個人成為你體內的一部分，而且永遠屬於你，於是咀嚼和吞嚥也成了一種性舉動，有人宣稱是『食人式性交』。妳知道駭人聽聞的安德烈齊．卡提洛在審判時坦承了什麼？」

查爾斯舔著沾滿椰子屑的手指說：「在割下受害者舌頭、吞進肚裡的時候，他高潮了。」

瑞典法爾肯貝里

一九二一年十二月十四日，星期二，上午十點

珍妮的火車昨天下午三點左右抵達法爾肯貝里。她已經離開英國好幾天了，倫敦卻仍追隨著她，像是做愛之後，男人遺留在肌膚上的氣味，揮之不去；城市的喧囂、源源不絕的噪音在她腦裡嗡嗡作響，彷彿這座首都正張大了嘴過活。珍妮依然記得在地鐵上的感受，緊貼在側的乘客身上破舊的大衣，鼻間淨是醋酸味和尿臭味，令人欲嘔。

人潮、工作、噪音……倫敦裡的一切似乎永不止息，沒什麼能讓倫敦這位「頑固的貴夫人」慢下腳步，無論下雨、起霧，甚至夜幕降臨，城市總是自顧自地運轉不停，許多疲於奔命的靈魂庸庸碌碌想跟上腳步，還在努力卻就此死去。到底為了什麼呢？他們自己都不清楚，已經忘了為什麼一天工作十六個小時，也從未想過前往異地生活命運可能會有所不同。

在倫敦，珍妮常覺得自己是個隱形人，一輩子沒沒無聞，而這糟糕的感受隨著時間愈發難以壓抑，到最後幾乎讓她窒息。現在終於擺脫了。看看荷包就知道，付完十個晚上的旅館房費，她還有足夠的錢過上一整個月的正常生活。當然也得注意每筆開銷才行。

珍妮一走出旅館，就感受到嚴寒襲來，彷彿全身赤裸走進冰箱。旅館老闆娘推薦了她一間店，就在大路往下走不遠，那裡可以買到保暖的衣鞋。

法爾肯貝里的主要道路很乾淨，人行道上沒有遍地的垃圾，也沒有飄散著沖天的臭氣，而且大道上非常空曠，安靜得很不真實。珍妮來來回回走了兩遍，不確定自己是否來對了地方，終於找到商店時，她忍不住放聲大笑，笑到無法自已。她還記得從牛津街走到塞爾福里奇百貨公司是多麼痛苦，夫人吩咐她去採買手套或香水時，總要花上她幾個小時和大把精力。相形之下，事情在這裡看起來簡單多了，反而令她不知所措。

還好她一直在存錢，這裡省一先令、那裡攢一先令，總算存到了這趟旅費。一切比她所預期的更順利，就算以後人生裡積滿冰雪、冬日的白晝短一點也無所謂。只要能聽見風吹過樹梢的聲音，放棄倫敦的陽光算不了太大的損失。

珍妮走進店裡買了必需品。換穿鞋子和外套的時候，老闆娘提議替她保管購物袋，這麼一來，她就可以好好在城裡逛一逛。珍妮猶疑地望著老闆娘，思索半晌後道了歉，並且向她解釋——前一晚對旅館老闆娘和今天早上在咖啡廳，珍妮都說了一樣的話：母親在法爾肯貝里出生，可是她——珍妮——在國外長大，所以這裡的一切對她來說十分陌生。有些人還記得美麗的芙瑞達，有些人甚至認識外公老瓦林；他原本有個農場，後來被收購了，現在是政府的土地。接著珍妮謊稱親愛的母親已經死了，因為在倫敦沒有親戚，才決定踏上這場尋根之旅。所有人聽完都很同情珍妮，法爾肯貝里這個全新的家鄉張開了雙臂接納她。

這座城市很人性化，歡迎你，但不會張大嘴吞噬你。

英國倫敦，弗萊斯克步道，愛蜜莉．洛伊家
二〇一五年七月二十日，星期一，晚上八點

愛蜜莉打開小黑盒子看了許久。然而今晚，還有太多事需要她關注。

二十分鐘後，電鈴響了，隨之而來的是鑰匙敲擊聲，門上三道鎖轉開後，進門的是傑克．皮爾斯，手上抱著兩個紙箱；他把箱子放在門邊，走進客廳，愛蜜莉也在那裡。她坐在木製高腳椅上，雙腿自然張開。她不希望自己看起來太性感或過於挑逗，但……傑克注意到邊桌上的小黑盒子，盒蓋已經闔上了，她的心思卻還在裡面。

⁂

傑克潤了潤雙唇，在開始享受前，品嘗這一刻因期待而生的興奮；他們的關係得尋求新的平衡，便在這時有了改變，觀眾成了演員——從愛蜜莉將權力交付給他這一刻起始，接下來的幾分鐘或幾個小時內，他成了發號施令的人，這可是得來不易。

愛蜜莉服從地看著他，無條件投降。

傑克走到愛蜜莉面前，在她雙腿間跪下，頭埋進胸間。愛蜜莉身上帶著皮革和蜂蜜的味道。他輕撫她受過傷的乳頭，再轉向另外一邊舔了起來，手同時搓揉著她小巧的乳房。傑克輕觸她的肚子，再往下到溼潤的陰唇邊緣，愛撫一陣後才插入手指，愛蜜莉的大腿肌肉頓時收緊。他舔拭著她，感覺到她肌膚上的雞皮疙瘩。愛蜜莉忘情地向後仰。

「站起來，」傑克命令：「轉過去。」

愛蜜莉雙腿顫抖地站起來，轉身，伸出雙臂，手撐著牆。

傑克拉開褲襠，掏出硬挺的陰莖，從背後靠緊愛蜜莉；她呻吟，他就是想在這裡、立即占有她，感受高潮在她體內激起的漣漪。

他狂熱地吻著她炙熱的肌膚、後頸和肩胛，又分開她的腿，再次伸手到她雙腿間，指腹輕撫短而扎人的陰毛，再反手順著身體弧線由前往後滑過，直到她股間。傑克抓住她髖部，把她拉近他，進入她。

愛蜜莉低吟一聲。

「再來……再來……」

她以請求的口氣低聲說著。

他抽出昂然挺直的陰莖，抬起她輕盈的身軀抱在懷裡，愛蜜莉雙腿環住他的腰，搜尋他的唇；他溫熱的舌頭嚐起來有海水和性愛的味道。

傑克抱著心愛的女人上樓，愛蜜莉依偎在他懷裡，融化在這美妙的擁抱中。他小心地把她放在床上，定睛享受此刻眼前的景象：愛蜜莉長髮流洩圍繞著臉一如旭日，嬌小的身體，突出的肌肉線條，精實的身材遮蔽了小巧乳房與黑髮予人的反差，還有她那雙眼，飢渴的眼眸中流露出一絲愛意。

傑克讓愛蜜莉曲起腿、膝靠著肚子，然後勇猛地往前挺，進入她的身體。她達到了高潮，他感受到她陰道收縮，身體也在顫動，傑克沒停下來，持續推進，是她求他再來的。再來……

嗡嗡聲吵醒傑克，是水管和熱水器，有人洗澡時就會嗡嗡作響。

愛蜜莉經過房門，套著一件寬鬆的黑T恤。

「小愛！」

她在走廊上停下來，溼髮綁成馬尾，臉上還掛著水滴。

「妳還好嗎？」

「心滿意足。」

「我是問妳旅行因此取消了，還好嗎？」

愛蜜莉漠然地看向左邊。

「妳什麼時候要走？」

「調查結束就走。」

傑克知道接下來的對話不容易，會像徒手捉魚那樣難以掌控。

「愛蜜莉，我想跟妳一起去。」

「死的不是你的孩子。」

「他當然是我的孩子，他已經是我的孩子。」

愛蜜莉沉默。

「我想去看『我們』的孩子，我想和妳一起在他墓前哀悼，我想陪妳一起去看妳姊姊。」

愛蜜莉交叉雙臂，環抱在胸前，表示她在聽。

「我要和妳一起去蒙特婁。」

「我要工作了。」

傑克知道什麼時候該收手。

「妳要的資料都在樓下的紙箱裡。」傑克屈服。

「跟我下去吧，我有新的發現。」

傑克下了床，穿上四角褲便跟在愛蜜莉身後下樓。

由他發號施令那美好而短暫的時刻結束了。

二〇一五年七月二十一日，星期二

茱麗安開始記錄，每次醒來那些身體感到僵硬的早晨，後來停止了。當她發現臀上又被割掉一塊肉，就不再計算日子。

此後，她總是尖叫著醒來，每一次都是。只要感覺到舌頭上粉粉的薄膜，就知道檸檬水又被下藥了，他又割了她一塊肉。

他已經在茱麗安的臀上剮了好幾塊肉，大腿上也有。她看到大腿上貼了一塊新紗布，範圍約長十公分、寬三公分。

茱麗安驀然熱淚盈眶，幾乎感到窒息，彷彿嘴裡塞了一團揉皺的紙球。如今淚水說來就來，毫無預警。她痛苦呻吟，又戛然而止，就像懷孕時忽然害喜的場景。

今天早上……不對，不是今天早上……茱麗安已經分不清楚是不是今天早上了。總之就在稍早，她有了想死的念頭，在心裡哀求女兒放手，讓她去死，可是她們不願意，她的兩個女兒拒絕了。

「媽媽，媽媽，媽媽……」

這就是她們的回答：媽媽，媽媽，媽媽……

「寶貝，媽媽在忙。」

她大笑，笑到無法自拔，酸苦的唾液倒流進鼻子裡。

她移動一側僵硬的手臂，轉過頭，身體的每個動作都讓肌肉敏感不已，猶如在傷口上灑鹽，肌膚像火燒一般。

「媽媽，媽媽，媽媽……」

「怎麼了，我的寶貝……」

「媽媽，媽媽，媽！媽！」

「噓……寶貝，媽媽在忙，媽媽在肉鋪裡忙著呢。」

英國倫敦，新蘇格蘭場

二〇一五年七月二十一日，星期二，上午七點

傑克．皮爾斯端來兩杯咖啡放在會議室桌上，杯裡還冒著熱氣，接著在愛蜜莉身旁坐下。兩人座位面對著固定在牆上的大螢幕。

幾秒過後，黎納、克里斯蒂昂和卡拉也走進會議室，手上各拿著一只馬克杯。

傑克喝了一口熱咖啡後率先開口：

「我接到了實驗室的電話，從瑪麗亞．保羅森襪子上採集到的ＤＮＡ和珍寧．桑德森襪子上採集到的ＤＮＡ吻合；珍寧．桑德森是哈姆雷特塔村區謀殺案的第一名受害者，同樣的ＤＮＡ也出現在茱麗安．貝爾的襪子上，所以這三件案子確定有關聯──犯下哈姆雷特塔村區謀殺案、瑪麗亞．保羅森凶殺案與茱麗安．貝爾綁架案的是同一個人。」

「看來凶手又展開了新一輪獵殺循環。」卡拉在兩口咖啡的空檔評論。

「還沒查出ＤＮＡ的主人嗎？」黎納問。

「嗯，很可惜一直查不出來。」傑克說，同時轉向愛蜜莉，示意她接下去。

「我們要找的是有食人習慣的連環殺手，他會依『口味喜好』準備『肉』。」愛蜜莉開門見山，在座的警探們聽了紛紛露出詫異的神情。「我們可以從死者身上的傷口得到很多訊息：首先是遭割剮的部位──臀部、大腿、乳房、髖部，這是凶手特別篩選出來的。

接著是凶手囚禁受害者的時間。受害者生前身上只有腳鐐造成的傷口，所有宰割都

發生在死後。最後是我們該如何解釋死者胃中的內容物：蜂蜜、檸檬和薑；也許還有其他調味料，但在解剖前已被吸收，採集不到，凶手是藉此來『軟化肉品』。」

「就像是用來烹調雞鴨的綜合香草吧？」克里斯蒂昂打斷愛蜜莉，爽朗地說：「我都把肉和綜合調料放進袋子裡醃，然後再放到烤箱裡烤三十……」

「克里斯蒂昂．烏洛夫松！」黎納不滿地打斷他。

「怎麼了？我們要抓的那傢伙不就是這麼做的嗎？」

克里斯蒂昂聳聳肩，從桌上的麵包籃裡拿了個小肉桂捲，兩口便吞下整個「kanelbulle」，接著又拿了一個。

「這個食人殺手的行事風格非常仔細、有條理，計畫也很周詳，由此即可看出……」愛蜜莉繼續解釋：「凶手極為聰明……」

「美國在九〇年代中期的一項研究證實了這點。」埃麗耶諾的聲音聽起來悶沉而遙遠；原來是因為她坐在會議室的另一頭，刻意避開網路攝影機的拍攝範圍。

愛蜜莉在筆記本上寫下「她就是埃麗耶諾．林德柏格」，傳到傑克面前，他看完後心領神會地點了點頭。愛蜜莉向他提過黎納的新實習生。

「被逮捕到案的連環殺手中，百分之三十到三十五有食人習慣，他們的智商遠高過常人。」埃麗耶諾解釋。

「智商高才有辦法掩藏他們的社會病態特質，」愛蜜莉接著說：「騙過了周遭所有人，甚至專家，世人看不出他們的真實面貌。凶手應該會展現出好相處且迷人的姿態，樂於為眾人服務，也融入社會，有一份正職工作；從專長和經驗推測，多半介於四十到五十歲。從哈姆雷特塔村區謀殺案來判斷，我很肯定他超過三十歲，我不認為小於三十歲的人有辦法犯下這樣的罪行。死者雖然身分背景迥異，但全是白人女性，這也表示凶手是白種人。」

愛蜜莉說完，全場鴉雀無聲。身為局長的黎納率先打破沉默。

「十年前調查哈姆雷特塔村區謀殺案的時候，是否曾鎖定食人這項特徵？」

傑克繃起臉。

「沒有。」他簡短回答，目光在會議桌上游移。

「愛蜜莉，妳覺得凶手有沒有可能是兩個人呢？」卡拉問：「畢竟犯罪現場橫跨兩國，是不是應該要考慮距離因素？」

「目前沒有跡象顯示有第二名凶手參與其中。現有的資料僅僅指出了哈姆雷特塔村區謀殺案和瑪麗亞．保羅森凶殺案的作案模式完全一致：剮肉的刀片、囚禁期間給的飲料成分。只有找到茱麗安．貝爾的屍體，才能解答妳的問題。」

卡拉愣了一下，接著才點點頭。愛蜜莉的回答讓她覺得像在洗三溫暖。

「如果我理解正確的話，這代表理查．韓菲爾脫罪了？」克里斯蒂昂發問，他手裡拿著第三個肉桂捲，正挑起表面糖粒，一顆接著一顆放進嘴裡。

「我們得再釐清幾點，才能確認理查．韓菲爾是無辜的。」傑克回答：「譬如他是不是一直以來都有同夥，還是有模仿犯。我們明天會得到更多資訊。」

傑克和愛蜜莉交換了一下眼神。

「他到底還要不要坐牢？」克里斯蒂昂追問。

「有可能會提前釋放。」愛蜜莉回答。

傑克整個人縮進椅子裡。

「還有一件事，」愛蜜莉又開口：「連環殺手會隨著犯下的案子發展出一套獨特的作案特徵。可是在哈姆雷特塔村區謀殺案裡，從頭一位死者到托夫申湖的全裸女屍，作案特徵都很固定。這背後的原因很簡單：兇手打從一開始手法就已經很熟練了。

這也表示，兇手在殺害珍寧・桑德森之前就殺過人，手法已然成形，也改良和精進過了。所以我們需要找出一九九四年到二〇〇四年，也就是哈姆雷特塔村區謀殺案前十年這段期間，英國和瑞典兩地所有類似手法的案件——同樣具有死者被發現時兩邊耳裡塞著黑羽毛，或失蹤女性的鞋子出現在住家或工作場合等線索。」

黎納點頭表示理解，接著問：「兇手有沒有可能先跟受害者發生過性關係？」

「局長，問得好！」克里斯蒂昂說。

「不可能。」愛蜜莉斬釘截鐵說：「吃人肉取代了性交，食人這個舉動就充滿性象徵，而且比性交更為強烈。兇手和受害者合而為一，她們會永遠活在他的身體裡。」

「有些關鍵訊息妳分析錯了。」埃麗耶諾說，聲音聽起來還是一樣遙遠。

「埃麗耶諾，可以請妳解釋一下嗎？」傑克要求，對埃麗耶諾的評語很感興趣。

「你知道我的名字？」

「聽愛蜜莉提過妳。」

「好，首先，受害者全是容易上鉤的獵物：愛玩、放蕩；其次，這一系列的謀殺案最早發生在哈姆雷特塔村區；最後，瑪麗亞・保羅森住在托斯蘭達。」

「所以呢？」克里斯蒂昂一臉不耐煩。

「開膛手傑克的目標全是妓女，也就是道德感不高的女人；他當年在白教堂犯案，白教堂就位在哈姆雷特塔村區；開膛手傑克殺害的第三名受害者——伊莉莎白・古斯塔斯多特，更多人稱她伊莉莎白・史翠德或莉茲・史翠德，她就出生在托斯蘭達。」

「啊哈！」克里斯蒂昂放聲大笑，「所以妳認為開膛手傑克是食人狂魔？」

「正是如此，烏洛夫松警探，你說得沒錯。人們認為他曾寫信給警方，其中一封在一八八八年十月十五日寄給了喬治・盧斯科，他是白教堂警戒委員會主席，信上註明『來自地獄』；開膛手傑克在這封信裡聲稱他取出一名受害者的腎臟，還炸了一半來吃，另一半也隨信寄出。」

瑞典法爾肯貝里

一九四六年二月三日，星期天，午夜

一根髮夾戳著頭皮，珍妮痛得從睡夢中醒來。為了模仿英格麗・褒曼的髮型，珍妮

每次洗頭都會以白醋沖洗，秀髮因此變得閃閃發亮，店裡的女客人都十分羨慕；每天晚上她都為溼髮上髮捲，效果出奇地好。珍妮第一次看到英格麗．褒曼是在電影《斯威登海姆一家》，那是十年前的事了。天啊，她實在太漂亮了，難怪好萊塢要挖角她。芬恩還帶她去看喬治．丘克執導的《煤氣燈下》，慶祝夫妻倆結婚十週年。她的芬恩真是太體貼了。

母親錯過了很多。芙瑞達為了逃離凶暴的父親，選擇在異鄉生活，沒想到倫敦一樣粗暴、殘忍，到頭來是倫敦害死了她。於是珍妮回到本該屬於她的故鄉，連串的命運也讓她知道，這是正確的決定，儘管她為此拋下母親。沒辦法，有所作為意味著犧牲。

珍妮很快就找到不錯的工作，這份工作對她來說非常愉快。起初她在市區的雜貨店裡工作兩年，接著受雇於法爾肯貝里最大的麵包店；麵包店老闆的兒媳本來在店裡幫忙，沒想到得了肺炎病逝，老闆急著找人接替。

五年後，珍妮嫁給了鰥夫芬恩。他健壯、帥氣、心胸寬大、性慾旺盛——要滿足他可不容易。結婚初期，珍妮每次去看診，醫生都笑她得的其實是「蜜月症候群」。

珍妮婚後幾年才懷孕，芬恩不介意，她也覺得可以生下來；其實她一直說不出口，每次想到都趕緊打消念頭——她根本不想要小孩。她覺得生養孩子就是做白工，像是找人播了種卻不能收成。小孩會破壞原本幸福的生活，珍妮身邊比比皆是這樣的例子，但是上天替她做了不同的決定。發現懷孕時，珍妮剛滿三十一歲，懷的是雙胞胎。

席格瓦和希爾達出生的頭幾年對珍妮來說有如地獄，照顧雙胞胎耗盡她所有心力，還得想辦法滿足丈夫的需求。等到孩子快滿三歲時，情況漸漸好轉，否則珍妮得在奶瓶裡加啤酒，才能得到幾個小時的清靜。後來兩個小惡魔會一起睡，互相安撫，他們也戒掉尿布了，對吃的完全不挑剔，給什麼都一掃而空。這算不上重拾幸福人生，但至少這樣的平衡讓她能回歸芬恩妻子的角色。他們在經濟上愈來愈寬裕，公婆過繼麵包店給他們之後，生意好得不得了，日子過得很舒服。

珍妮想辦法確保自己不會再懷孕，這件事沒告訴芬恩，在背地裡進行，反正他也不熱衷當父親；他只對工作和做愛感興趣，雙胞胎的到來也從未改變這一點。

十年前為了慶祝雙胞胎滿四歲生日，親愛的丈夫芬恩買下一座很棒的農場，騎腳踏車幾分鐘就能到海邊，遠離塵囂；農場坐落在田野間，像個小城堡，房子裡有珍妮夢想中的一切。芬恩讓珍妮照心意布置，還從第一大城斯德哥爾摩訂了家具和織品，屋裡的浴室甚至還有浴缸和馬桶。珍妮再也不用和臭氣薰人的母親擠同一張床了，想當年她們住的房間才和普通人家的玄關一般大。都過去了，她的人生已經截然不同。

珍妮摘下刺痛頭皮的兩根髮夾，兩只髮捲滾落到地上，她低聲咒罵，下了床，套上睡袍走向浴室。

正要關上雙胞胎房門時，珍妮注意到房裡的微光。

希爾達在床尾邊跪著，睡衣歪斜地掛在身上，一只小巧的乳房露出來，看起來像獨眼巨人的眼睛。她閉著眼，乳尖隨著身體節奏碰觸、摩擦面前的大腿，她的嘴含住勃起的陰莖——這根本不該出現在她嘴裡！

珍妮猛力推開門，門撞到牆壁砰然作響。硬挺的陰莖此時轉過來對著珍妮，希爾達驚恐地睜開眼，臉埋進交叉的雙臂裡。

珍妮走進房間，一把抓起希爾達的頭髮就往外走，一語不發拖著她下樓，沉重的呼吸聲、膝蓋和手肘撞擊地板的聲音與快步踩階梯的劈啪聲打破了深夜的寂靜。珍妮將希爾達扔進地下室。

鎖上門之後，珍妮氣喘吁吁地爬上樓，希爾達長大了，她快拎不動了。她走進房間，脫下睡袍，上床躺在芬恩身旁——他剛剛就先回房了。

「芬恩，我早就說過不要再『用』她了。我跟你說不可以再這樣……」

芬恩的舌頭強行伸進珍妮嘴裡，她的話被打斷，他抓住她的手，放到自己仍堅硬的陰莖上。

「*Äskling*[10]，對不起，」芬恩低聲說，一邊引導珍妮的手愛撫著。「對不起……」

英國倫敦，帕丁頓車站

二〇一五年七月二十二日，星期三，上午十一點

愛蜜莉發動車子，對艾蕾克希做手勢要她上車。艾蕾克希趕緊將行李箱放進後車廂，一屁股坐進車裡，喃喃對愛蜜莉打了聲招呼。

愛蜜莉前一天早上打給她，並沒有提起幾天前在法爾肯貝里警局的不歡而散，反倒提議兩人去做另一件事。艾蕾克希聽完後當場愣住說不出話來。

但艾蕾克希一掛上電話就買了飛往倫敦的機票，只告知父母和施泰倫得臨時離開，並沒有要和他們討論的意思。這自然阻止不了母親大肆叨唸。男友第一次見家人的聚會轉眼間出現戲劇化的轉折，艾蕾克希關上門就匆匆離去，只留下門後三張擔憂的面孔。艾蕾克希需要徹徹底底了結這件事，她得將過去分類歸檔、然後封存起來，才能為現在空出位置給她的現在。

艾蕾克希準備前往高度戒備的布羅德莫精神病院見理查．韓菲爾。

愛蜜莉告訴她，理查．韓菲爾希望向她道歉。道歉？他這麼做與其說是要懺悔，不如說是為了滿足自身的窺淫癖。艾蕾克希就算沒待過匡提科，也馬上就明白了這一點。儘管無法確知事態會如何發展，但這一趟能讓愛蜜莉精修對韓菲爾的側寫，推動調查進度。即使她們對韓菲爾的罪行看法不同，艾蕾克希這次也非配合不可。

「實驗室的結果出來了，」愛蜜莉忽然開口，眼睛始終盯著路面，「在瑪麗亞．保羅森和茱麗安．貝爾襪子上採集到的ＤＮＡ與珍寧．桑德森襪子上找到的ＤＮＡ，屬於同一個人；珍寧．桑德森就是哈姆雷特塔村區謀殺案的第一名受害者。」

愛蜜莉，我知道珍寧．桑德森是誰，我記得她的身高、體重，也記得她婚前的姓，

10 瑞典語「親愛的」。

還有她被韓菲爾綁架時穿的鞋子——那雙金色亮皮芭蕾平底鞋。

艾蕾克希強壓下怒火才開口：「妳已經判斷哈姆雷特塔村區謀殺案不是出自理查．韓菲爾之手了？」

「看起來很可能不是。」愛蜜莉回答。

「不考慮他有同夥的可能性？」

艾蕾克希轉向愛蜜莉，雙手憤怒地在面前揮舞。

「我不懂，愛蜜莉……我真的不懂妳在想什麼，也不懂這套操作模式！妳現在可是完全否定他的犯行！我實在難以置信！我希望妳還記得妳說過的話：妳是依據事實建立理論，而不是想辦法讓理論符合事實。」

艾蕾克希尖銳的嗓音充斥在車內，像在播放一首難聽的音樂。

愛蜜莉不動聲色，顯得很放鬆，流暢而冷靜地開著車，彷彿沒聽見艾蕾克希激動的評語。

「我會預測和考量所有的可能性。」等艾蕾克希的呼吸平緩下來，愛蜜莉才終於回評語，語氣非常平靜。

艾蕾克希搖頭苦笑，幾乎希望能快點抵達精神病院。

※

一個面色紅潤的男人在安檢門後等著她們，他是布羅德莫精神病院院長派特．維傑爾。他淡淡一笑，伸出手和她們握手，簡短而有力。

「會面安排在團體治療室。」派特說，一邊領著愛蜜莉和艾蕾克希進入走廊，漆上灰泥塗料的米色牆面消失在一排門後，門上都有小開口。「房間裡可以錄影，洛伊女士，這麼一來妳就可以在監控室同步觀察了。卡斯泰勒女士，兩位護理師會陪著妳。」

艾蕾克希忽然意識到整件事情的真實性，會面的決定像是一巴掌打在她臉上。她點了點頭作為回答，眼神從地板上的黑白標示轉向窗外的鐵欄。

「我要求的文件都準備了？」愛蜜莉冷不防開口，語氣上顯得有點冒失。

派特．維傑爾面不改色。

「全準備好了。妳要求的是理查．韓菲爾入院以來收到的信——我要強調，這些信從來都沒送到他手裡，信件入院後都經過X光檢查，再由院方拆閱；還有他要求寄出的信，當然這些信也從未寄出。」

「他入院後沒有聯絡過律師嗎？」

「沒有，審判後他就解雇了律師，後來也沒再找新的。」

「有過訪客嗎？」

「他不接受任何人探訪，唯一見的只有前天來的偵緝高級督察傑克．皮爾斯，還有妳們。也沒有任何人打電話給他。理查．韓菲爾平常算是好應付的病人，院方不讓女員工接近他，因為他管不住自己的手。除了這點，就是他自慰過度，其他沒什麼特別的。他不是這裡最難搞的病人，我可以保證。」

「要求探視的訪客清單整理出來了嗎？」

「對，都準備好了。別擔心，會面結束後會有人幫妳將所有資料送到車上。」

會面結束。

艾蕾克希喉頭收緊，汗溼的手心暗暗在褲子上捏了一把，先前的憤怒轉成了恐懼。或說打從一開始，盤據在她心中的始終都是恐懼。

瑞典法爾肯貝里

一九四六年二月三日，星期天，午夜十二點三十分

希爾達現在聽到「咔噠」的鎖門聲不再感到害怕了。被丟進來反而比較好，被鎖進地下室表示母親打斷了她正在做的事。

她動了動手腳，沒骨折也沒扭傷，這樣算很不錯了。她慢慢起身，因為身體很疼，然後打開地下室的燈。指尖梳過頭髮，母親剛剛扯得很大力，希爾達順下一綹髮，接著又查看四肢，沒有明顯外傷，只有瘀青，還好正值深冬，很容易就能掩藏。

希爾達學會盡量配合母親的動作，但總是來不及站起來，每次都直接被母親一把抓住拖行至少幾公尺，最糟的就是那兩段階梯，膝蓋撞上踏面邊緣都要好幾天才能消腫。門鎖往反方向動了，是哥哥席格瓦，他輕手輕腳不出一點聲音，接著又小心關上門。

席格瓦之前替門鉸鏈上了油，這樣才不會引起父母注意。雖然每次希爾達遭處罰後，他們總要「忙」上好一陣子，但席格瓦不想冒險。

席格瓦和希爾達共用房間，只要父親命令他離開，他就知道接下來會發生什麼事。進入青春期的席格瓦會帶著滿腔怒火走出房間，接著裡面會傳來父親脫褲子的聲音，和他歡愉的呻吟聲。

有一次，席格瓦試著介入，希爾達要求他保證下次絕對不會再這麼做，因為父親最後懲罰的人還是她。

席格瓦放下手裡的一堆東西，脫下大衣替妹妹穿上，擔心地看著她。希爾達搖搖頭表示沒事，卻逃避哥哥的眼神。她往後躺，讓哥哥幫忙穿上羊毛褲襪，又再套了一件舊絨褲；席格瓦還替她穿上刷毛拖鞋，最後讓她戴上毛線帽。

席格瓦坐直，親吻妹妹的臉頰和鼻子後，趕緊攤開兩床被子。他動作得加快，地下室的溫度只剩下五度，他到的時候，希爾達早已凍僵了。他在地上鋪一床被子，等妹妹躺好，再搬來另一床被子蓋在她身上。明天一早，希爾達只要把被子藏在櫃子下就好，等母親派哥哥下來拿食物，他就會順便拿走前一晚帶給妹妹的被子和衣物。

席格瓦等希爾達睡了才離開。有一次他在地下室陪妹妹，清晨被母親發現他們睡在一起，他現在想起那次的處罰都還會怕，所以兄妹倆得非常小心才行。

席格瓦緊緊依偎希爾達躺著，一邊伸過溫熱的手親撫她臉頰。希爾達閉上眼，吞了好幾次口水。

他緊縮的喉間盡是恨意。

希爾達伸了個懶腰，轉身靠著哥哥。她會要他別生氣，他很清楚。

席格瓦再次親吻妹妹的臉頰，臉埋進她的髮間。

「我知道了，親愛的希爾達，好了，」他在她頸後輕聲說：「快睡吧。」

英國克勞索恩，布羅德莫精神病院

二〇一五年七月二十二日，星期三，下午兩點

治療室的門半開著，傳出的笑聲打破沉默。

「理查．韓菲爾，我們來了。」派特．維傑爾說。

「我親愛的派特，我們也來了。」

理查．韓菲爾尖酸的語氣迴盪，聲音猶如汗溼的掌心在艾蕾克希身上游移。

派特推門，門撞上了門擋後敞開。

理查．韓菲爾就在眼前，他緊抿雙唇露出微笑，紅潤的臉頰因此鼓起。艾蕾克希驀然想起自己從來沒這麼接近過他。審判沒有公開，她只在韓菲爾出入法庭時看過他一眼。

理查．韓菲爾面對門坐著，面前擺了一張長方形的桌子，長約兩公尺。他們不可能有身體接觸，韓菲爾根本碰不到艾蕾克希。房間裡沒有有機玻璃隔板，也沒有鐵欄杆，愛蜜莉已經先告訴她、要她做好心理準備。派特先前提到的兩名護理師也在房間裡，分別站在韓菲爾兩邊，大笑過後的痕跡還掛在嘴邊。

「這次嚇人的可不是我。看到這兩個戴橡膠手套的大傢伙沒有？戲劇化的緊張氣氛都是他們製造出來的。」韓菲爾開起玩笑。

派特拉出靠門這邊的椅子，艾蕾克希背對門坐下來。

「好了，我讓你們聊吧，詹姆士和埃伯特會留在這裡。」派特說。

兩名護理師點頭確認。

派特對艾蕾克希禮貌地微笑後便轉身走出房間。

艾蕾克希聽見身後的門關上，門鎖「咔拉、咔拉」轉了兩圈。她覺得自己心臟就要跳出來了，內心湧上一股急切逃跑的衝動。

「艾蕾克希，謝謝妳願意過來。」

韓菲爾說出她名字的時候，刻意一個字一個字唸，像是在舌尖上品嚐每個音節。

「妳從來都沒收過我的信吧？」

艾蕾克希搖頭。

「我想也是……他們應該根本沒寄出去。」

韓菲爾忽然抬起頭，眼神看向艾蕾克希上方，手指如節拍器般在面前揮動。艾蕾克希疑惑地轉頭，原來他正盯著監視器。艾蕾克希想到愛蜜莉，她在監控室裡看著他們兩人。除了在場的兩名護理師充當保鑣，知道愛蜜莉在暗中陪著，也讓她感到安心。

「派特，你至少可以先告訴我吧，」韓菲爾打趣說：「好啦，我懂，你們真正有興趣的是我在寫的東西……好啦，我知道了，派特，你也只是依法辦事，好、好、好，我都理解，派特，我們都只是聽別人的命令行事。」

他推了一下小圓眼鏡。

「艾蕾克希，那妳呢？妳又聽命於誰？」

艾蕾克希才張嘴，隨即又閉上。

「沒必要客套，有什麼話都可以直說，妳應該知道我不會覺得被冒犯。艾蕾克希，想說什麼就說吧！」

她還是遲疑了一秒，接著才開口：「我被過去操控著。」

「這個回答很誠實，也很悲傷。沒什麼比被過去拴住更令人悲傷的了。」

「可是理查，所有人都是如此，你不覺得嗎？」艾蕾克希反駁，諷刺的眼神掃視治療室。

「艾蕾克希，妳搞混了兩件重要的事情——為錯誤付出代價和為錯誤受苦是兩回事。人不要固執，要的是韌性。」

「固執？」

「只有檢視過去，我們才能從中記取教訓，著眼現在……妳可以回頭看，但是別深陷其中。事實上，我的精神科醫生就常跟我談到韌性。」

艾蕾克希嚥下口水，恐懼仍緊捉著她不放。

「你回頭看的是什麼？」艾蕾克希逼自己發問。

「當然是我母親，艾蕾克希，我的過去除了她還有誰？母親逮到我撫摸自己……當時我還沒滿五歲，妳能想像嗎？我根本不知道自己在做什麼。但她對我說，要是再逮到我玩陰莖，就要整根切掉……這種威脅的話語會對一個人造成多深遠的影響，艾蕾克希，妳不覺得嗎？」

韓菲爾雙手並排平放在桌上。

「我不應該一直叫妳的名字，這讓妳不舒服。」

艾蕾克希的悲傷瞬間轉為憤怒，深沉的怒氣讓她想要像動物一樣嚎叫。

「理查，你綁架了六個女人，監禁、殺害她們之後又將屍體大卸八塊，」艾蕾克希提高音量，滿懷恨意的眼神射向韓菲爾，「然後你打碎了塞繆爾的頭骨。」霎時，她的呼吸和心跳加速，就像忽然奔跑了起來，身體似乎在對她說：「我們快離開這裡吧。」

「我沒殺這些女人。」韓菲爾回答，語調一貫平穩。

「你先重擊他讓他失去平衡跌倒，」艾蕾克希氣急敗壞地繼續說：「他倒地之後你又敲了兩下。你砸碎了他的腦骨。」

兩名護理師靠近韓菲爾。艾蕾克希不禁覺得他們是來保護韓菲爾的，比起身為受害者的艾蕾克希，他們想保護的是罪人。

理查．韓菲爾輕輕摘下眼鏡，摺疊好再收進襯衫口袋，毫無遮掩的臉上面無表情。

「妳知道我在想什麼嗎？」他閉上雙眼，揑著眉峰說：「不知道妳的陰部是什麼氣味。」

艾蕾克希全身僵住，幾乎可以感覺到韓菲爾的鼻息在雙腿間嗅探，膽汁彷彿湧上喉間，她趕緊吞了一口口水。

站在左邊的護理師讓身體重心從一腳換到另一腳，然後朝同事瞥了一眼。右邊的護理師面不改色，十分鎮定。

「我不是針對妳……只要有女人在我面前，這就是閃過我腦中的第一個念頭——她的味道、她陰部的氣味……再來是她耳後和人中的氣味，這些想法揮之不去，不管多少醫藥治療和心理療程都改變不了，就是與生俱來的本能。」

理查．韓菲爾始終閉著眼。

面無血色的艾蕾克希無法動彈，眼睛仍直盯著韓菲爾。

「所以我只能跟蹤、暗中觀察，跟到家裡，到她送小孩的托兒所，到她工作地點，到她的健身房，到她的舞蹈課班上，到她與朋友聚會的餐廳……然後，等我有自信了，會去翻她的垃圾桶。我要找的是衛生棉，經血的味道會改變，這和女人本身體質有關，加上分泌物也會有所不同。等我熟悉她的作息，會趁她和家人不在的時候進到她屋裡，因為我需要有時間……一個人……好好地在她家裡……一個人花時間探索。我會到她的洗衣房或浴室，我要找髒內褲，我會聞著她的內褲自慰……還有她衣服上的特定部位，像是褲襠……然後我會到她房間裡再次自慰……

這是為了找來她乾淨的衣服……因為我要在上面留下痕跡，就像動物撒尿占地盤一樣。之後我會回家，手上沾滿又溼又黏的精液，口袋裡塞了一條她的內褲，我吃飯時會用這條內褲當餐巾擦嘴，一用就是好幾個禮拜，直到我拿到新的內褲替換為止。」

英國倫敦，弗萊斯克步道，愛蜜莉·洛伊家
二〇一五年七月二十二日，星期三，晚上十點

愛蜜莉在廚房裡，八名女性受害者的照片在木質餐桌上一字排開，每張微笑的照片底下放著同一人的屍體照。

離開布羅德莫精神病院後，艾蕾克希不發一語，沒有落淚也沒嘆氣，什麼都沒有，彷彿她已將自己的一部分留給理查·韓菲爾了。

幾個小時前，愛蜜莉載艾蕾克希回家。車一停下，艾蕾克希就靜靜地下車，輕輕關上車門，然後平靜地從後車廂取出行李。

愛蜜莉喝下一大口富樂波特啤酒，目光鎖定茱麗安·貝爾照片下缺少的屍體照。她已經建立出食人連環殺手的側寫了，但理查·韓菲爾完全不符合；他那過時的言行、窺視癖、強迫性自慰，還有入院前頻繁換工作的情況，全都與愛蜜莉的側寫有所牴觸。

韓菲爾在提到自身的異常行為時，他解釋自己既非綁架犯、也不是殺人狂，更沒有解剖屍體的興趣，他「只不過」愛偷窺——說這段話前，他先拿下眼鏡，也是閉著眼說完的，因為這麼一來，他在鉅細靡遺敘述幻想和癖好的時候，才不會看見艾蕾克希的反應。

連環殺手會勒斃受害者，正是因為能夠從中得到極度的快感。凶手可以完全掌控被害人，而且看著他們臉上恐懼的表情能激起他強烈的性慾，讓他興奮無比。

可是韓菲爾的表現恰恰相反，整段面談中他的瞳孔只放大了一次，就是在艾蕾克希進門那一刻。她在韓菲爾對面坐下，他隔著長桌努力嗅著艾蕾克希的味道，試圖吸入她的女性氣息，這是他一切幻想的起源。理查．韓菲爾一靠近女人就會變得非常興奮，而他一直待在布羅德莫高度戒備的病房區，身邊的女性可說少之又少，但他過去從未遭到指控強姦未遂或因相關罪名被逮捕。

愛蜜莉拿起杯墊放在面前，接著才放下啤酒。

理查．韓菲爾和珍寧．桑德森是鄰居，她在遇害前幾個月，曾逮到韓菲爾在她房裡自慰，手上還拿著她的絲襪。但珍寧．桑德森並沒有報案，而是把這件事告知一名女性友人，根據那名友人的證詞，韓菲爾在她們眼中是「無害」的。

警方發現最後一名受害者克拉拉．桑德羅之後，又得知韓菲爾於案發當晚獨自在酒吧喝酒，那間酒吧離陳屍地點僅隔一條街，這已足以讓警方指控他為哈姆雷特塔村區謀殺案的凶手；理查．韓菲爾有著多次偷窺、騷擾和偷竊的前科，對於倫敦警察廳和市民而言，凶手絕對就是他了。可是二〇〇六年一月，當警方出現在韓菲爾家門口時卻撲了空——他在倫敦躲了整整兩個禮拜。

二〇〇六年二月二日，任職於倫敦警察廳的警探傑若米・普立歐利與側寫師瓊・皮爾蘭去了史丹摩的犯罪現場。史丹摩位於倫敦北部；回程路上由警員塞繆爾・賈荷爾陪同。法國司法警察中央局選出三十八歲的塞繆爾與另外兩名法籍警察前往英國考察，見習側寫師的工作方式。行車間，倫敦警察廳透過無線電通報，得知理查・韓菲爾在哈羅遭人目擊，就在離他們約三公里遠的地點——韓菲爾就在克朗戴爾大道上。等待後援的同時，塞繆爾和傑若米決定兵分兩路：瓊・皮爾蘭和塞繆爾・賈荷爾開車搜查該區，配槍的傑若米・普立歐利則步行搜捕。兩分鐘過後，塞繆爾看見理查・韓菲爾轉進小巷裡，率先下車追捕，瓊尾隨在後也跟著跑，只不過瓊年紀較大，很快就上氣不接下氣，塞繆爾則是緊追不捨，終於追上韓菲爾。

韓菲爾為了自保，隨手撿起垃圾桶旁的鐵管就往塞繆爾的頭敲落，瓊趕到巷底時，塞繆爾已經倒在地上，韓菲爾又兩度重擊塞繆爾的頭部才扔掉鐵管，跪坐在塞繆爾身旁，右手摀著他流血的頭，身體前後搖晃。三分鐘後，傑若米・普立歐利也趕到現場，韓菲爾還是維持一樣的姿勢，顯然受到極大的驚嚇。

塞繆爾在送往醫院的途中因頭部傷勢過重去世。隨後，韓菲爾謀殺哈姆雷特塔村區六名女子的罪名成立，外加殺害塞繆爾・賈荷爾，判定送往布羅德莫精神病院服刑。

愛蜜莉又喝了一口變溫的啤酒。

難道韓菲爾在哈姆雷特塔村區做案時有同謀？

搭檔犯案的連環殺手拆夥時，作案手法或特徵往往會改變，這就像是要右撇子的人忽然改用左手寫字一樣，字跡一定會有所不同，直到找出平衡和確立風格之前，寫出來的字都會歪七扭八、比例不協調，下筆也困難許多；就算習慣了新的模式，左右手的筆跡依舊不可能一模一樣，絕對不可能。倘若哈姆雷特塔村區謀殺案的凶手真的是兩個人，而殺害瑪麗亞・保羅森的是其中一人，手法理應會有明顯的不同點，除非兩人的犯罪模式完全一致，但這一點說不過去，因此共犯理論站不住腳。

理查・韓菲爾會不會是在布羅德莫精神病院服刑期間遇到了同謀？韓菲爾將作案手法盡數傳授給對方好接手他的「志業」？就算是這樣，他們是怎麼聯絡的？院裡監禁高危險犯罪分子這一區裡關的幾乎都是連環殺人犯或殺人狂，所以禁止他們使用網路；韓菲爾既不能寄信，也沒收過信。還是他賄賂了院裡的員工？可是他不但沒錢，也沒有會給他錢的親友，這麼一來，他拿什麼賄賂人幫他傳口風呢？也可能那名同謀崇拜韓菲爾，願意為他鋌而走險？那又會是誰呢？護理師？心理醫生？高控管精神病院都會嚴格調查員工的心理狀態和犯罪前科。但為了確保萬無一失，愛蜜莉還是要來所有員工的資料。

韓菲爾遇到的會是院裡的病患？不可能，因為過去十年裡，這一區的犯人從沒踏出布羅德莫精神病院一步。

愛蜜莉搖搖頭，剛剛的推測都不成立，而且從韓菲爾身上完全看不出領導特質。

所以那些謀殺案有可能是模仿犯罪？

但襪子上採集到的ＤＮＡ出現在其中三宗案子裡，這就排除了模仿犯罪的可能性。

愛蜜莉忽然想起瑞典警探卡拉的話：「看來凶手又展開了新一輪獵殺循環。」只不過凶手展開的獵殺不只一輪，而是同時在兩地進行：倫敦與瑞典哈爾姆斯塔德。

彷彿凶手在沉寂十年之後，突然間重獲自信與傲氣。

總結上述的推論，最可能的結果是：理查．韓菲爾是無辜的。

愛蜜莉將酒瓶裡剩下的啤酒全倒進水槽。

傑克知道後肯定沒辦法原諒自己。愛蜜莉拿著裝有茱麗安．貝爾鞋子的夾鏈袋給傑克看時，他才看了一眼，愧疚的表情就全寫在臉上。當年傑克．皮爾斯因逮捕理查．韓菲爾到案大受表揚，但每每被問起這個案子，就會立刻擺出戒備的態度；愛蜜莉如今可以肯定，原因正是他對於這個案子其實仍存有疑點。而她推敲出的罪犯側寫，對於傑克更是致命的一擊——他從沒懷疑過哈姆雷特塔村區謀殺案的凶手會吃人，連做夢都沒想到。

愛蜜莉再次檢視八名女性受害者的照片：珍寧．桑德森、迪安娜．隆達、凱蒂．亞特金斯、克蘿伊．布羅默、席薇雅．喬治、克拉拉．桑德羅、瑪麗亞．保羅森、茱麗安．貝爾。捉錯人毀的不只是事業，也賠上了許多人的人生。

愛蜜莉拿起熱水壺燒水，從瀝水籃撈出馬克杯，放進綠茶包，杯緣還是溼的，她伸著食指抹掉水，然後在掛在烤箱手把上的毛巾上擦手。

凶手為什麼這十年來停止犯案？就像埃麗耶諾提出的三種可能：他在坐牢；他生病臥床或癱瘓，所以無法做案；或是他在其他地方殺人，而當地警方並未將案件與哈姆雷特塔村區謀殺案聯想在一起。

所以愛蜜莉首先得聯絡國際刑警組織，然後發布消息，將搜查範圍擴大為跨國案件。接著列出二〇〇五年九月入獄、二〇一五年出獄的罪犯清單，因為這正是第一輪獵殺結束與瑪麗亞・保羅森失蹤的時間；派特・維傑爾已經將寄給理查・韓菲爾的信轉交給警方，他們得仔細讀過後分析，並調查寄件人的背景，因為真凶也很可能嘗試聯絡韓菲爾。

愛蜜莉還要仔細讀過埃麗耶諾寄來的報告。埃麗耶諾整理出瑪麗亞・保羅森的案件細節，愛蜜莉得找出哈爾姆斯塔德和倫敦的關聯。凶手為什麼要在兩個地方做案？看起來凶手對於瑞典哈爾姆斯塔德和倫敦的梅費爾及白教堂區都很熟悉。他和瑪麗亞・保羅森都住在托斯蘭達？還是住在哈爾姆斯塔德？警方就是在那裡找到了年輕女子的屍體。他也可能住在倫敦，因為英國的受害者都陳屍在哈姆雷特塔村區。

愛蜜莉盯著杯裡孤零零的乾茶包，又重新燒水。

埃麗耶諾的理論讓愛蜜莉感到十分矛盾，似乎扯太遠了。倫敦的謀殺案、哈爾姆斯塔德凶殺案和茱麗安・貝爾失蹤案的連結難道會是開膛手傑克？凶手真的因為病態地迷戀瑞典受害者伊莉莎白・史翠德而對其他人下毒手？

她將燒開的水倒進杯裡，又加了一匙百里香蜂蜜。

說實在的，這並非不可能。

瑞典哈爾姆斯塔德

二〇一五年七月二十三日，星期四，上午七點四十五分

轉紅燈了，卡拉打空檔，一手拿起可頌；她買了一些要帶到警局，剛拿到手裡就大口咬下。

「親愛的，妳要吃一個嗎？」卡拉問大女兒琵雅，她坐在副駕駛座。

「才不要，我可不想肚子變得像妳一樣。」琵雅回嘴，眼睛始終盯著手上的智慧型手機。

卡拉聽了差點沒把嘴裡的奶油可頌吐出來，低頭看了一眼被安全帶擠壓的肚子。

「我的肚子又怎樣了？」

「媽，妳的肚子不胖，可是鬆鬆軟軟的，就像披薩餅皮。」

後方傳來兩聲喇叭聲催促卡拉前進。

「妳別忘了妳口中的『披薩餅皮』給妳當過房間和糧食櫃！讓我提醒妳，那時妳可是在我肚子裡的『義大利餐館』吃香喝辣，舒服到都不想出來了，我們還得逼妳出來呢！」

「好噁！媽！妳很噁心吔！」琵雅忍不住皺起臉抱怨。

「我沒聽錯吧？妳批評我還說我噁心？」

「哦，媽！我的天啊！」

「琵雅，怎麼了？妳還好嗎？」卡拉聽見女兒的驚呼急忙在路邊停下，「妳還好

嗎？」擔心的卡拉又問了一次，伸手去摸女兒的臉。

「媽，妳怎麼這樣停車？嚇到我了啦！我沒事！我只是不敢相信我剛剛看到的。她在『追星』上吔，妳看！」

「琵雅，妳這樣大叫真的很嚇人，拜託下次別這樣了！」卡拉咆哮，雖然生氣卻也安心不少，「妳是怎麼回事？我們是在車上，不是在坐雲霄飛車！」

「媽，快看，妳有會興趣的。她在『追星』上！」

「什麼『墜星』？那是什麼？妳到底在說誰？」

「不是『墜星』，是『追星』！媽，那是一個應用程式，就是我手機上的應用程式，妳說成『墜星』就像在唱衰那些明星一樣。這是用來定位偶像明星的軟體，可以即時定位名人的位置。」

「謝謝妳替我上了一課，我沒有妳還真不知道該怎麼辦才好……」

「等等！先聽我說，妳要找的女演員出現在『追星』上了！」

「哪個女演員？」

「被綁架的那個！茱麗安．貝爾！」

琵雅的手早就伸向卡拉，卡拉一把搶過手機。

一分鐘後，卡拉打給黎納。

※

克里斯蒂昂推開埃麗耶諾桌上的一疊文件，一屁股坐在桌緣，手裡拿著馬克杯。

「埃麗耶諾，我說啊，掃帚櫃都比妳這裡空間要大。」

「可是裡面會有掃帚。」埃麗耶諾完全沒抬頭看克里斯蒂昂，依舊盯著正在畫線註記的文件。

「妳在做什麼？」

「畫線。」

「妳知道隆納．雷根是食人家族的後裔嗎？」

「美國第四十任總統並非出身食人家族。他的兩個舅舅的確吃掉了自己的兄弟；但他們是因為三人遇到暴風雪被困在洞穴裡，其中一人又受傷死去，剩下那兩人才吃掉他。」

「我的老天，谷歌小姐，妳到底是喝了什麼（才有辦法面不改色說出這些話）？」

埃麗耶諾抬起頭，朝克里斯蒂昂瞪大了眼。

「妳的保溫瓶裡裝了什麼？」

「咖啡。」埃麗耶諾確認自己沒聽錯之後，注意力又回到文件上。

「這小妞居然還自己帶咖啡來……妳知道茶水間裡有咖啡吧？這算是我們的福利。這個嘛，還有初夜權……」

埃麗耶諾放下橘色螢光筆，換了紅色螢光筆在文件頁緣寫上一連串字母。

「烏洛夫松警探，假使警局裡真的採行初夜權，執行的人應該是貝斯壯局長，因為他的位階最高，所以我就算真的得獻身，也是獻給他才對，不會是你。」

克里斯蒂昂臉皺成一團。

「還真是謝了！這下好了，現在我滿腦子都是那老傢伙在……我得花上一整天才有辦法消除這畫面……」

「克里斯蒂昂！埃麗耶諾！會議室集合！」

黎納大吼一聲，嚇了他們一跳。

兩人起身往會議室走去時，克里斯蒂昂說：「我敢打賭他們找到了茱麗安・貝爾的屍體。」

瑞典法爾肯貝里

一九七九年十二月十一日，星期二，下午六點

希爾達走出地下室，懷裡全是果醬罐、糖罐與水果罐頭。

「Äskling，請幫我關燈、關門。」她對跟在身後的孩子說。

希爾達上樓，走進廚房，把手裡的東西全放到桌上。

史果芬張大疲憊的藍眼睛盯著糖漬梨子。

「你還餓嗎？」

「我肚子裡只裝得下蛋糕，妳要做嗎？」

希爾達微笑，伸出手撥了撥他的金髮。

「席格瓦會從麵包店帶回來，今天吃 **Prinsesstårta** 公主蛋糕。」

史果芬一聽，貪吃的眼神瞬間因喜悅變得閃閃發亮。

「那妳拿這些要做什麼？」

「小天使，我要做餅乾給你們明天吃啊。」

希爾達又輕撫孩子那水蜜桃般柔滑的臉頰。史果芬皺了下眉頭；瘀青已經轉黃了，但碰到還是很痛。至少骨頭沒裂，這點希爾達很確定，但他還是吃了很多苦頭。

很多人不配當父母。

她撥開他金色的瀏海，輕吻額頭。

「Äskling，去和其他人玩吧，席格瓦很快就會回來了。」

史果芬用力點了點頭，整齊的湯碗頭在空中躍動，接著跑出了廚房。客廳裡的孩子歡欣鼓舞地大叫，歡迎他加入；他們剛開始玩國皇棋[11]，希爾達在客廳鋪了張毯子，免得像上次一樣弄壞地磚。

暴風雪從今早就不停狂嘯，所有人只能待在家裡，連穀倉都凍得刺骨。希爾達並不介意客廳的狀態，只要孩子們玩得開心就好。

11 Kubb，一種瑞典的草地遊戲，透過投擲木棒敲擊木塊來進行。

她擺好兩人的餐具，孩子已經吃過了，這是專屬於兄妹倆的時光。席格瓦和希爾達會閒聊當天各自發生的事，用餐間穿插著孩子們的嬉鬧聲。

父親在二十年前去世，沒多久母親也離開了，珍妮和芬恩沒能活到高齡，席格瓦和希爾達順理成章繼承了麵包店。席格瓦把這家店當成寶貝一樣在經營，他做的麵包和蛋糕遠比父親出色，生意蒸蒸日上。希爾達負責照料農場，同時照顧席格瓦與孩子，這些孩子不是孤兒就是受虐兒童，在被領養前先暫時住下。

席格瓦和希爾達都沒有結婚。席格瓦會在外面獵豔洩慾，希爾達對「這種事」則完全不感興趣。事實上她對男人興趣缺缺，她的世界裡只有哥哥和孩子，活動範圍也僅限於農場內。

她將以西博滕乳酪[12]做好的鹹派擺在桌子中央，正要從爐上端蕁麻湯的時候聽到了開門聲。

席格瓦走進廚房，懷裡揣著一個紙盒。

「Hej。」

希爾達接過蛋糕，在他臉頰上親了一下。

「太棒了！」席格瓦一看到乳酪鹹派便高興地大叫。

他馬上坐下，希爾達脫了圍裙掛在椅背上，也在席格瓦對面坐下。

席格瓦喝了一口湯後說：「我剛遇到鄰居了。」接著又喝了一口。

希爾達沉默不語，她一點兒也不喜歡鄰居。

「妳又收了一個孩子？」

「對……」

席格瓦替兩人各切了一塊鹹派放到盤裡。

「又一個？希爾達，妳是認真的嗎？」

希爾達先切下派邊放到哥哥盤中，然後才開始品嚐鹹派。

「我們又不是養不起。」她終於開口。

「妳難道不想偶爾也耳根清靜一下嗎？」

「他們又沒礙著你，也不用你照顧，多一個有什麼差別？你有你的麵包店，我有我的孩子；你填飽肚子，我餵養心靈。」

席格瓦臉色凝重地看著妹妹，看到幾乎出神。沒錯，希爾達心想：「就是出神，他的思緒飄得好遠，心思不在她身上，也不在晚餐上。」

「妳過來。」他忽然低聲說，同時拉著椅子往後退。

希爾達推開椅子起身，兩張椅子先後摩擦地板的聲音聽起來就像回音。

她繞過桌子，坐到哥哥膝上。

他長繭的手輕撫希爾達臉頰，她閉上眼，席格瓦的手掌捧起她臉頰。

「親愛的希爾達，有件事要讓妳知道。」

---

12 來自瑞典西博滕省（Västerbotten）的乳酪，因此得名，以牛乳製成。

「我不想知道你要說的事。」她回答，雙眼始終緊閉。

「我有對象了。」

她緩緩眨眼，像是在太陽下曬得懶洋洋的蜥蜴。

「我知道你在外面有很多『對象』……」她微笑，輕吻著他手指。

「她要搬來和我一起住。」

希爾達停下動作，難過地盯著哥哥。

「席格瓦，我不想要家裡出現另一個女人。」

他撥開她額上的一綹髮，露出爬滿雀斑的額頭。

「我想要她陪在我身邊，真的非常非常想。」

希爾達垂下眼，伸手掃掉哥哥帆布褲上的酥皮屑。

「我不要家裡出現另一個女人。」

「希爾達，我要這個女人和我一起生活，妳聽懂了嗎？」

她的臉難過地扭曲了一下。

「我們會搬進穀倉旁的小屋。」席格瓦接著說。

她邊搖頭邊吸著鼻子。「我不想要你搬出去，席格瓦，我絕不同意。」

「就在旁邊而已。」

「我，不，要。」她平靜地一個字一個字說，語調毫無高低起伏。

希爾達起身回到自己的椅子上坐好。

「她要來就住這裡，睡你房間，但得住在這個家裡，其他情況我都不接受，這樣清楚了嗎？」

席格瓦低頭看著盤子，點點頭表示理解。

「吃完飯前我不想再談這件事。」

英國倫敦，博福特街，雷蒙．貝爾家
二〇一五年七月二十三日，星期四，上午十一點

雷蒙．貝爾，茱麗安．貝爾的哥哥，他與傑克．皮爾斯和愛蜜莉．洛伊分別握手致意。三人第一次見面是在約一個禮拜前，雷蒙握手的方式依舊堅定有力。他身著優雅的夜藍色西裝，白襯衫搭配袖釦，左手腕上戴著萬國錶的葡萄牙人錶，鞋裡沒穿襪子。雷蒙．貝爾看起來毫無防備，傑克心想，倒不是少了雙襪子的緣故，而是他那一臉茫然若失的神情，光環盡失──少了茱麗安．貝爾，雷蒙．貝爾誰也不是。

雷蒙領著傑克和愛蜜莉來到寬敞的客廳，五顏六色的方形大棉墊排成L型沙發，十分搶眼，廳中的圓柱形壁爐為整體波西米亞風格增添了一絲現代感，客廳雖大但家飾不少：書、雜誌、毛毯、盤子和抱枕，全雜亂地堆在沙發上，看起來彷彿在邀人入座享受慵懶的時光。

「我們在史坦斯特德機場附近找到茱麗安的車子。」愛蜜莉開門見山說了。

雷蒙的臉抽搐了一下。

「她是不是……」

「不是，」傑克趕緊補充，語氣中帶著濃濃的同情。

「都過了一個禮拜……到今天已經過了一個禮拜。」雷蒙喃喃自語。

「茱麗安失蹤的前一晚不在家。」愛蜜莉繼續說，語氣還是一樣堅定。

雷蒙搖頭，驚訝地挑眉，額頭和眉毛擠在一起。

「我不……可是……你們不是說早上還看到她走出家門？就在綁架發生之前……」

「沒錯，但是她前一晚並沒有在家裡過夜。」

「可是……這麼一來，你們前一晚應該會看到她出門？我指的是監視攝影機應該會拍到才對，不是嗎？」

「『追星』這個應用程式透露了她的位置，當天清晨她人就在離家幾條街外。」

雷蒙空洞的眼神在客廳游移，一下飄向牆面，隨即又撞上窗戶，像隻迷路的鳥。

「監視攝影機分別在晚上十點十六分和凌晨四點四十五分拍到茱麗安．貝爾在北奧德麗街上。」傑克解釋：「她晚上離開家，回家時改從公寓花園的門進來，應該是為了躲狗仔。」

「雷蒙，她去見情人了。」愛蜜莉接著傑克的話說。

「情人……不可能！茱麗安沒有情人！」雷蒙大吼。

「你很肯定？」

雷蒙踩著緊張的步伐在客廳裡踱步。

「茱麗安從以前就一直是為事業和家人而活。還有她女兒。」

「我注意到你將她的事業擺在家人前面。」愛蜜莉平靜地說。

「她的事業對我們都很重要。」

「我們？」

「對，我們。我之前負責經營她的事業，有她我才有飯吃。」雷蒙的聲音變得高亢。

「『從以前』、『之前』，從你用的字眼聽起來，你好像認為她已經不在了。」

雷蒙氣沖沖地從另一頭快步走到愛蜜莉面前，嘴唇憤怒而歪斜地緊抿著。他伸出食指，作勢威脅，愛蜜莉卻文風不動，傑克也冷眼觀察。

「她已經失蹤一個禮拜了！整整一個禮拜！你們真的認為她還活著嗎？妳說！」

愛蜜莉定睛注視著雷蒙，等他往後退。雷蒙的身體終於放鬆下來，他閉上眼幾秒，轉身在沙發上坐下。

「所以，茱麗安一直以來都是為事業和女兒而活，不是為了她丈夫？」愛蜜莉追問。

「茱麗安當然是為了丈夫和女兒而活，這一點無庸置疑……」

雷蒙回答，語氣卻猶如洩了氣的皮球。

「但家人全都得配合她的職業需要，我原本是這個意思。這很不容易，就像是……像是和家人之間的約定……所有人都要妥協，溫和地妥協……」

雷蒙的手粗魯地摩擦額頭，力道之大幾近野蠻。

「她那晚……到底去了哪裡？」

「旅館，地址是公園路四十七號。」

「旅館？為什麼？和誰去？」

「我們倒是指望你知道她是和誰去。」

「唔……旅館裡應該也有監視器？」

「旅館外才有。但是大多數人都戴了眼鏡和帽子，或是直接撐傘避人耳目。暗地裡和情人會面的明星不只茱麗安一個人。」

雷蒙再次搖頭。

「你們覺得是她這個……就是她見的這個人綁架她的嗎？」

「我們希望很快能找出答案。」

二〇一五年七月二十三日，星期四

倫敦漫步。

逛博物館。

看展覽。

看畫。

或來個高潮。在電影院裡，在漆黑的放映廳裡。

這是她來到這裡之前想做的事。她計畫著下午空檔，想著要花上幾個小時在公共場所做愛。

七月十六日是他們三個月的紀念日。

那一晚，她等著女兒熟睡，等到保姆都打呼了，才溜出門。她把鑰匙留在門鎖上，這樣才能靜悄悄地關上門。她走到底樓，沿著走廊，穿越花園，接著從面對北奧德麗街那扇門出去。狗仔隊通常不會在那裡徘徊。

那晚她像青少年一樣溜出家門。

就像青少女。

在這座牢獄醒來前幾個小時，她還在情人懷裡，擁抱著謊言，沉浸在偷情與歡愉之中。這段關係是個錯誤，她知道，也感覺得出來，她不斷告訴自己。但是每次私下見面之後，她就把擔憂全拋到腦後。

在這裡醒來前幾個小時，她的身體正回應著高潮而顫抖，那一夜很瘋狂，就跟她所做出那些錯誤的決定一樣荒唐，既荒唐又危險。

在這裡醒來前幾個小時，少女般的放肆又再次踐踏決心，這已經是三個月裡不知道第幾次。

她原以為自己早已失去這般少女情懷。

英國倫敦，漢普斯特德村，艾蕾克希家
二〇一五年七月二十三日，星期四，下午四點

艾蕾克希看了看時間，決定讓電腦休眠。她盯著漆黑的螢幕幾秒後，便一把抓起先前扔在書案旁高腳椅上的手提包，然後走出家門。

樓下轉角新開了間咖啡亭，由舊電話亭改造而成，艾蕾克希在那裡買了杯焦糖瑪奇朵，邊喝邊往菲茨約翰大道走。

跟昨天比起來，今天吻上臉頰的陽光要溫和多了，應該是雲的緣故，棉花般的雲朵綿延在夏日晴空，是艾蕾克希過去從沒見過的形狀，彷彿有人拿著刷子在湛藍的空中刷上一道道白斑紋。

理查．韓菲爾。韓菲爾。

艾蕾克希不管走到哪裡，眼裡都是他，理查．韓菲爾無所不在，像是情人的臉，不請自來就出現在床上。前一天，他們在布羅德莫精神病院的那場會面讓艾蕾克希又退回哀悼狀態，她對整件事的狂熱不但沒有因此消退，反而吸取了更多養分，壯大成憤怒與憎恨；這個男人曾經剝奪她的人生，艾蕾克希居然又給了他再次吸乾、吞噬自己的機會。

不能再這樣下去，她得奪回控制權，不再因為對往日的陰影窮追不捨而被逼向深淵。她要掌握韓菲爾生平的線索，對他的過往抽絲剝繭，找出倫敦和瑞典謀殺案以及茱麗安．貝爾綁架案這三件事的關聯。她得做點什麼來重拾內心平靜。但要是什麼也找不

到呢？就算找不到，她至少要知道自己嘗試過卻一無所獲，才可能轉換心思。

艾蕾克希來到聖約翰伍德葦洛幼兒園前，比原定時間早了十分鐘。孩子們的家長、祖父母、保姆輪番推開大門後跑進去，手裡揣著孩子出來，艾蕾克希在門口等著，看著眼前的混亂場面。

「妳是卡斯泰勒小姐嗎？」一個娃娃臉的年輕女子問，她站在臺階最上面一階。

「埃克曼先生可以見妳了。」

艾蕾克希給了肯定的回答後，就尾隨女子入內，一點也不驚訝自己這麼輕易就被認了出來。艾蕾克希心想，誰教她就突兀地獨自站在那裡，手裡拿著咖啡又沒追著孩子跑，一副百無聊賴在曬太陽等人的模樣。

奧利佛・埃克曼是聖約翰伍德葦洛幼兒園的園長，四十來歲，狀態看起來很好，濃密的八字鬍和鬢髯修剪得非常整齊，一見到艾蕾克希便起身，並且熱情地伸出手。

「埃克曼先生，謝謝你答應見我。」艾蕾克希率先開口。

「不客氣。」埃克曼親切地說。

談到韓菲爾的過去，第一個出現的名字就是奧利佛・埃克曼，庭審時，被告律師曾傳喚他出庭作證。

說服他見面並不容易，艾蕾克希只好打起了心理牌，提到自己的男友遭到他殺害，並且強調這僅僅是她的私人調查，保證兩人對話絕不會外流，這才讓埃克曼點頭。因為他再也不想和哈姆雷特塔村區扯上絲毫關係。

「能不能先談談你是怎麼認識理查．韓菲爾的？」

「唐克雷第．貝圖奇介紹我們認識的。他是義大利人——聽名字應該就猜得出來——我們是大學同學，那時和另一個學生合租了一間很棒的公寓，但後來那學生去了澳洲，我和貝圖奇得趕緊找人分擔房租，於是貝圖奇推薦了理查。理查和我們同年，幾乎沒在念書，在大學的咖啡廳打工，看起來很內向，不是會徹夜狂歡的那種人，完全符合我們的要求。那時他已經找房子找了幾個禮拜，所以兩天後，他就搬進了我們的公寓。」

「那是哪一年？」

「讓我想想……在梅達谷的公寓……一九九一年。」

「你們當了多久室友？」

「兩年。」

「那位義大利友人還住在倫敦嗎？」

「沒有，他畢業後就搬到了佩魯賈定居。」

「他結婚了嗎？」

「嗯，還生了四個孩子，都是女兒。大家都說吃重鹹能懷男孩，可惜對他的妻子不管用，結果很明顯。」埃克曼邊撫平鬍鬚邊開起了玩笑。

「理查．韓菲爾是怎樣的人？」

「很拘謹，但我不會說他不擅社交。我的意思是，他不會只關在自己的房間裡，但也不是老愛聊天的那種人。」

「他會不會和女孩子出去？」

埃克曼在椅子上扭了一下身體。

「應該有吧。」

「你不確定？」

「我確定他沒有固定的女友，至少就我所知沒有。雖然在派對上看過他和一、兩個女孩聊天，但他從沒帶過女人回家。我知道他不是假正經，事實上他一點也不正經……」

「這是什麼意思？」艾蕾克希鼓勵他繼續說。

「公寓的牆壁很薄，」埃克曼避開與艾蕾克希眼神交會，「我們常聽到他看色情電影的聲音。有一次我在女友家待到比較晚，回家時碰到他在廚房裡，邊偷看貝圖奇和女友邊自慰……」

埃克曼清了清喉嚨，試圖消除尷尬感。

「他有沒有聊過自己從前經歷過的重大事件？」

埃克曼搖搖頭。

「他和你或貝圖奇起過爭執嗎？」

「沒有，完全沒有……」

「除了你和貝圖奇，他有其他的朋友嗎？」

埃克曼的指尖來回撫順小鬍子，像是某種宗教儀式，他忽然額頭一皺，像是想到了什麼。

「對了，的確有個傢伙……」

瑞典法爾肯貝里

一九八〇年五月十九日，星期六，晚上六點三十分

一切又漸漸恢復原狀。

她正從爐上拿起鍋子的時候，前門開了。

哥哥進了廚房，懷裡揣著一個紙盒。

「Hej。」

希爾達接過紙盒，在他臉頰上親了一下。

「太棒了！」深鍋放在桌子中央，還冒著煙，席格瓦一看到便高興大叫。

一切的確是漸漸恢復原狀了。

希爾達微笑。

「今晚吃紅酒燉雞，孩子們都很喜歡。」

他馬上坐下，希爾達脫下圍裙掛在椅背上，也在席格瓦對面坐下。

席格瓦替兩人各盛了滿滿一盤，希爾達在裸麥脆麵包上塗奶油，各放了一片乳酪，接著將準備好的麵包放到盤子邊緣。

席格瓦默默吃著吸飽了紅酒和香草的肉塊，雙唇碰觸、品嚐美食的讚許聲是他唯一發出的聲音。他偶爾會停下來剔著卡在齒縫的肉屑，接著舔舔手指繼續吃，眼睛始終貪婪地盯著盤裡，那神態就像個貪吃的孩子。

他驀然抬頭望著希爾達，眼前的食物她一口都沒吃。

「妳不吃嗎？」

希爾達的手肘靠在桌上，手指交纏托著下巴，席格瓦享受晚餐的神情，她怎麼樣都看不膩。

「要，我當然要吃，只是看你吃得這麼高興，我更開心。」

「真的很好吃，妳這次煮的比以往都來得美味。」席格瓦邊說邊伸手拿起鍋裡的長勺，「我可以再吃一點？還是妳要留著明天當午餐？」

希爾達給了他一個大大的微笑，搖頭回答最後一個問題，示意他盡量吃，自己也吃起了眼前的佳餚。

飯後他們邊收拾桌子邊聊著法式糕點的新食譜，席格瓦想試做新產品。收拾完畢，他一如往常擁抱妹妹，在她額上深深一吻，然後就上樓回房。

階梯才傳來吱嘎聲，史果芬就出現在廚房，電視上正在播《長襪皮皮》[13]，其他孩子都在客廳裡看得入迷。

---

13 瑞典知名童書作家阿思緹·林格倫（Astrid Lindgren）暢銷全球的系列作，描寫一個淘氣女孩皮皮的冒險故事。

「希爾達，我們今天晚上要做什麼？」

史果芬細瘦的腿興奮跺地。

「你想做什麼，äskling？」

「唔……」

他的小手指輕敲嘴脣，眼睛骨碌碌打轉，裝出一副正在沉思的樣子。

希爾達放聲大笑。

「做肉桂捲！」

「好，就做肉桂捲。我去拿材料。」

「我跟妳一起去。」

「沒問題，äskling，走吧。」

史果芬雙手扶著希爾達纖細的腰，親了她大腿一下，希爾達揉了揉他的金髮，看他鼻子那精緻圓滑的線條，小巧像個玫瑰花苞。

她聽見樓上傳來熟悉的嗡嗡聲——席格瓦在房裡看電視，這讓她感到安心。他的女人離開了，如今晚餐時間他不再缺席，牆壁另一頭也不再沉悶地傳來高潮時的呻吟聲，原先家中不自在的感覺消失了，凝滯的氣氛屬於過去。

一切終於恢復原狀。

英國倫敦，普特尼，關朵倫大道，哈特格魯夫家

二〇一五年七月二十三日，星期四，下午五點

芙蘿虹絲．哈特格魯夫開門，手裡拿著一大串鑰匙。愛蜜莉站在門口，看到玄關處一只登機箱，把手上掛了件西裝外套，隨意放在掛衣架旁。

「我才剛到家……」這位警察廳廳長夫人邊道歉邊與愛蜜莉握手，「從希斯洛機場回來的交通很糟糕……我很擔心讓妳等！我剛從中國出差回來──真是太可怕了。我的臉應該和身上的套裝一樣皺！」她開玩笑緩和氣氛，最後還擠出了一聲假笑。

芙蘿虹絲領著愛蜜莉來到客廳，伸出手優雅地朝沙發一揮，猶如經驗老到的空服員，示意愛蜜莉坐下。

「利蘭告訴我還是沒有茱麗安的消息……」芙蘿虹絲的臉一沉，像是要哭了，旋即又綻放燦爛的微笑。

「我的天啊，真抱歉，」她驚呼著起身，「我真是招待不周，洛伊小姐，妳想喝點什麼？」

「不用忙，這樣就可以了，謝謝。」愛蜜莉回答，語氣裡充滿母性的溫柔。

芙蘿虹絲又在沙發邊緣坐下，背挺得很直，雙手平放在大腿上。

「我剛剛和埃德里安通過電話，就在回家的路上，」芙蘿虹絲接著說：「他整個人都垮了，雙胞胎半夜還因為噩夢驚醒，可憐的孩子……他也不知道該說什麼、該怎麼對她

們說……」

芙蘿虹絲垂下眼簾，搖搖頭又伸手拭去右眼角湧現的一滴淚水。

「真的很抱歉……抱歉，我話太多了……」

她右手在面前搖了搖，臉上又露出微笑，與眼裡的悲傷形成對比。

「請說吧，有什麼我能幫得上忙的？」芙蘿虹絲問，手指順了順髮梢，齊髮尾的短髮無懈可擊。

「我們發現茱麗安被綁架前一晚並不在家，而是在離家不遠的旅館，地址是公園路四十七號。我們推測她和外遇對象在那裡過夜。」

芙蘿虹絲張圓了嘴，愛蜜莉第一次見到她時也看過這表情；她直盯著愛蜜莉，和上次見面一樣，只是這次目光停留的時間很短暫，僅僅一秒鐘，接著眼神在客廳四處游移。

愛蜜莉保持沉默，好讓芙蘿虹絲有時間消化這件事。

「芙蘿虹絲，妳們是很親密的朋友，茱麗安應該對妳提過這段關係。」

芙蘿虹絲的嘴又再次張成一個圓，就像個吐不出的嘆息。

她的眼神慢慢回到愛蜜莉身上。

悲傷與惶恐盤據了雙眼。

「妳為茱麗安保守祕密是要保護她，可是解開綁架案的關鍵也許就藏在其中。我知道妳是為了保護她愛的人，也是為了保護妳愛的人。」

「妳覺得她是因為這件事才被……」

芙蘿虹絲像是在祈禱般雙手合十靠著嘴，手指捏緊上唇。

「現在最重要的就是找回茱麗安，芙蘿虹絲，妳願意幫助我嗎？」

芙蘿虹絲閉上雙眼，輕輕點頭。

「沒事的，芙蘿虹絲，妳放心，不會有事的。」

愛蜜莉一隻手放在局長夫人手上，芙蘿虹絲雙手顫抖。

「芙蘿虹絲，妳和茱麗安在一起多久了？」

芙蘿虹絲驚訝地瞪大眼。

偷情的戀人總是驕傲地以為能逃過世人的眼光。這是頭一次有人對芙蘿虹絲談起她和茱麗安的感情，赤裸裸的現實首度搬上了檯面；這更是她第一次得透過言語來描述她們的關係。現在祕密全成了謊言；愛與性即是幻想與不忠。

「剛滿三個月。」

她垂下眼簾，手不斷摺起又放開裙襬。

「我們不是……我是要說……在茱麗安之前……我從來沒和女人在一起過……」

她搖頭，露出淺淺的微笑，笑容中透出哀愁與柔情。

「我和她認識十年了，我們兩對夫妻很常相處，她女兒出生後見面次數更頻繁。我們會一起去度假、辦生日會、慶祝聖誕節……而我們從來沒想過會……」

芙蘿虹絲咬住下唇，羞愧的眼神射向裙子。

「這出乎我們意料……完完全全是意外……而且發生的非常突然……雖然這段感情

必定是有原因的，只是我們都沒料到，不管是我或是她，我們都沒想過會變成這樣。」

芙蘿虹絲的身體傾向一邊，雙腿收進臀下，手抓緊沙發扶手，彷彿她腳下的地板就要崩裂。

「那一夜，雙胞胎到同學家過夜，利蘭去北安普頓開會，埃德里安在拍片，所以茱麗安來家裡過夜，就和以往一樣。她來家裡過夜很多次了；每次我們都會叫外送，配上好酒，暢談大笑……可是那一晚有點不一樣……」

芙蘿虹絲吞口水，繃緊大腿肌肉，弓起背。

「我到現在都還不明白……」

眼淚撲簌簌滴落在臉頰上，芙蘿虹絲用手背抹去淚水。

「我們……很震驚……也很害怕，可是我們控制不了感情。」

她痛苦地笑了一聲。

「慾望實在是……」

她冷不防張開雙臂，彷彿茱麗安就在眼前，正跑過來要投入她懷中。

「……無所不在，讓人無法不全心投入，又讓人上癮。」

芙蘿虹絲看著愛蜜莉，深深嘆了一口氣。

「對不起，實在太不應該了……我真的很抱歉，這是我第一次談起這件事，我第一次這樣公開談茱麗安，談我自己。」

芙蘿虹絲又再次長嘆一聲，但感覺更像是內心鬆了口氣。

「我們之間不只是性。我們不是因為都四十好幾、為了找樂子才這麼做。倘若真是這樣還比較好……」

「妳們打算離婚嗎？」

「妳知道這段關係裡最奇怪的是什麼？我愛利蘭，也愛和他一起生活，我愛我的人生，我愛有我先生的人生，我不想失去這一切；茱麗安也一樣，她絕對不可能為了任何人離開女兒和埃德里安，絕對不可能。只是我們還沒找出最適當的作法，而前提是有辦法兼顧兩個家庭……」

愛蜜莉沉默了幾秒，她想留時間讓芙蘿虹絲喘口氣。

「芙蘿虹絲，妳得告訴他。茱麗安失蹤的前一晚，妳和她在一起。」

焦慮在芙蘿虹絲．哈特格魯夫的臉上擴散開來。

「但隨妳怎麼解釋。」

瑞典法爾肯貝里

一九八〇年九月十四日，星期天，下午一點

午餐時孩子就像小食人怪，狼吞虎嚥吃著，臉上沾滿了番茄醬汁，貪婪地把肉丸當成葡萄乾一樣大口吞下。

現在他們在客廳的絨布沙發上挨著彼此。

希爾達將咖啡放在茶几上，盤腿坐在地毯上，書本靠在大腿，然後緩緩翻開書頁。

每週六和週日午餐過後，希爾達都會說故事。一開始，孩子們靜不下來，年紀小一點的會在客廳裡到處亂竄，但希爾達不管，她會繼續唸下去，隨著人物變換聲音和語氣；漸漸地，孩子們受故事吸引，自動自發聚集到沙發上好聽得更清楚。現在即使是最年幼的孩子也會投給她最熱切的眼神，就像在等她切蛋糕分給大家。

「我今天要講奧丁的故事給你們聽。」

她把書本轉向，讓孩子可以看見書頁上的圖畫，畫中是個蓄著銀白大絡腮鬍、戴帽子的獨眼老翁。

「他為什麼只有一隻眼睛？」

「因為他用另一隻眼睛交換智慧。」

「他就是有神奇鐵鎚的那個人嗎？」

「拿『Mjöllnir』的是索爾，『Mjöllnir』就是你說的神奇鐵鎚。奧丁是索爾的爸爸。」

「那奧丁有什麼魔法？」

「奧丁本人就是魔法，他是眾神之神。」

「十字架上那個沒穿衣服的人也是他嗎？」

希爾達不禁微笑。

「不是，那個不是他。我今天要和你們說的是瑞典的神，我們自己的神。遠在大海和高山出現之前，祂們就已經存在了。」

「我還以為世界上只有一個神，祂住在天上，在雲上面，身上穿著白床單，還有很多金花瓶，不是嗎？」

希爾達抿著嘴不讓自己笑出來。

「世界這麼大，只有一個神怎麼夠呢？而且神也不只會待在高高的天上，祂們無所不在。」

「奧丁和另一個神一樣嗎？就是十字架上那個？祂不是說如果被打不可以還手嗎？」

「祂們不一樣，奧丁允許在必要的時刻使用武力，祂甚至會給最勇敢的戰士武器喔！」

「索爾的魔法槌子就是他給的嗎？」

「不是，是一個叫布洛克的侏儒給的。」

「安靜啦！」史果芬插嘴：「讓希爾達好好講奧丁的故事！」

「不要這樣對弟弟說話。」

「誰教他一直不讓妳說故事！」史果芬反駁。

「好了，我要說下去了。今天我要講奧丁的故事給你們聽，因為祂是我最喜歡的神。你們知道為什麼嗎？」

四顆金色的小腦袋瓜同時搖頭。

「因為奧丁會照顧全世界，而且祂的王國裡有九個世界喔，你們比『九』給我看看，『九』怎麼比呢？」

他們伸出手，手指在專注的小臉前揮動，有的很肯定，有的略顯遲疑。

「『九』就是伸出兩隻手所有的手指頭，然後彎起一根，很好。奧丁這位神祇會照顧祂的九個世界，而要做到這點，就得經常旅行。」

「祂去度假嗎？」

「奧丁是一個會旅行的神，從來不放假，因為祂一直在工作。祂會在雲裡飛來飛去，飛過海洋，和風一起呼嘯，這樣才能了解九個世界怎麼運作。祂會到處尋找知識和智慧。」

「那祂不就好像是一直去上學？」

「和你不一樣的是祂很喜歡『上學』。」希爾達笑說。

「祂很喜歡一直學東西嗎？」

「對，祂很喜歡學習，奧丁認為知道卻不學習是沒有用的。」

「祂也會照顧我們嗎？」

「當然，祂還找來兩個朋友一起照顧我們——兩隻名叫『福金』和『霧尼』的烏鴉。每到破曉，牠們會飛往九個世界查訪，隔天早上再飛回來。牠們會站在奧丁的肩頭，各站一邊在祂耳邊低聲報告所見所聞。」

「打小報告不好吧。」

「福金和霧尼是在幫奧丁注意祂所保護的人和神，就像保護家人那樣。」

「我就是霧尼！」史果芬驕傲地說，一邊在沙發上跳。

「那我是福金！」

「我要當索爾！」

「我要當奧丁！」

史果芬聳肩。

「你們真的很笨吔，搞不清楚狀況，還不懂嗎？奧丁就是希爾達！照顧我們的人是希爾達，她負責煮飯，還照顧家裡、花園、豬、席格瓦，連壞人都歸她管，所以我才說我是霧尼。」

希爾達起身。

「走吧，孩子們，我們去透透氣。」

孩子們一陣哀號反對這個提議。

「我不要出去，我還要聽奧丁和烏鴉的故事！」

「下個禮拜再繼續。走吧，去穿外套，我在外面等你們。」

四人之中有三人乖乖聽話，迅速穿上外套就出門了。史果芬則跟著希爾達走進廚房，她拿杯子來洗。

「就是因為這樣，妳才趕走席格瓦的女朋友嗎？妳想保護我們？就和奧丁一樣？」史果芬問她。

希爾達轉身，注視那雙湛藍的眼睛好一會兒，對這年紀的孩子來說，他的眼神太嚴肅了——人生都還沒開始，他就已經千瘡百孔。

「對。」她終於回答，同時將剩下的咖啡倒進水槽。

「我知道妳沒有真的趕她走。」史果芬又說。

希爾達一怔。

「你知道？」

「我知道。妳忘記她的鞋子了，妳忘記鞋子和襪子，她每次都把木底鞋放在玄關的櫃子下。可是妳不用擔心，我都燒掉了。反正她真的很壞，她不是好媽媽。」

「你說的對，她不是好媽媽。」

「除了席格瓦，沒人喜歡她，雖然她很有品味。」

英國倫敦，漢普斯特德荒野

二〇一五年七月二十四日，星期五，清晨六點

從跨出第一步開始，冰涼的水吻上肌膚，愛蜜莉全身都甦醒了過來。

她的步伐跟著雨水滴落的節奏，有時為了跨過攔腰折斷的樹幹和盤根錯節的樹根，膝蓋幾乎得抬高到腰部。

茱麗安．貝爾和芙蘿虹絲．哈特格魯夫。

今早，大腿和屁股的疼痛讓愛蜜莉無法好好思考，有個試圖遺忘的念頭不斷在腦海裡浮現：茱麗安．貝爾和芙蘿虹絲．哈特格魯夫萌芽的情愫有沒有可能是導火線，引起連環殺手極度不安，所以才會犯罪？她們的親密關係就是凶手的「壓力源」，導致他再次動手……這麼說來，哈姆雷特塔村區謀殺案的凶手認識茱麗安……？那個人會是誰？茱麗安的丈夫？哥哥？朋友？影迷？還是芙蘿虹絲．哈特格魯夫認識的人？

愛蜜莉搖了搖頭，這都不能解釋凶手為什麼十年來沒做案。不對……她還是覺得事有蹊蹺，思索這整件事彷彿盯著沒有標點的句子，雖然知道需要加個逗點，但逗點位置不同，就會改變整句話的意思。

睫毛上的雨水與汗水模糊了視線，她眨了眨眼。

傑克要擴大對茱麗安．貝爾生活圈的調查：舉凡化妝師、髮型師、朋友、同事、死忠影迷都得逐一盤查，同時也要再細查芙蘿虹絲及其家人，這意味著倫敦警察廳廳長已經列入了調查名單。儘管這方向能查到的線索可想而知微乎其微，但這次偵緝高級督察傑克．皮爾斯不容許再錯失任何細節。

愛蜜莉來到一段下坡路，路上碎石很多，她放慢腳步。到了坡底，她靠著樹幹做起了伸展操，樹皮像個老頭子的臉一樣布滿皺摺。

還有一項關鍵，愛蜜莉到現在都得不到滿意的解答，那就是塞進死者耳裡的羽毛。包括瑪麗亞．保羅森在內所有受害者雙耳內都有羽毛，凶手使用的是加工染黑的合成羽毛，但都是那種大量批發到世界各地的中國製產品。堵塞耳道有兩個含意：凶手希望受害者聽不見；或受害者不聽話，這是懲罰。不管是哪一種，肯定與連環殺手童年時所遭遇的暴力有關。可是為什麼選擇黑羽毛？愛蜜莉歸納出幾個理論，但還是希望與瑞典的警方討論後再下定論。

手機震動起來。她從運動用的塑膠臂套裡拿出手機，因為耳朵被雨水打溼，她將手機拿在離耳約一公分處，這通來電只進行了十秒鐘。

愛蜜莉解開外套釦子，從內裡的口袋拿出隨身攜帶的小黑盒子，然後打開，將腦中還是草稿的理論、推測和疑問全收進去，包括七名死者的臉孔。現在茱麗安・貝爾和芙蘿虹絲・哈特格魯夫是首要任務。她闔起盒子，收進原本的口袋裡，踏上回家的路程。

瑞典法爾肯貝里

一九八六年十二月六日，星期六，上午十點

天空很晴朗，寒意刺得臉頰發痛，讓人不禁加快步伐，以免手腳被凍麻。要是沒這勁烈罡風，今天應該會很美好。狂風呼嘯而過，樹上的枯枝不是被掃得彎起就是應聲斷裂。彷彿摧毀所經之處的一切極為痛苦，疾風才止不住哀號。

席格瓦的白色廂型車在穀倉幾公尺外停下，他下車朝妹妹走去，指尖同時撫平額上的皺紋，寒風限制了步伐，他盯著地面前進。

希爾達一定聽到他回來了，席格瓦敢肯定，她卻沒轉身。

她纖細的身材佇立在豬群中，豬兒大口吞下飼料，樂得嚄嚄叫。

席格瓦看了一下老犁上那兩只黏膩的水桶，就在希爾達身旁；她手上戴著塑膠黃手套，伸手撈出一把碎肉就往豬隻丟，每次都引來豬兒愈發高亢的興奮叫聲。

「警察今天到麵包店找我問話，」席格瓦猶豫著開口：「他們想知道克絲汀失蹤那晚……我是不是和她在一起。」

希爾達轉身，勁風吹亂了髮，馬尾鞭打著肩膀，散落的髮絲也吹在她的臉上。

「她失蹤那晚你人在高爾夫球俱樂部，我和孩子們待在家裡。」

席格瓦張大了嘴深吸一口氣。

希爾達平靜地望著他，接著露出不可置信的微笑。

「你特地回家就是要說這個嗎？」

他懇切地凝視妹妹，希爾達的微笑綻開。

「你該回店裡了，回去工作吧，我們晚餐見。」她伸手進水桶刮底部。

席格瓦逼自己抹去腦中不住湧現的可怕畫面，因為這正侵蝕著他對希爾達的愛以及他們共度的時光。

「席格瓦？」

希爾達將他喚回現實。

他趕緊整理好情緒，親了妹妹額頭一下隨即離開。

「豬在斯堪地那維亞是神聖的動物，我們會煮豬肉料理向奧丁致敬。」希爾達大聲說，手沒停下來，仍餵著飢餓的豬群。

她將第二個水桶裡剩下的肉塊倒在地上，然後靜靜走回家。進門後，希爾達將水桶放在廚房後頭的工具間，然後走到貯物室，史果芬正在鎖活板門，這扇門通往地下室。

「她尖叫個不停，我拿瓶子給她的時候，她還對我吐口水。」

「Äskling，你能再幫我開個門嗎？」

史果芬照做。

陣陣悶吼的叫聲從開口處竄出，一如小刀剛削開香檳瓶蓋時噴射在牆面上那般急切，哀求伴隨著啜泣與抽噎讓人怎麼也聽不清。

希爾達深深嘆了一口氣。

是時候該讓克絲汀閉嘴了。她還得準備晚餐呢。

英國倫敦，漢默史密斯，百老匯購物中心

二〇一五年七月二十四日，星期五，上午七點三十分

艾蕾克希在星巴克裡，她選了靠近門口的位置，在小圓桌上放下咖啡和切片的檸檬蛋糕。

她品嚐著早餐，慶幸自己沒選燕麥粥；雖然原本想點，但一看到櫥窗裡的糕點就馬上改變心意，燕麥粥這個選項就像噩夢一場，頓時消散無蹤。「燕麥還是留著給牛或馬兒當飼料吧！」她心想，啜了一大口咖啡配甜食，健康姑且先拋到腦後，動脈和腰圍留到改天再說。

前一天與奧利佛．埃克曼的會面讓艾蕾克希很失望，她原本期待埃克曼能提供更多資訊，可惜他只給了一個韓菲爾前同事的名字，還邀請她共進晚餐。艾蕾克希離開幼兒園時一無所獲。

「妳是艾蕾克希嗎？」

艾蕾克希嘴裡塞滿了最後一口蛋糕，抬頭一看，眼前蓄平頭的男子約五十歲，身穿連帽灰夾克。

他伸出沾滿油漆的手。

「我是哈維，妳比我想得更年輕。」

艾蕾克希不知該怎麼回應這樣直率的開場白，只好禮貌地微笑。

「約在這裡見面對我來說方便很多，」哈維邊說邊坐下，「工程有延誤，我每天的工時都很長。妳在寫的是什麼書？什麼時候會出版？」

哈維．考登是理查．韓菲爾的前同事，艾蕾克希原本打算採取同情戰術，但他並不領情，艾蕾克希只好假裝正在寫一本關於韓菲爾的書。

「出版日期還沒確定。」

「這樣啊，妳想知道里奇的什麼事？妳應該是叫他理查，里奇是他的小名。」

「能不能先告訴我，你們是怎麼認識的？」

「哎，我們可不是那種關係，我喜歡的是女性，像妳這種的。」哈維對艾蕾克希眨了眨眼，眼神透著輕浮。

艾蕾克希心想：「我一定是給出錯誤訊號了。」

「那麼他和誰有關係？」

「哇，妳還真直接！」

還不是跟你學的，哈維！艾蕾克希在心中回話。

「既然你都提起了，」艾蕾克希說，雙眼緊盯著他，「我剛好也想問你，就順著竿子摸上去了。」

哈維．考登大笑，露出一口整潔的牙齒，他的牙醫一定很驕傲。

「里奇對性很熱中。我沒見過他和很多女人在一起，但他老是色瞇瞇地盯著女人看，一有女人靠近，他就像條狗一樣，我說真的，如果可以，他真的會把鼻子貼到她們屁股上去聞。」

你想得完全沒錯，艾蕾克希想。

「他經常去蘇活區看窺視秀，就是那種可以從櫥窗裡欣賞女孩自慰的服務，妳知道嗎？」

我不知道，還好我不知道。

「是他主動向你提起窺視秀的嗎？」

「沒有，我們在希臘街上遇見，當場逮個正著！」

哈維再次大笑，又亮出那排白得誇張的牙齒。

「除了這些，他是怎樣的人？」

「其實他不特別喜歡在外頭狂歡。他比較安靜，應該寧可單獨去獵豔。」

「你怎麼認識他的？」

「我去咖啡廳裝架子，他在那裡工作，幫了我不少忙，我覺得他是個好幫手，就跟我爸說需要人幫忙可以找他。現在公司歸我了，說起來主要是我太太在經營，我們目前在翻修房子，開學前要完工，但進度落後很多……這就不說了。總之，回到里奇身上，因為我爸很常找他，後來里奇辭去了咖啡廳的工作，在我爸手下工作六年多，後來自己才開了公司；但他只做基本的裝修和油漆，反正就是簡單的活兒，所以也算不上我們的競爭對手。」

「你們一直都保持聯絡嗎？」

「沒有，我們也算不上朋友，只是合作案子時下了工偶爾會一塊喝點啤酒，就這樣。里奇這傢伙人不錯，警方指控他犯罪，但我很肯定不是他做的。法院沒找我去作證很可惜，因為我很樂意當證人，我就搞不懂他們怎麼沒傳喚我。」

艾蕾克希很清楚原因：你去窺視秀的次數和人們上健身房一樣多，這種證人對「里奇」的審判應該沒什麼幫助。

「除了你，他還有其他朋友嗎？」

「還有兩個室友，我想應該就這樣了吧。」

「你看過他和別人吵架嗎？和同事、客人？有沒有擦槍走火過？」

「沒有，他不是這種人，我保證。」

「他有沒有聊過家人的事？」

「他有一次提過他姑姑，說她是蕩婦。」

艾蕾克希等著聽後續，點點頭鼓勵他說下去。

哈維身子向前靠近艾蕾克希，沾上油漆的雙手平放在桌上，直盯著艾蕾克希的眼睛。

「那時候我們在柯芬園替好幾家店鋪施工，翻修了不少商店、餐廳和美髮院。有一天，里奇跟我說，在這裡工作會勾起他不好的回憶，因為他姑姑之前就在鄰街的義大利餐廳上班。」

「你還記得當時在哪條街嗎？」

「花街或羅素街吧，反正就在那附近。這不重要，你知道他說什麼嗎？里奇其實也是個可憐的傢伙，小時候跟蕩婦姑姑住，那女人性成癮！還是有病的那種！她不只會帶男人回家，自己一個人的時候也極盡所能自慰；她會發出母豬一樣的叫聲，還故意不關門，就是要讓里奇聽見她的叫聲。他那時才五歲，妳能想像嗎？他對我說這件事的時候，我兒子也剛好滿五歲，我聽完只覺得噁心。他實在很可憐。」

這不只是性成癮了，還是戀童癖。艾蕾克希心想。

「你見過他姑姑嗎？」

「要見她不太可能，那時候她都入土十五年了。」

瑞典哈爾姆斯塔德，韓森家

二〇一五年七月二十四日，星期五，上午七點三十分

克里斯蒂昂·烏洛夫松站在韓森家門口，應門的是卡拉，她披頭散髮，臉頰上還掛著一道白線。

「天殺的，卡拉，妳是怎麼了？把牙膏當粉底液來塗了嗎？」

「給我兩分鐘，馬上好，我女兒快把我給逼瘋了！進來吧，丹又煮了一壺咖啡，才剛煮好。」

「媽！媽——她不肯還我衣服，妳叫她還來啦！爸——！」

尖叫聲淹沒了韓森家大女兒的最後一句話。

「我是很想喝咖啡，但還是算了吧。我在車上等妳。」

克里斯蒂昂躲回車上，在心中感謝上帝自己沒有小孩。他常想人們為什麼要生小孩，而路上那些為人父母更是教人心生畏懼：母親的身材比從前大上兩圈、父親像瘋狗

一樣推著娃娃車。現在想起來，那些父親極具侵略性的態度，可能和妻子的身材有關……從韓森家今天早上的情況看來，養小孩這件事並不會隨著時間變得更輕鬆。

副駕駛座車門開了，打斷克里斯蒂昂的思緒，卡拉坐進車裡，長嘆一口氣。但與其說她在嘆氣，聽起來倒像是獲得了拯救。

「謝謝你來接我，我們家的車今天發不動，實在很麻煩，丹得去租一臺。對了，你為什麼不肯進來打個招呼？」

「我覺得最好還是等孩子們停戰再說。」

卡拉翻了個白眼。

「也不是，說真的，到底為什麼女人要生了又生？」

「生什麼？」

「生小孩。」

「哦，這樣才能領多一點補助。」

「說得也是。」

「你和赫克特．尼曼真是哥倆好，你們都對小孩過敏。」

「妳和他聯絡過了？他頂替局長後分局管得怎麼樣？」

「很糟糕，這可憐的傢伙都要得憂鬱症了。」

卡拉從外套口袋裡掏出手機。

「我們要多久才會到托斯蘭達？差不多兩個小時？」她邊問邊在手機上查找。

「GPS顯示一個小時四十四分，表示我最多只需要一個小時又十五分我們就會到了。」

「我得打個電話回家確認每個人都活著……」

克里斯蒂昂震驚地看了卡拉一眼。

「老天，不會吧，妳要我坐在這裡聽妳教訓小孩？」

「等你當爸爸就會懂了。」

「放心好了，這恐怕還要很久很久之後。」

克里斯蒂昂在碎石車道上停車，車道兩旁是長方形的草皮，草地上有墓碑；這是教堂後方，紅瓦屋頂和水泥牆讓教堂看起來更像平民的房屋，一點也不像上帝之家。

教堂側牆搭起一頂白帳篷，黎納．貝斯壯與法醫尼可拉斯．諾丁站在帳篷前談話，他們對克里斯蒂昂與卡拉點了點頭。

「至少她臨終前離懺悔很近……」克里斯蒂昂喃喃說著，他們戴起手套、穿上連身衣與鞋套。

卡拉沒有回話，她知道克里斯蒂昂是用自己的方式為接下來的場景做準備。

卡拉率先走進帳篷，克里斯蒂昂尾隨在後，他的連身衣在她身後沙沙作響。

年輕女子坐著，背靠著教堂白牆，雙臂垂落在身體兩側，雙手手心朝上平放在地。

胸膛原本該是乳房的地方，現在只剩下兩個血淋淋的大窟窿，髖部與大腿都被剮到見骨。

「屁股也割掉了。」卡拉說，她蹲在離屍體幾公分的地方。

女孩長髮及腰，克里斯蒂昂逼自己專注盯著那頭及腰長髮。

克里斯蒂昂定睛注視死者的一頭金髮，像披肩一樣垂落覆蓋肩膀，而再往下……這讓他忍不住再次問自己，到底為什麼要養孩子，倘若你的孩子最終淪落如此下場——再往下就是他想忘掉的夢魘。

「弗瑞雅．倫德，二十二歲。」黎納沉重地說。

克里斯蒂昂轉過頭，黎納與尼可拉斯站在他身後，卡拉站在他們旁邊。克里斯蒂昂沒聽見三人的腳步聲。尼可拉斯正偏著頭檢視屍體。

「傷口與瑪麗亞．保羅森一致。」尼可拉斯確認，「勒斃的痕跡也一致，兩邊耳道內都有黑羽毛，各位先生……哦，還有女士，不好意思，韓森警探……我不想引導你們下結論，但看起來顯然是同一名凶手。」

克里斯蒂昂走出帳篷，卡拉接著走了出來，留下黎納與尼可拉斯在帳篷裡。

「『谷歌』早就預測到了。」克里斯蒂昂邊脫乳膠手套邊說。

「谷歌？你在說什麼？」卡拉問。

「我說的是埃麗耶諾．林德柏格，還是該叫她『英倫大百科』比較好懂？」

「你實在很愛揶揄她。」卡拉一臉責難，手指在他面前揮動。「我們的埃麗耶諾說了什麼？」

「她說這一切都和開膛手傑克有關。妳看最後這具屍體被丟在哪裡？就在托斯蘭達；托斯蘭達是伊莉莎白．史翠德的家鄉，而她正是開膛手傑克手下第三名受害者。」

英國倫敦，漢普斯特德村，艾蕾克希家
二〇一五年七月二十四日，星期五，正午時分

艾蕾克希打開公寓的門，腦子裡一邊計畫接下來該做的事：
一、檢查韓菲爾的審問和庭審紀錄，確認他是否曾提起他同事口中的蕩婦姑姑。
艾蕾克希將手提包放在玄關的小桌上。
二、找花街或羅素街附近的義大利餐廳。
三、……
艾蕾克希驚呼一聲。施泰倫站在廚房門口，他上前擁抱艾蕾克希，抱了好一會兒。
「妳忘記我今天要來倫敦了吧？」施泰倫放開手輕聲說。
「我……」
「還是妳根本就搞不清楚今天是星期幾了？」施泰倫笑著說。
「親愛的，我真的很抱歉，對不起……」
艾蕾克希的吻如雨點般落在施泰倫的臉上。她驀然想起自己離開法爾肯貝里已經兩天了，這期間她既沒和母親說上話，也沒和施泰倫通電話。不行，她糾正自己，施泰倫得放在前面才對；她既沒和施泰倫通電話，也沒和母親說上話。他們只傳過幾封簡訊，但幾乎都是在艾蕾克希離開布羅德莫精神病院之後傳的；她告訴他們會晤進行得很順利，但她不想多談細節，而他們也尊重她。

老天，父親多半是藏起了母親的手機，讓她沒辦法打電話來質問艾蕾克希。瑪杜・卡斯泰勒現在若不是情緒跌到谷底，應該也處於崩潰邊緣了。

「一切都還好嗎？」艾蕾克希問，一邊將占據沙發的兩疊文件搬到茶几上。

「很好。」

艾蕾克希懷疑地看著他。

「老實告訴我到底怎麼樣？」

「真的很好，我和妳爸聊了很多，也和妳媽一起下廚……她教我做純正的法式可麗餅。」

「好吧……我媽應該問了你很多問題吧？」

「是……」

「我和韓菲爾見面之後，她都沒打給我，你和我爸是怎麼做到的？」

「我們把她鎖在地下室。」

艾蕾克希翻了個白眼，強忍笑意。

「其實妳不在也好，反而更好。」

「怎麼說？」

「妳父母不需要顧慮踩到妳的底線，我也不用太擔心會讓妳失望。」

「讓我失望？」

「畢竟我是妳第一個介紹給父母認識的男人。我是說，在塞繆爾死後第一個……」

艾蕾克希身子一僵，她還是沒辦法接受從施泰倫口中聽見這個名字。

「妳呢，開始動筆了嗎？」

「我才見完一個韓菲爾以前的同事。」艾蕾克希懊惱地說。

「他有同事？」

「對，叫做哈維．考登，我是透過韓菲爾前室友聯絡到這個人，他的前室友也是辯方證人。」

施泰倫點了點頭表示理解。

「有任何發現嗎？」

艾蕾克希忽然覺得很不舒服，就像走在一座埋著滿滿地雷的雷場。

「根據警方和檢察官蒐集的資料，韓菲爾的父母死於車禍，他們去世後，監護權就落到了姑姑身上。」

「妳怎麼拿到這些資料的？」

「瓊．皮爾蘭給我的，就是塞繆爾死前在他身邊的側寫師。」

艾蕾克希又吞起了口水。

「但是哈維・考登說，」艾蕾克希的聲音變得沙啞，「這個姑姑在他父母去世一年後也死了，所以在那之後到底是誰接手養大了韓菲爾？我得找出這個人。」

「找那個人做什麼？」

我不只是誤闖雷區了，艾蕾克希心想，根本是深入敵軍禁區。

「該不會連你也要質問我在做什麼了？」她不滿地從沙發上起身。

「艾蕾克希，我感覺妳在逃避我，而且說實在的，不是感覺而已——當我們關係即將變得更緊密的那一刻，妳離開了法爾肯貝里，就只是為了沉浸於過去，回到妳過去的摯愛身邊。」

無名火彷彿燒向野草般朝艾蕾克希襲來。

她搖搖頭便轉身往廚房走。

「妳看吧，又來了，妳選擇逃避。」施泰倫的語氣冷靜而堅定。

艾蕾克希一聽立刻停下腳步，慢慢轉身面向施泰倫。

「我得找出答案。」她強調，試著壓抑掉頭就走的衝動。

「妳現在就像一名憤怒的青少年，別這樣，過來坐著，好嗎？」

艾蕾克希驀然感到一陣羞愧，施泰倫說得對，她必須卸下武裝——施泰倫不是敵人，他們也不在戰場上，她只是在和心愛的男人對話，儘管要她完全敞開心胸實在非常困難。

他拉住她的手，緊緊握在自己的手心裡。

「我就是需要……結束這一切。」艾蕾克希低喃著，緊盯著茶几上那兩疊文件。

「艾蕾克希，妳到底想結束什麼？哈姆雷特塔村區謀殺案的調查和塞繆爾的死完全是兩回事！殺死塞繆爾的人是韓菲爾，他得為此負責，就算調查過去沒查到的案情線索也不會改變這個事實。」

施泰倫親吻艾蕾克希的手掌，接著站起來。

艾蕾克希驀然感到萬念俱灰。

施泰倫離開了兩分鐘，回到沙發時手裡拿著一瓶酒和兩只酒杯。他將酒杯放在茶几上，就在兩疊文件之間。

「我知道妳說身為法國人沒辦法接受旋蓋的葡萄酒，但酒商保證這瓶麗絲玲絕對好喝。好了，我們到底要找什麼？」施泰倫邊倒酒邊問。

艾蕾克希驚訝地端詳了施泰倫好一會兒才開口：

「首先，我要再看一次韓菲爾的審問和庭審紀錄，確認他姑姑的名字——安潔拉·韓菲爾——是否曾出現在文件中。要是沒有，那就必須找到她死前任職的義大利餐廳，她是一九七九年去世的，餐廳就在柯芬園那一帶，靠近花街。」

「一九七九年？妳有沒有想過餐廳很可能早就歇業了？」

「還有另一條線索，可是這點我得親自調查。」艾蕾克希喝下一大口白酒。

瑞典哈爾姆斯塔德，韓森家

二〇一五年七月二十四日，星期五，晚上七點三十分

愛蜜莉坐在韓森家的陽臺，一手拿著嘉士伯啤酒，眺望極具現代感的圖書館沉思；坐落在尼桑河岸的哈爾姆斯塔德圖書館呈拱形，以玻璃與鋼鐵打造而成，非常顯眼。雨才剛停，陽光穿破雲層射下光芒，猶如弓箭手萬箭齊發。不消幾分鐘，天空就變得明亮清朗，彷彿抹上了兩道蔚藍，再次展現盛夏光彩。

愛蜜莉喝下一口滿是泡沫的啤酒。

她的飛機在下午三點前後抵達哥特堡機場，比原訂時間晚了兩個小時。黎納才剛載她到弗瑞雅．倫德的命案現場，托斯蘭達就颳起暴風雨，逼得他們只好盡快離開。他們隨後前往哈爾姆斯塔德，搜查團隊都在卡拉家裡等他們，眾人決定邊烤肉邊加班。

「妳就是愛蜜莉嗎？」

說話的是韓森家的小女兒艾達，她穿著蜘蛛人睡衣，忽然出現在陽臺上。

「我就是愛蜜莉。」

艾達在愛蜜莉身旁坐下，椅背上掛了一條抓毛絨毯，她一把拉下毯子蓋在腿上。

「我聽到烏洛夫松警探對大鬍子先生說妳的腦袋和我媽媽的胸部一樣大，我媽媽的胸部超大，比其他媽媽的胸部都還要大。可是我看妳的腦袋瓜不太大啊，甚至比她的頭還小。」

「妳會說英語？」愛蜜莉微笑。

「我學一輩子了！妳知道《粉紅豬小妹》其實叫《佩佩豬》嗎？」

卡拉端著托盤走來，托盤上有脆麵包（knäckebröd）、奶油、乳酪和啤酒。

「妳！妳在這裡做什麼？為什麼還沒去睡覺？」卡拉問女兒。

「媽，我在和愛蜜莉聊天。」

卡拉放下托盤，忍住笑意。

「是嗎？妳們在聊什麼啊？」

艾達先以眼神示意愛蜜莉支援，接著才回答：

「我們在聊《佩佩豬》，我正要告訴她有些瑞典字沒辦法翻譯成英語，像是『mångata』、『fika』和『tretår』。愛蜜莉，我跟妳說，」艾達繼續說著英語：「有些瑞典字沒辦法翻譯成英語，這是老師教我們的。」

愛蜜莉身旁放了一碗洋芋片，艾達伸手進碗裡抓了一把。

「艾達，不要吃沒營養的東西，吃脆麵包吧！妳還餓嗎？」

「我不餓。我跟妳說，像『mångata』就是要形容月光反射在水面上的樣子，看起來像一條路。」艾達解釋，嘴裡塞滿了洋芋片，「『fika』是喝咖啡休息的時間，通常會配蛋糕，可以和朋友或家人共度；再來是『tretår』，這是『續第三杯咖啡』的意思。還有很多很多字，可是我想不起來了，愛蜜莉，這些妳都知道嗎？」

愛蜜莉微笑著搖了搖頭。

卡拉生火準備烤肉，嘴角揚起驕傲的微笑。

「媽，你們還是要烤肉嗎？」艾達忽然問，她瞪大了眼，嘴角還黏著洋芋片碎屑，「很冷吔！瑞典人實在很瘋狂！」

「我們叫做維京人不是沒有道理的。好了，親愛的，該上床了！快去吧！」

「媽……」

「怎麼了？」

「爸爸在哪裡？」

「他和貝斯壯警長在書房裡。」

「哪一個是貝斯壯警長？」

「有鬍子的那個，他是我的長官。」

「他們在做什麼？」

「爸爸在介紹他寫的書。」

「我也想去看爸爸寫的書。」

「艾達！」

卡拉的語氣不容妥協。

艾達心不甘情不願跳下椅子，一臉不高興。

她摺好毯子放回椅背上，拖著腳步進屋。

卡拉和愛蜜莉看著彼此會心一笑，但是卡拉看出她眼裡的悲傷，決定不循常理問候所有人接下來都會問的問題：「妳也有孩子嗎？」

「妳有事要問我？我們剛才被打斷了。」卡拉另起話題，避免可能出現的尷尬。

愛蜜莉點了點頭。

「瑞典人都唸什麼故事給孩子聽？」

「呃，年紀小一點的應該都是聽《阿爾費．阿特金斯冒險記》，這最受歡迎；大一點就是阿思緹．林格倫，例如『Pippi Långstrump』，也就是你們都聽過的《長襪皮皮》，我想應該就是這些。」

「你們不會說瑞典神話給孩子聽嗎？」

「學校裡會教。但睡前不太說神話故事。」

「所以妳不會和女兒說奧丁或阿斯嘉特的故事？」

「不會……但自從克里斯．漢斯沃演了索爾之後，我倒是注意到大女兒對神話開始感興趣了。妳為什麼會問這些？」

「妳先生告訴我，妳很快就要去做司法心理學論文的答辯？」

卡拉有點吃驚，除了愛蜜莉突然改變話題，更讓她驚訝的是問題本身。

「對……」

她遲疑了幾秒才接著說：

「我的夢想是去蘇格蘭場工作。」

這時克里斯蒂昂走了過來，手裡拿著啤酒，一旁跟著埃麗耶諾。他在愛蜜莉旁邊坐下後說：「原來茱麗安．貝爾是蕾絲邊！」

「這對警察廳廳長來說還真是丟人，我想他心裡一定很不好受，而且我敢說他會辭職，妳等著看！但她既然都搞到出軌了，而且還發生關係，我想廳長的床上功夫多半不怎麼樣……」

手機在愛蜜莉的外套口袋裡震動起來。

愛蜜莉接起手機。

「埃麗耶諾，妳最好別老和這個男人混在一起。」卡拉打趣著說。

「我已經盡量避免了，我們會一起到陽臺完全是巧合，我剛從廁所出來。」埃麗耶諾說。

「我們半小時後到。」愛蜜莉說完就掛斷電話。

卡拉的注意力從克里斯蒂昂和埃麗耶諾的身上轉向愛蜜莉。

「埃麗耶諾，真謝謝妳喔，還特地解釋這麼多。」克里斯蒂昂諷刺地說，又喝下一大口啤酒。

「得出發到局裡了，蘇格蘭場要和我們開視訊會議。」愛蜜莉告知眾人，「他們逮到人了。」

二〇一五年七月二十四日，星期五

我要親一親女兒。
我要親她們的臉頰、眼睛、額頭、辮子、小手。
我要把她們緊緊擁在懷中。
一手抱一個。
緊緊靠在我的胸膛上。
她們的頭靠著我的脖子。
頭髮在我的鼻間搔癢。
我要好好聞一聞她們，聞她們身上的氣味，從鼻子深深吸進身體裡。
再緊緊抱住她們，再也不鬆手。
我要聽她們的歌，那首歌由歡笑和聲音交織而成。
我要親一親埃德里安，我要告訴他，儘管發生了這一切，我還是愛他。
我愛他。
我也愛你，我親愛的雷蒙。
我要抱緊你們四個，我們是相愛的一群。
我們想大笑，卻流下眼淚；我們邊哭邊笑，這不是幸福的眼淚，遠不止於此，這是充滿愛的歡笑，如釋重負的歡笑。

還有妳，我的芙蘿虹絲。
我終於能再一次日日見到妳，我的芙蘿虹絲。
每一天都見到妳。
光明正大地和妳在一起。

瑞典法爾肯貝里警察局
二〇一五年七月二十四日，星期五，晚上十點

克里斯蒂昂．烏洛夫松拉下螢幕，打開投影機電源，黎納、愛蜜莉與卡拉紛紛在會議室就坐。克里斯蒂昂也在電腦前坐下，他瞥見埃麗耶諾挨在會議室角落，面對螢幕盤腿而坐，筆記本放在大腿上。

幾分鐘之後，螢幕上可以看見傑克．皮爾斯進入偵訊室。克里斯蒂昂在鍵盤上按了幾下，螢幕立時一分為二：左邊的廣角鏡頭顯示偵訊室全景，對著傑克．皮爾斯的臉和嫌犯的背影；右邊則鎖定並放大嫌犯的臉——雷蒙，也就是茱麗安．貝爾的哥哥。

「雷蒙，你是貝爾家的養子這件事，為什麼要刻意隱瞞？」

雷蒙．貝爾緩緩搖了搖頭，眼神直盯著鐵桌。

「我只是沒想到要說。」

傑克沉默半晌，眼神緊盯嫌犯。

「雷蒙，『沒想到』的說法聽起來實在很可疑。或許你並不樂見我們查到你是養子？」

「怎麼會？你這話根本沒道理！我有什麼好隱瞞的？」

「因為你是在瑞典被領養的，你是在瑞典出生。」

「所以呢？這和茱麗安被綁架又有什麼關聯？」

傑克讓手肘靠在桌上，雙手手指交纏，左手大拇指摩擦著右手掌心。

「你是不是有什麼事沒說？」雷蒙顯得十分不安，「你們找到她了？她在瑞典？」

「雷蒙，能不能聊一聊你父母？」

雷蒙．貝爾往後靠在椅背上。

「他們很慷慨、很有愛心，也很風趣。他們二十五年前就過世了，長子死去後不久就走了……」

傑克皺了皺眉。

「……他們都是罹癌過世，前後相差才八個月，我覺得他們是太過傷心才死的；我哥滑雪出了意外，當時才二十二歲，他一直是那種品學兼優的孩子，不用人操心，生來聰明又外貌出眾，出事時還在牛津大學就讀……他們都說他是他們的小太陽，這話一點也沒錯，威廉的確很耀眼。」

「雷蒙，我說的是你的親生父母。」

「親生父母？真正的父母是要哄你睡、餵你吃、照顧你、教育你、養育你、保護你、鼓勵你、安慰你、指導你、栽培你——」

「還有愛你。」

「對，還有愛你，能做到這些才是『父母』。所謂的『親生父母』根本是胡說八道，督察，這種詞真該被禁用。那些人算不上『父母』，就只是『種馬』和『孕母』，所以別拿『父母』來稱呼生下我的男女；對我而言，他們不是父母，這對男女交配後就忽略我、遺忘我，最終遺棄了我。所謂的『生父』在我兩歲時便拋下我和『生母』不管；一年半後『生母』也棄我而去，於是我被送到當地的孤兒院。很棒的故事吧！這就是我『親生父母』留給我的一切。全是院長告訴我的，她說得可鉅細靡遺了，因為她要我知道假如我晚上再尿床，就沒有人會再收留我。實際情形也差不多如此，貝爾一家出現前的確沒有人願意收養我。」

「但你是年紀較長之後才由貝爾夫婦收養，當時你已經十一歲了。」

「應該吧。」

「你不記得了？」

「不記得。」

「雷蒙，你孩提時那七年多的記憶都消失了？從三歲半到十一歲的事，你全都不記得了嗎？」

「別扭曲我的話！實在太侮辱人了，我只說我不記得自己是幾歲被貝爾夫婦收養的。這是實話，我真的不記得了。我印象中還沒住進貝爾家前，就很常和威廉玩在一起，收養手續也可能很晚才辦好。早在我滿十一歲之前，就和他們住在一起了，他們也視我如己出。」

「雷蒙，能不能談談你的寄養家庭？」

「我對寄養家庭的記憶很模糊……我甚至不確定到底是孤兒院還是寄養家庭……」

「你待過好幾個家庭？」

「應該是……我都說了我不確定……我只記得一些臉孔和名字……其中一個照顧我的女人叫希爾達，她先生叫席葛孚……還是席格瓦……之類的。但我是養子和茱麗安被綁架到底有什麼關聯？」

「你聽過理查．韓菲爾這個名字嗎？」

「那個殺人凶手？」

「對，殺人凶手。」

「他和茱麗安……有關係嗎？」

傑克不作聲，刻意讓沉默介入、發酵。伴隨悲傷與失去而來的緘默直接而粗暴，這樣的靜默讓人無法招架。

雷蒙．貝爾閉上雙眼，好一會兒後，深吸了口氣才睜開眼。

「雷蒙，茱麗安在哪裡？」

「她在……」

雷蒙忿恨不平地呲牙咧嘴，戴著手銬的手握成拳頭猛敲桌面，柔軟的髮梢隨著手銬上鐵鍊起伏的節奏擺動。

「督察，你這是在浪費時間！」雷蒙怒吼：「也是在浪費茱麗安的時間！她就是我的一切！你難道看不出來？你可知道埃德里安指控過我多少次？他甚至以為我愛上了茱麗安！還覺得我們亂倫！但我所做的一切都是為了幫助茱麗安，讓她得以擴展事業；我告訴她怎麼去做，就只是這樣，我幫助她、支持她，這都是身為兄長該做的事，如此而已——」

雷蒙激動地口沫橫飛，抬起手背擦拭嘴角。

他的聲音因憤怒而變得嘶啞。

「督察，你完全搞錯方向了！」

瑞典法爾肯貝里

一九八八年六月二十五日，星期六，凌晨一點三十分

草地中央豎立著一根巨大的柱子，柱頂以花草裝飾成三角形，三角形底部左右兩端各掛著一個圓形花圈。史果芬瞥了柱子一眼，這是慶祝「聖讓日」（Saint-Jean）——也就是「仲夏節」（Midsommar）——的傳統裝飾；仲夏柱看起來就像個插入陰道的陰莖，只有遲鈍至極的人才看不出來。

狂歡節的第一天接近尾聲：人們享用了傳統大餐，菜色有鯡魚配馬鈴薯佐蔥末酸奶油和草莓，也圍著五月柱跳了青蛙舞（「五月柱」才是正確的名稱），與會的家庭陸續回家休息了；剩下的村民要不是喝了太多啤酒和杜松子酒，正在休息醒酒，要不就是在接吻或親熱的男男女女。

這會兒有些人正準備「續攤」，接下來要登場的幾乎是要蹦出低胸領口的乳房和遮不住屁股的短裙，自然少不了性感而迷濛的眼神。這些「菜色」全有酒意作陪，只要「有胃口」的人都能參加，儘管「飽餐一頓」。

希爾達看上的那個女孩來自基律納，這個城市位於瑞典北部，建造在一塊浮冰上，女孩開玩笑說基律納就在「兩個企鵝殖民地之間」。據說在仲夏節時，女孩只要在枕頭下放七朵不同的花，當晚就會夢到未來的丈夫，她就是屬於這類型的女孩——典型晚熟型，要花很長一段時間才弄懂「下面」怎麼用，還在摸索就懷孕了，莫名其妙生下三個孩子，老爸都不是同一人。

已經當了媽的人卻沒有母親的樣子，還有不知羞恥的婊子，這兩種人在路上隨處可見。真是太瘋狂了，她們招搖的態度汙染了街道，這些女人似乎非常普遍而且始終存在，幾千年來皆然。奧丁得到忠心耿耿的烏鴉福金和霧尼協助，祂遊遍九個世界，就是為了淨化環境、消除汙染分子，避免汙濁的氛圍滲入家庭，趁著夜晚熟睡時下毒手。

我們認識且生活的第一個「國家」是母親，家庭就是「世界」，我們在這當中進化成長。每個人都有責任照顧家庭，保護其不受墮落的母親和不知羞恥的婊子摧殘，還要避免她們繁衍後代。

所以得完全消滅她們，還不能讓她們的屍骨餵養大地。所以要以她們為食，讓她們回歸本質——也就是可食用之肉，讓人們大口咬下、咀嚼、消化。

史果芬垂涎，伸舌頭舔了舔雙唇。希爾達為仲夏節準備了豐盛的晚餐，前菜是她自製的肉醬，這肉醬真是一絕，保證是她做過最好吃的。

來自基律納的那個女孩對史果芬微笑。

笨席瓦格和她暗通款曲，他挑女人的品味實在很糟，而且很危險。從他們私下約會以來，家裡的氣氛就變得令人窒息。

女孩的頭歪向一邊，食指纏繞一綹髮絲，耳上掛的耳環是捕夢網，長長的羽毛綴飾輕撫著她裸露的肩膀。

她瞟了一眼史果芬的偉士牌機車。「喂，可以載我到莫魯普嗎？我沒力氣，走不動了……」她向史果芬請求，聽起來就是喝多了。

「妳要的話可以啊。」

女孩跳上機車，緊緊抱住史果芬，甚至有些太緊。

就第一次的起手式來說，一切都很順利。

十分鐘後，史果芬在穀倉後停下車子。

「喂，我們還沒到莫魯普……」

史果芬朝女孩的下巴狠狠揍了一拳，她往後倒。

「沒錯，我們還沒到莫魯普。」

史果芬跨坐到她身上，一手抽出皮帶，環住女孩的脖子。

她急速眨眼，感覺到皮帶扣就在喉嚨上，不禁瞪大了雙眼。史果芬給自己兩秒鐘，這才猛力拉緊皮帶，這是為了觀察恐懼滲入獵物雙眼的過程——她的眼珠子看起來就像要從眼窩裡蹦了出來。

女孩像條垂死掙扎的魚在岸上扭動，伸長了粉紅色的小舌頭想爭取新鮮空氣，可惜她再也吸不到了，接著，就在一瞬間，她的身體整個癱軟下來。

史果芬鬆開皮帶，重新穿回牛仔褲的褲環，低頭望著那扭曲的臉龐。她張大了嘴，一只捕夢網上的羽毛掉進嘴裡。

這一幕透著一股邪惡的諷刺感。護身符沒有帶來好運，捕夢網應該要守護她才對，哪知道噩夢突破重圍，摧毀了她；耳環上的羽毛就更別提了，羽毛垂在她肩頭上，彷彿是福金和霧尼正在對這可憐人兒低語，訴說著她所處世界的異常。

史果芬扯下黑羽毛，強塞進她雙耳中。

這愚蠢的小賤貨真該聽烏鴉的話。

瑞典法爾肯貝里警察局

二〇一五年七月二十五日，星期六，上午八點

克里斯蒂昂．烏洛夫松邊伸展邊打著哈欠結束晨間運動，腦子裡依舊昏沉。他得再喝杯咖啡，還要填點肚子，不然晚點愛蜜莉又要拿側寫來轟炸他。

愛蜜莉每次都在短時間內丟出一大堆資訊，他根本來不及消化，要是能全寫下來就好了，可惜他做不到。其實還有個更好的辦法——錄下愛蜜莉的話，會議後重聽，就像又開一次會。可惜他自尊心太強，拉不下臉來錄音；警局裡的女子兵團都聽得懂，埃麗耶諾和卡拉完全跟得上，彷彿愛蜜莉在聊食譜那樣輕鬆，正因如此，他不想讓大家覺得自己很笨。

克里斯蒂昂的眼神掃過身旁同事：愛蜜莉專注看著白板，緊盯著犯罪現場的駭人照片；黎納振筆疾書，天曉得他在筆記本裡寫了什麼；埃麗耶諾與卡拉埋頭苦讀哈姆雷特塔村區受害者的相關文件。

說真的，說出來誰會相信。卡拉有著成人片女星的身材，不同的是卡拉胸大又有腦；另一個洗衣板則是寧願吃沙拉也不吃上等牛排，腦袋卻也聰明得不得了。

克里斯蒂昂望著麵包籃流口水。

如果……如果他嘴巴裡不嚼著麵包，就這麼一次，試試看動腦說點什麼呢？他要讓大家知道，他，克里斯蒂昂．烏洛夫松也是全心參與其中。

克里斯蒂昂猛然起身，椅子被撞得倒在地毯上。他堅定地穿過會議室，來到白板旁站定，在那瞬間他覺得自己就像是益智節目裡的花瓶。他趕緊甩開這畫面，伸手指向最後一張照片，也就是第九位受害者的照片。

「弗瑞雅．倫德，二十二歲，在托斯蘭達生活、工作，還是醫學院的學生，正在舍瓦爾診所裡實習。」

眾人抬起頭來，瞪大了眼，只有愛蜜莉例外，她上下打量克里斯蒂昂。真是萬萬沒想到，早知道就該更常站出來才對！

「弗瑞雅生前最後出現在工業區的星塵保齡球館，時間是上星期六的深夜十一點，」克里斯蒂昂接著說：「六天後被發現陳屍在托斯蘭達教堂，全身赤裸，死因是勒斃，身體遭割剮的部位包括胸部、髖部、大腿及臀部，與先前受害者一樣。」

卡拉的眼神掃過九名受害女子的照片：珍寧．桑德森、迪安娜．隆達、凱蒂．亞特金斯、克蘿伊．布羅默、席薇雅．喬治、克拉拉．桑德羅、瑪麗亞．保羅森、茱麗安．貝爾、弗瑞雅．倫德。

弗瑞雅．倫德，眼神裡閃耀著青春傲氣，挑釁地噘著嘴，微啟的雙脣像是在等待戀人親吻。她才剛要二十歲。

還是個孩子。

「妳覺得凶手怎麼綁走她們的？」克里斯蒂昂轉向愛蜜莉。

「受害者身上沒有綑綁的痕跡就是個線索。」愛蜜莉沉吟。

「這就是重點。」埃麗耶諾插話。

「什麼重點？」克里斯蒂昂問。

「綑綁痕跡應該就在被割去的部位。」愛蜜莉補充：「我們可以從茱麗安．貝爾被綁的監視器影像看出端倪，凶手以極快的速度制服受害者，這表示他可能使用了泰瑟槍或電擊棒，這種電擊武器大多用在腰部或髖部。凶手緊接著對受害者注射安眠藥，這樣就可以輕鬆運送獵物到他的巢穴裡藏匿。」

「所以他要有個夠大的地方來囚禁受害者，還可以宰割她們，儲藏割下的肉……」

「不見得，那種設有住戶專用入口的小公寓其實就夠了。囚禁受害者只需要一個小房間，毀屍就在浴室裡，冰箱冷凍庫只要有兩個抽屜就能儲藏肉了。」

愛蜜莉不帶情感地解釋，血淋淋的剖析迎來了在場眾人一片沉默。她這些話的畫面感太強，每個人都需要點時間甩開腦中的想像。

椅子摩擦地面的刺耳聲響打破室內的寂靜，原來是卡拉站起來，替所有人倒咖啡。

「除了茱麗安．貝爾，還有其他受害者是在車上被綁架的嗎？」卡拉邊倒咖啡邊問。

「有，克蘿伊．布羅默，她是第四名受害者。」

「作案模式有這種變化挺奇怪的，妳不覺得？」

「克蘿伊．布羅默算小有名氣，她的男友是足球員，效力女王公園巡遊者足球俱樂部。茱麗安和克蘿伊是比較難靠近的下手對象。」

「凶手為什麼要挑她們下手？」克里斯蒂昂問，若無其事地靠著會議桌桌緣。

「因為她們是他無法擁有的女人，這種女人見異思遷，拒絕只屬於一個人，所以他要占為己有，但不是透過性侵，因為這麼做只能短暫占有，稍縱即逝，他要吃掉她們。吃下肚是終極的占有方式，就字面上的定義而言，要滿足兩人合而為一的慾望，受害者必須成為凶手的大餐，她會一輩子住在他體內。」

「就妳看來，凶手在綁架、監禁和勒斃等加害手段之後，食人是犯案的壓軸嗎？」黎納說完就灌下一大口咖啡。

「食人絕對是凶手的性衝動到達頂峰的時刻，勒死受害者時也是。對他來說，動手殺人會帶來強烈的滿足感；這點我們很確定，因為從死者脖子上的勒痕可以看出是從正面犯案，他下手時就面對受害者。他像是心滿意足的觀眾，參與受害者死亡的一刻，或者說生命消逝的瞬間，讓她們準備好供他食用。換言之，獵捕過程對凶手而言並非最重要的，而歸結受害者的特徵，他挑選下手的對象就和我們挑牛肉或羊肉沒兩樣；他沒有偏好的類型，只要是白人女性都可能成為目標。」

克里斯蒂昂起身離開桌子，走到麵包籃前，撈起一顆肉桂球，帶著麵包回到了座位。

「凶手對鞋子的偏執又是怎麼回事？他有戀鞋癖嗎？」克里斯蒂昂大口咬下肉桂麵包。

「假使他有戀鞋癖，就該留下鞋子或受害者的腳才對。但他卻將鞋子裝進袋裡收好，留給受害者家屬，這麼一來，可以想見鞋子最後會交到警察手上。」

「佛洛伊德認為腳是女性的陽具象徵，腳代表了女人的力量。」埃麗耶諾忽然開口，眼睛仍盯著筆記本。

「鞋子往往也象徵夫妻間的連結。」卡拉接著說：「找伴侶就像『找雙合腳的鞋』，想想灰姑娘，王子收著她的水晶鞋，直到他找到穿得下那雙鞋的腳才肯罷休……西西里女人不是也會將鞋子放在枕頭下睡覺嗎？據說這麼做能幫她們找到丈夫。」

「我不覺得鞋子在本案裡的象徵和女人或夫妻有關。」愛蜜莉加入討論，「我也不認為和文化有關。雖然所有鞋子都放在受害者的家門口或家附近，而瑞典人在進入室內前又習慣脫鞋。我反倒覺得凶手留下鞋子的作法是一種紀念，紀念第一次的犯行；在他眼中那是神聖的，並且藉此讓那神聖的一幕不斷重現。

在我看來，留下鞋子應該和第一次做案過程中發生的事件有關，也許是凶手忘了什麼、做錯了什麼，也可能和受害者當時的反應有關，最終成了凶手犯案的特徵。夾鏈袋不只是要保護鞋子，也象徵著封存初次做案的記憶。」

「妳認為在受害者家附近留下鞋子，顯示出凶手的罪惡感嗎？」黎納一邊問，身子往後靠，好讓一雙長腿能在桌底下伸展。

「應該不是，這個案子裡的凶手沒有罪惡感，他是社會病態者，毫無同情心，更別說罪惡感了。」

有那麼一會兒，愛蜜莉的眼神迷失在白板上的照片中。

「別忘了襪子，細心捲好然後放進左腳的鞋裡。」愛蜜莉繼續說：「這點很關鍵，因為凶手刻意加入這個步驟，成為作案手法的一環，藉此展露他連結每一名受害者的企圖，就像她們是他的收藏品一樣。而且最重要的證物是一個不知名的ＤＮＡ，也就是我們分別在珍寧．桑德森、瑪麗亞．保羅森和茱麗安．貝爾這三名女性鞋子裡採集到的ＤＮＡ，應該都是來自第一位受害者，我們到目前都查不出她的身分——這名女性也可能是始作俑者，一連串凶殺案的源頭，不一定是受害者。」

「塞進耳裡的羽毛又怎麼解釋？就算是謀殺案，這麼做也太奇怪了！」克里斯蒂昂大聲說。

愛蜜莉喝了一口咖啡。

「黑羽毛讓我聯想到北歐神話。神祇奧丁有兩隻烏鴉信使，叫做福金和霧尼；福金代表『思維』，霧尼則象徵『回憶』。每天破曉時分，烏鴉會飛往奧丁統治的九個世界巡視，翌日早晨再回到奧丁肩膀上對祂耳語，向祂匯報一路上的見聞。」

卡拉聽了皺眉。

「原來如此，妳昨天才會問我瑞典人是否會唸北歐童話給孩子聽……」卡拉喃喃自語。

「我目前還沒有任何線索可以證實這項理論，」愛蜜莉解釋：「但我肯定這項作案特徵是源自這部神話。凶手不是想要阻止受害者聽取烏鴉帶來的消息，就是要懲罰受害者沒有聽烏鴉的話；也就是說凶手試圖制止受害者想起可怕的回憶，或是要懲罰她們並未從可怕的經歷中學到教訓。」

「我在搜尋耳道裡塞黑羽毛所代表的意涵時，想到的是愛倫．坡的《烏鴉》，」埃麗耶諾插話，一邊在筆記本上塗寫，「詩裡的烏鴉不斷重複『永不復焉』，看來我是想錯方向了。但是關於凶手的身分，有件事倒是值得我們思考。」

「埃麗耶諾，妳每次都等到最後才肯說出推理，就是故意吊人胃口，對吧？」克里斯蒂昂又在逗她。

「凶手可能是伊莉莎白．史翠德或約翰．麥卡錫的後裔。」

「約翰．麥卡錫是誰？」

「約翰．麥卡錫就是開膛手傑克。」

「不會吧，大偵探，妳根本是在胡言亂語！」克里斯蒂昂激動地說，麵包屑噴得到處都是，「開膛手傑克的身分到今天都還是個謎！」

「約翰．麥卡錫是米勒公寓的房東，」埃麗耶諾保持冷靜的語氣。「瑪麗．凱利生前住在那裡，也是在那裡遇害的，官方紀錄上，她是開膛手傑克手下最後一名受害者；或者說，專門研究開膛手傑克的專家認定她是最後一名『符合作案特徵』的受害者。很多線索都指向他。首先，當時不同的目擊證人對於開膛手傑克在外貌身型上的描述都符合約翰．麥卡錫；再者，瑪麗．貞奈特．凱利遇害後被凶手留在床上等死，約翰．麥卡錫聲稱在床邊的小桌上看見受害者的肝臟和其他器官。

但是當時房間很陰暗，謀殺現場又一片血腥，在那樣的情境下，他到底是怎麼認出『肝臟』的呢？按理說在發現女人被殘忍殺害且毀屍之後，他應該感到很震驚，又怎能記得那麼多細節？而且約翰．麥卡錫的店後門離犯罪現場很近，距離不過一百多公尺，這就解釋了開膛手傑克殺害瑪麗．貞奈特．凱利之後是如何順利逃離現場而不被發現——他當時應該渾身是血，而眼看天就要亮了，街上的人也多了起來，他卻能全身而退。還有兩名女性在米勒公寓遭到謀殺，約翰．麥卡錫正好也是房東，一個是在一八九八年，另一個在……」

「埃麗耶諾，長話短說好嗎？拜託！」克里斯蒂昂顯得很不耐煩。

埃麗耶諾終於抬起頭望向眾人。

「你想要簡短的解釋？在英語中，『約翰』的暱稱是『傑克』。」

英國倫敦，克勞索恩，布羅德莫精神病院

二〇一五年七月二十七日，星期一，上午十點三十分

艾蕾克希的目光快速掃過手機，還是沒有訊息。

她整個週末都在梳理理查．韓菲爾的審問與庭審紀錄，同時尋找柯芬園一帶鄰近花街的義大利餐廳。但餐廳數量太過驚人，直到星期天晚上，施泰倫和艾蕾克希才終於找到安琪拉．韓菲爾曾任職的披薩專賣店——位於加里克街的「安東內利」從一九七一年營業至今。餐廳老闆還記得安琪拉，她在那裡工作時成了老闆娘的好友，韓菲爾案大肆報導時，安東內利夫婦也密切關注。老闆建議艾蕾克希直接聯絡他妻子，她去看女兒了，人在康瓦爾郡。艾蕾克希昨晚七點透過電話留言給她，便急切地等待回音。

艾蕾克希將雙手高舉過頭，十指交纏伸展後背。

抵達精神病院時，她緊張到胃收縮，幾乎沒辦法呼吸。艾蕾克希一點也不想再回到布羅德莫和韓菲爾呼吸一樣的空氣，他的存在汙染了整個環境。但若要讓調查有所進展，就不得不來一趟。傑克．皮爾斯替她處理好許可文件，同時不忘提醒是破例幫忙，下不為例。

「卡斯泰勒女士？」

艾蕾克希抬頭，眼前的男子身材魁梧。一個半小時前，院長派特請她到小房間等候，男子就站在房門口。這個房間裡沒有窗戶，只有一張方桌和兩張椅子，單調的擺設與陰沉的氣氛簡直和牢房沒兩樣。

「我叫埃伯特．史密斯，我們上禮拜見過，」男人點了點頭，「妳和理查．韓菲爾見面的時候我也在。」埃伯特說完在艾蕾克希對面坐下來。

這是艾蕾克希今天見的第四名看護，除了精神科醫師，沒有人比這些護理人員更了解韓菲爾的日常作息、習慣和癖好，他們很可能知道他的祕密。

「埃伯特，我記得你，你願意見我真的很感激。」艾蕾克希微笑著說。

她尤其記得埃伯特和韓菲爾沆瀣一氣。

「妳還好嗎？」埃伯特問道，聲音渾厚溫暖。

艾蕾克希沒料到他會這麼問。

「很好，謝謝。」她趕緊回答。

「派特說妳要寫一本關於理查的書，是嗎？」

艾蕾克希點頭，謊還是得說下去，雖然她一輩子都不可能替這傢伙寫書，絕對不可能。

「前提是他也願意配合的話……」

「理查入院以來，唯一願意見的人只有妳和傑克．皮爾斯督察。我想他真的很希望妳能原諒他失手殺死妳男友，為了得到寬恕，要他做什麼都行。」

艾蕾克希的眼神在狹小的房間裡跳躍，繞過泛黃的牆面一圈才再次停在埃伯特．史密斯身上。她得表現出放鬆的樣子，如果她不願敞開心房，對方也同樣不願意。

「謝謝。」艾蕾克希低聲說，垂下頭看筆記本。

埃伯特以充滿同情的微笑回應。

「你負責韓菲爾多久了？」

「從他入院到現在。我在布羅德莫精神病院工作十三年了，其中十一年都在高警戒病房。」

「從入院到現在，他的行為舉止有任何改變嗎？」

「服藥讓他變得沒那麼衝動。意思是和以前比起來，他現在手放進褲子裡的次數沒那麼頻繁了，但是他自慰的習慣並沒有消失，而藥物也不會加劇他的攻擊行為。比起團體治療，理查單獨見精神科醫生的成效更大，現在可以說出慾望，並且具體表達衝動，妳上次來的時候也親眼看到了。」

艾蕾克希嚥下口水，光是想起韓菲爾的話就讓她喉頭一緊。

「他的表現嚇到妳了，真抱歉。但是從我的角度來看，他進步了。我很滿意。」

埃伯特的眼神由艾蕾克希身上轉向斑駁的桌面，緊抿雙脣，彷彿在克制自己別再說下去。

「卡斯泰勒女士，說真的，」埃伯特終於開口，看著艾蕾克希的眼神十分謹慎，「理查不應該待在高警戒病房。」

艾蕾克希同意這點，理查．韓菲爾不該待在醫院，這裡每天都有人幫他送早餐到房裡，他還能去參加藝術或音樂作坊；埃伯特說得沒錯，理查．韓菲爾應該去牢裡。

「他和其他囚犯的互動怎麼樣？」

「病人。」

「你說什麼？」

「卡斯泰勒女士，我們不說『囚犯』，在這裡我們稱他們為『病人』。」

「哦，抱歉，他和其他『病人』相處得怎麼樣？」艾蕾克希連忙改口，心中卻暗自對這個誤用會心一笑。

「囚犯」兩字在埃伯特口中像長了刺一樣難以說出口。

「在高警戒病房，我們和病人的互動、病患間的互動有時會變得很暴力，理查就受過兩次傷。」

「是什麼樣的情況？」

「有個病人拿椅子砸他的臉，那人宣稱理查的鼻子裡有蜂窩；另一次是理查隨手拿起報紙，報紙原本放在交誼廳桌上，另一名病人因此感到不悅，先是對他潑糞，然後狠狠揍了他一頓。」

艾蕾克希停頓幾秒，佯裝同情的樣子。

「埃伯特，可以告訴我韓菲爾每天的作息嗎？」艾蕾克希平靜地問。

「理查早上會在七點到七點半之間醒來，早餐會在七點半到八點送進他房裡，然後我們會監督他吃藥。午餐和晚餐要在交誼廳吃，放飯時間固定是十二點和晚上七點，他會和高警戒病房的其他病人一起用餐。熄燈時間是晚上九點。理查每星期一、三的下午三點到三點四十五分有互助會；每星期二早上十點到十點四十五分和精神科醫師面談；每星期四下午兩點到四點有藝術治療；每星期五下午是音樂治療，也是兩點到四點。剩下的是自由時間，他可以決定要在房裡或交誼廳度過。」

「團體治療也是在高警戒病房進行嗎？」

埃伯特點頭回覆。

「高警戒病房的病人不會離開這棟大樓。從這點看來，妳說得沒錯，布羅德莫的確是個監獄。」

「自由活動的時候，他都在做什麼？」

「讀報或看電視。」

「他不看書嗎？」

「完全不看，其實也不太看報，他只讀一份報紙，而且一個禮拜只看一次。」

「哪一份報紙？」

「《倫敦時報》，每個星期四早上，他只要一出房門就讀報，交誼廳通常會擺幾份不同的報紙。」

「他讀的是地方新聞、體育還是政治版？」

埃伯特冷笑幾聲，寬闊的肩膀不住抖動，像是要跳起舞來。

「都不是，他只讀小廣告。」

艾蕾克希驚訝地瞪大了眼。

「我知道聽起來很奇怪，可是讀報似乎會讓他興奮——我說的是性方面的。」

「你的意思是……」

「他讀《倫敦時報》時會勃起。」

瑞典法爾肯貝里

二〇一五年七月二十五日，星期六，上午十一點

愛蜜莉開著車窗駕駛。

充斥鹽味的海風越過卵石灘衝入車艙，濃烈的陣陣碘味令人暈眩，海灘上的藻類捲曲如鬍鬚，任憑拍打其上的碎浪修剪出各式造型。

「黎納和蘇格蘭場通過了電話。」卡拉切斷通話後說：「他們確認了雷蒙・貝爾的證詞。」

「茱麗安・貝爾親友那邊有沒有查出什麼？」

「沒有，目前沒查到有用的資訊。等著聽老傢伙要說些什麼吧。」

雷蒙・貝爾原姓維斯特拉，四歲到十一歲這段期間住在法爾肯貝里的接待家庭——希爾達與席格瓦・史坦森家。

然而雷蒙・貝爾很確定從他六歲上學之後就住進了貝爾家；貝爾一家在一九八一年搬到法爾肯貝里，離史坦森家的農場僅四公里遠，茱麗安與威廉及雷蒙兩兄弟上的是同一所學校。雷蒙被領養的官方年分是一九八六年，但很可能因領養手續繁瑣，時間上拖延了，這種情形很常見，史坦森也很可能早在手續完成前就將雷蒙送去貝爾一家。

愛蜜莉依照GPS的指示左轉，開上一條小徑，兩旁是濃密的草皮，小路就像大地吐出的舌頭。

前方約一百公尺處立著三棟紅木屋，排成「ㄩ」形聳立在田野中。

愛蜜莉在草皮上停車，這個位置正好沐浴在陽光之中。

蘋果樹下有張搖椅，戴著鴨舌帽的老人坐在搖椅上打盹，那是豔陽下唯一的陰影處，看起來就像座孤島。

「史坦森先生，你好，我是韓森警探，這位是愛蜜莉．洛伊。」卡拉邊說邊對老人伸出手。

「妳們來早了。」席格瓦．史坦森嘶啞著嗓音說道。

她們的確早到了四十五分鐘，愛蜜莉喜歡出其不意地訊問證人。

「你希望我們晚一點再過來嗎？」

「不用，既然妳們都來了，那就留下來吧。」

愛蜜莉觀察席格瓦．史坦森：歲月在他方正的臉上刻出一道道深溝，嘴脣乾癟，身體乾瘦而緊繃，凹凸不平的雙手像爪子般抓住搖椅扶手。愛蜜莉只聽得懂一點瑞典語，但肢體語言不分國界。

「妳的長官烏洛夫松警探說妳們正在調查希爾達收留過的孩子？」席格瓦問，一腳踩在地上讓搖椅停止擺動。

「史坦森先生，你說得沒錯。」卡拉回答，並不糾正老人。在他心裡烏洛夫松肯定是她的上司，畢竟她只是個女人，不是嗎？

「妳們在查戀童癖的案子吧？」

「史坦森先生，很抱歉，我們不能討論調查細節。所以你和令妹希爾達會接待孤兒？」

席格瓦將手伸進口袋，掏出裝菸草的小圓盒，轉開金屬盒蓋，拿出一小袋口含菸[14]放進上脣與牙齦間。

老人完全沒打算邀請她們進屋，也是因為這樣才待在屋外。他也沒替客人準備椅子，這表示他希望這場對話可以盡快結束。

「收留他們的是希爾達……願她安息，」他忽然這麼說了一句，眼神茫然望著空地，「已經好久沒有小孩在這塊地上奔跑了。當年幾乎都是希爾達在照顧孩子，天曉得為什麼，她很喜歡被孩子們圍繞。而我忙著照顧麵包店，我一生最好的時光都花在了工作上，每天凌晨三點起床，風雨無阻。」

席格瓦敲著搖椅扶手，患有關節炎的手指顯得僵硬遲鈍。

「你記不記得一九七〇年末住進來的孩子？」

他冷笑。口含菸讓他的上脣都變形了。

「妳在說笑吧？我每天都工作到晚上才回家，一回家就在餐桌上狼吞虎嚥，我可懶得管那些小鬼，照顧他們是希爾達的事，她自己生不出來，妳們應該懂我的意思……」

「你記不記得有個孩子叫雷蒙．維斯特拉？他後來被貝爾夫婦領養。」

「我對孩子們幾乎沒有印象，又怎麼可能記得他們的名字？」

卡拉遞了張紙給他。她影印了一張雷蒙．貝爾的拍立得相片，相片上可以看見十一歲的雷蒙，茱麗安與威廉．貝爾站在他左右兩邊，三個孩子站在聖誕樹前微笑。

「看一眼不會浪費你太多時間。」卡拉堅持。

席格瓦．史坦森瞥了一眼泛黃的影像。

---

14 snus，瑞典口含菸是一種含尼古丁的無煙菸品，透過口含吸收，進入血液後產生振奮感。

「哪一個？」

「中間那一個。」

他緩緩搖了搖頭。

「我認不出來。好了，我不是不喜歡妳們，但我想去吃午餐了。」

席格瓦．史坦森一身老骨頭站起來，嘴唇緊抿，對她們點個頭就進了屋裡。

卡拉苦笑。

「這個死老頭！我希望他妹妹對孩子的態度比他好。妳怎麼看？」

愛蜜莉環顧四周。

「希爾達．史坦森在二〇〇四年十月八日過世，三個禮拜後就發生了哈姆雷特塔村區謀殺案。」

英國倫敦，克勞索恩，布羅德莫精神病院

二〇一五年七月二十七日，星期一，上午十一點三十分

暴雨來襲，艾蕾克希衝進車裡躲雨，臉上卻已是滿滿的水珠，還來不及擦乾，施泰倫便開口問道：「怎麼樣？」

「我得打電話給傑克．皮爾斯。」

電話。

「為什麼……」

「等一下，先讓我打給他。」

艾蕾克希抓起手機，濕答答的手指按下傑克的號碼，幾乎是一撥通，傑克就接起了電話。

「傑克，我剛從布羅德莫精神病院出來。我捉到韓菲爾的把柄了，可是我需要……」

「艾蕾克希……」

傑克在電話另一端欲言又止，長長嘆了一口氣才說：

「妳不能再這樣追查韓菲爾了，我們剛檢查完他的信，完全沒有問題。艾蕾克希，妳聽到了嗎？什麼都沒找到，相信我，我也很難接受，可是妳聽我說……這次是愛蜜莉說服我幫忙，拿到許可讓妳和他見面，我原本希望會面之後妳就能想點別的事。現在妳真的得放下了，知道嗎？好了，好好照顧自己。」

傑克說完便掛上電話。驚愕的艾蕾克希動也不動，手機還靠在耳邊，但很快又響了起來。

一定是傑克回撥。

「傑克，我……」

「請問是艾蕾克希．卡斯泰勒女士嗎？」

說話的是個女人，帶著前顎擦音腔調完美發出艾蕾克希的姓（「卡斯泰勒」源自加泰隆尼亞語）。

「我是安東內利太太，安琪拉．韓菲爾的朋友。妳和我先生聊過，安琪拉以前的確是在我先生開的餐廳工作。」

「妳好，安東內利太太，真的非常感謝妳回電。」

艾蕾克希將身體靠向施泰倫，讓他也能聽見談話內容。

「很抱歉這麼晚才回覆，我女兒剛生完孩子，這是她的第三胎，家裡一片混亂，我們連喘氣的時間都沒有。妳是加泰隆尼亞人嗎？」

「我父親是。」

「這樣啊，妳會說加泰隆尼亞語嗎？」

「不會，只會說西班牙語，所以我父親很失望。」

「我想也是。我是安達盧西亞人，當年到倫敦是為了學英語，因為想從事旅遊業，原本計畫只待一年，誰知道遇到了我先生，就再也沒離開了。安達盧西亞人在倫敦生活很反常吧？我聽說妳想寫安琪拉的故事？」

哦，那些拙劣的謊言，艾蕾克希覺得自己愈來愈難開口，但她還是擠出了理由：

「我其實是要寫一本關於她姪子的書。」

「哦，老天，這故事很嚇人……還好事情發生的時候她已經不在了，沒親眼見到親人做出這種事真是謝天謝地……妳應該明白我的意思……」

「妳和安琪拉認識很久了嗎？」

「很多年了……我一九七二年剛到倫敦就遇見她了，我們分租公寓，我遇見我先生的時候她也在；一九七二年夏天，我們都受雇當服務生，僱用我的人後來成了我公公。」

「她是怎樣的人？」

「有點輕率又很瘋狂，但人很好，待人也很慷慨。只不過在繼兄和嫂嫂出車禍去世之後，她整個人生就徹底改變了，真可憐。

她變得很不快樂，我們眼看她日漸憔悴，那時我剛生下雙胞胎女兒，雖然想幫忙卻分身乏術；姪子的監護權歸安琪拉，但她根本不認識那孩子，事情發生時，她也已經十年沒見過繼兄了，孩子的出現毀了她的生活。其實也不是那可憐孩子的錯，他肯定不希望發生這種事，可惜……他們兩個還是沒能相處得來。而安琪拉也不管孩子在家裡，過著隨心所欲的單身生活，妳應該明白我的意思……她那時候實在不夠成熟，不適合照顧小孩……這種安排對他們倆都是災難。」

「對她姪子也是嗎？」

「他後來不就對女人下毒手，還在公眾場所展示她們的屍體？簡直像是肉販，不把她們當人看。」

一陣孩童的叫嚷蓋過安東內利太太的話語聲。

「等一下，給我一分鐘。」

安東內利太太轉換成西班牙語安慰小蘇珊，聽起來她剛被母親拒絕了，來找外婆哭訴。

「好了……我剛剛說到哪裡了？對了……安琪拉在一九七九年夏天帶著小孩和朋友

到瑞士度假，回來後她告訴我，她在瑞士遇見了真命天子，要搬去那兒定居，態度非常堅決。」

「她要帶理查一起搬過去嗎？」

「對，我現在才想起來他叫理查，要不然我都叫他韓菲爾或哈姆雷特塔村區殺手，這樣叫比較簡單。沒錯，她說過要和理查一起搬過去，之後我就再也沒聽過他們的消息了，完全沒有。我最後一次聽到理查的名字是他被逮捕的時候，我和我先生都嚇了一大跳，妳肯定沒辦法想像，聽到這種事實在很糟糕。」

「安琪拉離開之後妳就完全失去她的消息了嗎？」

「對，就這樣斷了音訊，好像這個朋友忽然從地球上消失了一樣，咻一聲就不見了，天曉得她到底有沒有去瑞士……啊，不對、不對，慢著，我說錯了，我每次都把這兩個國家搞混……」

「不好意思，我沒聽懂。」艾蕾克希不解地問。

「*No era Suiza, era el otro... Suecia!*」

「『Suecia』……『瑞典』？你是說『瑞典』？安琪拉帶著理查到瑞典定居？」艾蕾克希試圖釐清。

「對啦，我真笨！是瑞典不是瑞士——反正都差不多，沒有人會去這兩個國家度假。」安東內利太太說完輕笑了幾聲。

施泰倫暗暗翻了個白眼。

「妳記得安琪拉男友的名字嗎？她口中的那位真命天子？」

「不好意思，我記不得了，但我還記得另一件事。」

英國倫敦，牛津街

二〇〇四年十月二十九日，星期五，晚上八點

珍寧・桑德森胸部平坦、身材中性，看起來就像初出茅廬的芭蕾舞者，連鞋子也符合舞者的外型——小巧的金色芭蕾平底鞋。

儘管如此，快滿二十五歲的珍寧・桑德森全身上下都散發著性的氣味。

她在博姿藥妝店上班，店面靠近龐德街的地鐵站。這天下班走出店裡，她沿著牛津街一路走到牛津圓環廣場，接著轉往攝政街，再走到壽司吧，在那裡吃壽司停留了十五分鐘，之後又往下走到福伯特廣場，轉大馬爾伯勒街，目的地是這條路上的莎士比亞頭像酒吧，同事們已經在酒吧裡等她了。

週末才要開始，這晚氣溫宜人，倫敦客都走上街頭，在人行道上緊挨著彼此喝啤酒。珍寧和女同事先喝掉兩瓶白酒，後來又喝了調酒：兩杯琴通寧和一杯莫希托。

她在廁所門口排隊時，他來搭訕，酒精讓她說話顛三倒四，反應也變得遲鈍。他請她喝一口酒，喝到第二杯時，他在酒裡摻安眠藥，黃湯下肚後，他提議到外面透透氣。

五分鐘後，約莫深夜十一點三十分，她同意跟他回家。他的車就停在距離酒吧十公尺處，珍寧的翹臀才剛坐進車裡，她就睡著了，頭倒在他肩膀上。

她還要好幾個小時才會清醒，他有足夠的時間回到小屋綁住她，然後囚禁她。他會等她醒來，接著好戲才要登場。

他把她的裙襬拉到腰間，脫下她的丁字褲。

「親愛的希爾達，這個獻給妳。」他看著後照鏡低聲說。

然後發動引擎。

英國倫敦，新蘇格蘭場

二〇一五年七月二十七日，星期一，下午一點三十分

艾蕾克希打了幾次電話給傑克，他都沒接，留言也不回；打給愛蜜莉也是響了很久卻無人回應。艾蕾克希沒辦法再乾等下去，她得見他們，而且要快。

她先到愛蜜莉位於弗萊斯克步道的公寓，沒人應門，於是施泰倫又載她到新蘇格蘭場，下車後她就在這裡等傑克，已經等半小時了。

「艾蕾克希？」

偵緝高級督察傑克．皮爾斯正大步走向走廊另一頭，艾蕾克希追上前去攔住他。

「妳怎麼會在這裡？」他質問時態度緊繃。

「給我五分鐘就好。」

傑克閉上眼。

「艾蕾克希，拜託。」

「五分鐘就好。」

傑克略顯惱怒地嘆了一口氣，手一揮示意艾蕾克希繼續說。

「我找到韓菲爾姑姑的友人，她告訴我安琪拉——就是韓菲爾的姑姑——在一九七九年帶著理查．韓菲爾到瑞典定居。她是他的監護人，兩人飛往瑞典是因為她在那裡度假時遇到了一個男人，後來決定和他一起生活。但那位友人不記得男人的名字了，只知道那男人經營麵包店，而且和妹妹同住。」

傑克聽完一怔。

「怎麼了？」艾蕾克希追問，心撲通撲通直跳。

「我們查出雷蒙．貝爾是貝爾家的養子，被領養前住在法爾肯貝里的接待家庭，那家人正是一對兄妹，也在城裡開麵包店。」

艾蕾克希霎時一陣口乾舌燥，嚥下口水才接話：

「你現在願意聽我對韓菲爾的看法了嗎？」

⁂

傑克與艾蕾克希急切地向搜查團隊分享兩人所蒐集的資訊，說得都要喘不過氣來了，彷彿剛跑完百米一樣。

他們面對著會議室的大螢幕，螢幕另一頭的聽眾是愛蜜莉、黎納及其團隊，所有人默默消化這些令人震驚的訊息。

黎納率先開口：

「理查．韓菲爾和雷蒙．貝爾曾經在同一時期住在同一個接待家庭裡？」

「沒錯。」

「可是……雷蒙．貝爾在這整個案子裡扮演的角色是什麼？」卡拉問：「他接受審訊的時候，看起來很震驚。」

「倘若雷蒙．貝爾的證詞屬實，那麼早在被領養前他就住在貝爾家了，這麼一來，很可能和韓菲爾的接觸有限，所以根本不記得這個人。但是兩人之間的關係絕不可能純屬巧合。艾蕾克希，妳還知道什麼？」

「我今早去布羅德莫精神病院見韓菲爾身邊的護理人員，我想他們有可能……總之，我得知韓菲爾每個星期四早上都會讀《倫敦時報》的分類廣告，讀報這件事會讓他產生衝動，我指的是性衝動。」

「妳的意思是他讀報時會勃起？」

「你說對了，他讀報會勃起。」

「哦，也太奇怪了……」

「《倫敦時報》目前幾乎不刊登徵友廣告，有時甚至連續幾個禮拜都沒有，這就表示韓菲爾看的是徵才或房屋買賣的廣告，但我懷疑他真的對這兩件事感興趣。所以我想理查·韓菲爾應該是透過分類廣告和同夥聯絡，或者說，他的共犯透過報紙，以加密過的文字暗號向他傳遞訊息，至於訊息內容暫時不得而知……也許是能讓他逃離醫院的計畫？」

「真是見鬼了！」克里斯蒂昂大喊。

「我的手下正在調查《倫敦時報》星期四刊出的所有分類廣告。」傑克插話：「我們從上週四往回查，一路追溯到瑪麗亞·保羅森謀殺案發生前三個月。」

「這讓我來吧。」埃麗耶諾提議。

「埃麗耶諾，謝謝妳，妳的提議很棒，可是已經有一整隊人在查了。」

「我知道這個提議很棒。快把所有分類廣告都寄給我，要是裡面真的有密碼，我解碼的速度絕對比你的『一整隊人』更快。」

瑞典法爾肯貝里警察局

二〇一五年七月二十八日，星期二，凌晨兩點

埃麗耶諾打開保溫瓶，在杯裡倒滿咖啡，又開了餅乾盒，拿出兩片安娜牌餅乾後關上盒子。

直到現在埃麗耶諾才允許自己抓點東西來果腹，工作總算完成了。

她咬下第一塊肉桂餅乾。

一切皆源自約翰尼斯．特里特米烏斯[15]及其密碼學著作。不對，一切皆源自埃麗耶諾中學三年級的一堂課，課堂上要做有關希羅多德的報告，她在準備資料中讀到希臘歷史學家敘述的一段軼事：國王會讓人剃光奴隸的頭髮，像刺青那樣將機密訊息刺在奴隸的頭顱上，等頭髮長出來了，再遣他將訊息傳給女婿。這個主意實在很棒，機密直接藏在人體上就不會被發現了。而專家稱之為「隱寫術」的手法則比上述密碼更進一步，因為透過「隱寫術」寫下的訊息根本無法閱讀。

這引起了埃麗耶諾的興趣，於是她蒐集所有能找到的相關資料，經過一番研讀分析，還找來同學當實驗品，暗暗磨練隱寫術的技巧，到了高中還持續進行。正因如此，每逢遇到刁難她的教授，她也習慣在論文中隱藏羞辱教授的字眼，這類訊息沒人看得出來，讓她獲得極大的滿足感，猶如大獲全勝般狂喜不已，即使這微不足道的成就感稍縱即逝。

十個小時前，她收到《倫敦時報》所有的分類廣告。倘若廣告裡的確藏有密碼，她得一一分析後才能進行解碼。她偏好使用紙筆而不是電腦，便將上百份廣告印了出來，開始埋頭苦幹。

找出規律是最累人的任務，過了五個小時又十分鐘之後她終於發現邏輯。關鍵很簡單：真正的訊息在第一行的第一個字和最後一個字；第二行的第二個字和倒數第二個字；第三行的第三個字和倒數第三個字，以此類推。

埃麗耶諾一解出加密暗號就打電話通知傑克，他向她道謝，告訴她接下來他「一整隊人」會接手分析剩下的廣告，埃麗耶諾可以先去休息。可是她還不想睡。她知道規律了，想繼續解開韓菲爾同夥編出來的密碼，而她也這麼做了。她剛剛將結果寄給了傑克，他「一整隊人」接下來只需要找出是誰刊出了這些訊息。

工作結束，她可以上床睡覺了。

英國哈特福郡

二〇一五年七月二十八日，星期二，凌晨三點三十分

一如往常，出任務之前傑克都會傳簡訊給愛蜜莉，他並不期待她回覆，只是想透過這一刻和她有所連結。發自內心的恐懼吞噬了他，害怕來不及與愛蜜莉道別就永遠離開。他感覺自己難以理解這種心情——但或許他知道，而且很清楚原因。

「長官，再十分鐘就抵達目的地。」開車的警員說。

---

15 Johannes Trithemius，中世紀的一位德國修道士，同時也是歷史學家和密碼學家。

埃麗耶諾．林德柏格成功破解了報紙廣告上要傳遞給韓菲爾的訊息，昨晚寄出結果之後，就由蘇格蘭場裡的警力繼續分析。黎納．貝斯壯心想，這位實習生還真不簡單。最近期的訊息是透過一連串假電子郵件地址，告知韓菲爾關於瑪麗亞．保羅森與弗瑞雅．倫德的綁架與謀殺案；犯罪時間則藏在公寓出租廣告裡的兩個看房日期。

他們還無法釐清的只剩下理查．韓菲爾的過去。他和姑姑在一九七九年忽然消失，十五年後，他又獨自出現在倫敦。倘若韓菲爾在瑞典長大，為什麼找不到他童年的蹤跡？安琪拉．韓菲爾又去了哪裡？難不成被姪子殺害了？

要不是艾蕾克希執拗地對韓菲爾「窮追不捨」──傑克曾經如此評論，警方也不會有今天的發現，傑克覺得自己虧欠了她，而且比她所能想像的要多上更多。若非她不屈不撓，傑克可能會被指控嚴重誤判案情，甚而被上級與同儕要求他辭職。

蘇格蘭場的資訊工程師循著線索回溯廣告來源，最近一則的ＩＰ地址來自哈特福郡，距離倫敦約一小時車程；那棟房子十二年前註冊在丹尼爾．亞當名下，可想而知是假身分。傑克和手下警員正要前去一探究竟。

年輕女警駕車跟在特種槍械司令部的卡車後方，那是配備槍械的特殊警察單位。卡車這時開上了一條柏油小路，女警關掉車燈，黑夜立時張大了嘴將他們吞沒。車隊就這樣緩緩行駛了五分鐘，才在一排枝葉茂密的橡樹後停下。

六個男人從卡車上跳下來，身手十分敏捷，戴著頭盔和夜視鏡，穿防彈背心，手持HK MP5衝鋒槍。

武裝小隊隊長埃米特・巴希亞打了個手勢。他們現在離房子兩百公尺，這棟建築靜靜地聳立在田野間，屋內沒有燈光。

傑克帶頭，其他人排成一列緊跟在後。夜色已深，而且濃得有如糖蜜，一行人在沉窒的黑夜裡小心前行，避免擾動周遭寧靜。

他們在距離門口二十公尺處駐足，藏身在木籬笆後面。

埃米特獨自跑向門口，一到門口，就蹲下來將內窺鏡插入門縫，同時監看左手腕配戴的小螢幕，大約過了五秒，他掌握了屋內擺設便抽出內窺鏡。

埃米特戴著手套的手再次做手勢，屋內沒問題，可以進去。

傑克不自覺摸了摸防彈背心，然後掏出克拉克17手槍。

二〇一五年七月二十八日，星期二

茱麗安很渴，她覺得她的肺、喉嚨和耳朵都像著火般滾燙不已。臉頰上的每一道刺痛都讓她表情扭曲。她的嘴唇乾裂，舌頭輕舔，滿嘴都是血腥味。

因為實在渴得受不了，她甚至喝了馬桶裡的藍色液體，但才剛入口就馬上吐了出來。她勉強再試了一次，身體裡的火已經延燒到胃，膽汁不住湧上喉頭，茱麗安只想稍微平息痛苦。

茱麗安後來就沒再拿到瓶子了，而且依舊沒有水。所幸她也沒再被割肉或是下鎮靜劑，只不過疼痛難以忍受，她就像瘋狗一樣呻吟不已，有時還狂吼。然而她的喉嚨已經再也出不了聲，徒留悶哼下的嘶嘶聲。

忽然間，四周一震，連地板都在震動，又震了一下，就像是有人在猛烈敲擊四面牆壁……

有人在破壞這裡的門……有人在破壞這裡的門！

茱麗安任由身體從床上滑落，整個人跌在地上，她走不了路，站不起來，連匍匐前進都沒辦法，腿和臀部都太痛了，她側著身拖曳身子，試圖爬到貓洞那頭。

一陣腳步聲混雜著喊叫聲。

他們在說什麼？他們在說……

「警察！警察！」

茱麗安痛苦地坐起身，握起拳頭敲打門，喉嚨迸出不成聲的叫喊，戳刺著肺，嘴唇也滲出了血。

「警察！裡面的人遠離大門！我們要撞門了！」

一個男人說。

茱麗安趴下，靠雙臂的力量拖著身體到馬桶邊，銬住腳的鐵鍊匡噹作響。

「快叫救護車！」

一個男人大喊。

破門錘重重地撞了一下。

又一下。

再一下。

門開了。一個男人衝進來，其他人尾隨在他身後，男人奔向茱麗安，急切地咚一聲跪在地板上。

「茱麗安，我叫傑克．皮爾斯，我在蘇格蘭場工作，和利蘭是同事。妳已經安全了，茱麗安，沒事了。」

茱麗安雙臂環著傑克的脖子，全身的重量靠在他身上，他聞起來有檸檬的香味，有「外面」的氣味，她吸著他身上充滿生命的氣息，她絕對不會鬆手，她不要再被留在這裡。

「茱麗安，我們要帶妳出去，妳現在安全了，沒事了，茱麗安，妳的家人都在等妳，沒事了……」

傑克輕撫她的頭髮，不斷對她說話，他很清楚，現在的茱麗安忍受不了沉默。

茱麗安想笑，卻流下淚來；她邊哭邊笑……不對……

她不是哭，她在微笑；那是充滿愛的微笑，解脫的微笑。

瑞典法爾肯貝里警察局

二〇一五年七月二十八日，星期二，上午七點

埃麗耶諾放下咖啡杯，等杯座穩穩放在辦公桌上了才接起電話。

「喂？」

「那個……呃……喂……」

「你是？」

「呃……窩是班傑明，在倫敦警察廳資訊部腐務，鄉找貝斯壯局長或側寫師愛蜜莉．洛伊。」

「那你為什麼打給我？」

「因為窩找不到他們兩個，傑克．皮爾斯給窩的第三個號碼是屬於埃麗耶諾．林德柏格的，請問就是尼嗎？」

「我是埃麗耶諾．林德柏格，但我幾乎聽不懂你在說什麼。」

「啊……」

電話另一頭傳來摩擦聲與悶住的嘶嘶聲。

「者樣有沒有豪一點？」

「沒有，我的意思並不是『聽不到』，而是『聽不懂』你在說什麼。你說話怪腔怪調的，到底怎麼回事？你生病了？」

「呃……沒有……窩鄉……大概是窩說起英語有腔調，窩是法鍋人。」

「法國人是舌頭還是口腔有問題？」

「呃……應該都沒有……窩鄉沒有……呃……」

「還是你嘴破了？」

「呃……也沒有……」

「你最近才搬到倫敦嗎？」

「呃……不是……窩，呃，已經在英鍋住十七年了。」

「這也太奇怪了。你打來到底有什麼事？」

「窩們已經分析完，呃，《倫敦使報》的分類廣告，又找出斯個ＩＰ位址，全在瑞典，傑克．皮爾斯要窩和你們聯絡。」

「在瑞典的什麼地方？」

「馬爾默、斯德哥爾摩、哥特堡、烏普薩拉。」

「那你把確切地址給我……局長？」

黎納像一陣旋風衝出辦公室，到埃麗耶諾辦公桌前才站定。

「是蘇格蘭場打來的。」

「傑克．皮爾斯？」

「不是，是一個叫班傑明的人。」

「他是誰？」

「資訊部的法國人，一口怪腔怪調的英語，聲稱嘴巴沒受傷，但我不相信，他應該是不敢承認。」

「他打來做什麼？」黎納不耐煩地問。

「抱歉，我只是想不通他說起話來怎麼那麼奇怪。他說他們又從《倫敦時報》的分類廣告裡找出了與韓菲爾同謀投稿的四個ＩＰ位址。」

黎納驚訝地瞪大了眼。

「又四個？」

「我剛剛就說過了，四個ＩＰ位址都在瑞典——馬爾默、斯德哥爾摩、哥特堡、烏普薩拉。」

「埃麗耶諾？」電話裡傳來班傑明的聲音。

「班傑明，等一下，我正在向上司報告這件事，」她漠然地回應法國人。接著對黎納說：「傑克．皮爾斯希望我們進一步調查。」

「我知道了，記下位址，別忘了問清楚對應的廣告，還有電子郵件發送到《倫敦時報》的時間，辦完後到會議室集合，我們有新發現。」

埃麗耶諾點點頭。

她在筆記本裡記下班傑明給她的資訊，然後再拿起話筒。

「用金盞花漱口，治療嘴破很有效。」埃麗耶諾說完便掛斷電話。

英國倫敦，倫敦大學學院醫院

二〇一五年七月二十八日，星期二，上午七點

茱麗安躺在醫院的病床上，床背板微微升起，棉被蓋到腰部，骨瘦如柴的手臂垂在身體兩側，蓬亂的頭髮隨意在頭頂紮成髻，與憔悴消瘦的臉形成異樣的對比，臉部肌肉不時緊張抽搐。

埃德里安的手停在妻子凹陷的臉頰上，他輕吻她乾裂的嘴唇，茱麗安深深嘆了一口氣，肩膀放鬆下沉，泛著黑眼圈的眼眸因淚水而變得迷濛。

她讓頭埋進丈夫的肩窩，聞他的氣味，接著不住咳了起來。埃德里安移開身子，床邊的小桌上放了一杯水，他拿起水杯放到茱麗安唇邊，深而明顯的唇紋上頭是乾涸的血跡，她喝了兩小口，便皺起臉，啜泣了起來，身體也顫抖著，哽咽聲刮過喉頭幾乎讓她無法呼吸，她伸出手一把抓住丈夫的手。

一名護理師跑進病房。

「貝爾太太，覺得痛嗎？」護理師邊問邊測量茱麗安的脈搏與體溫。她仍抽噎不止。

「她剛剛在喝水，然後……忽然就……哭了起來……」埃德里安結結巴巴解釋。

「貝爾先生，你可以靠近她一點，她需要感受到你的碰觸。」

「我不想弄疼她……」

「傷口都在腰部以下，你可以輕輕抱住她，她需要感受到你在身邊。」

埃德里安摟住她瘦骨嶙峋的上半身，輕撫她的臉頰和鼻子。

「嘿……」他低聲說，同時摟著茱麗安輕晃，「嘿……有我在，親愛的，我就在這裡……」

「好了，好了，沒事了，」護理師也安撫茱麗安，「沒事了，妳已經安全了，好了，沒事了……」

幾分鐘後，哭泣聲漸歇，只剩下抽抽噎噎的呼吸聲。

「貝爾太太，我們十分鐘前替妳注射了鎮靜劑，藥效很快會出現，我敢保證妳不會有事。有任何需要就隨時按鈴。」最後一句話是對埃德里安說的。然後護理師轉身離開病房。

茱麗安舉起右手，手臂上插著注射點滴的針頭。

「女孩們……」

她沙啞的聲音顫抖而遲疑，聽起來就像病危的老婦人。

「她們都很好，親愛的，我沒讓她們去學校，因為……我還沒讓她們知道發生了什麼事。我和安東妮雅及雷蒙帶著她們在倫敦到處逛，分散她們的注意力，她們都很好，茱麗安。」

「見她們……」

「我們要等醫生放行，親愛的，就快了。」

茱麗安吞嚥口水，露出糾結的表情，然後緩緩點了頭。

「芙蘿虹絲……」

埃德里安避開妻子的目光，眼神垂落在被子，上頭是他們十指交纏的雙手。

「她馬上就到，我已經打電話給她了。」

瑞典法爾肯貝里警察局

二〇一五年七月二十八日，星期二，上午七點十五分

埃麗耶諾揣著筆記本和保溫瓶走到警局另一頭，打開雙開門進入走廊時，看見愛蜜莉．洛伊正走進會議室。

埃麗耶諾加快步伐，因為不想錯過愛蜜莉帶來的消息。

「……確認他們找到茱麗安．貝爾，她還活著，被關在一個小房間裡，從頭到尾都沒看到凶手的臉，我們目前就只知道這麼多。她的身體也受到割剮，還處在驚嚇狀態，人已經在醫院了，鑑識警察也在現場，結果應該傍晚會出來，最晚明天早上。」

「她真幸運，再晚一步，就要被宰來做復活節大餐了。」克里斯蒂昂依舊口無遮攔。

看到大家替她保留了平常習慣的位置，埃麗耶諾鬆了一口氣，而且座位上既沒有克里斯蒂昂的腳，也沒有肉桂麵包的碎屑。

「韓菲爾的同夥改變了作案模式，人還活著就動手割肉。」愛蜜莉說。

克里斯蒂昂邊做鬼臉邊扭著身體，渾身不舒服的模樣。

「妳是說他直接對活人下刀嗎？天啊，也太噁心了。」

「老天，真可怕。」卡拉低聲說。

「艾蕾克希的堅持是對的，」黎納趁機說：「差一點就讓韓菲爾脫身了。」

愛蜜莉知道這話是說給她聽的，並不回應。

「警方還在房子裡找到了什麼？」黎納問。

「沒有其他受害者，也不見嫌犯身影。目前屋內只找到茱麗安的指紋。」

克里斯蒂昂清了清喉嚨。

「……他們有沒有找到茱麗安・貝爾的……的肉？」

「找到了幾塊。」

「哦，真他媽天殺的，這傢伙給自己做了人肉冷盤火腿！真是難以置信！我還以為什麼大風大浪都見過了，沒想到這下還能出現更糟的……她真慘，遭遇到這種事……想想看……」

「埃麗耶諾，請妳對大家說明蘇格蘭場提供的資訊。」黎納打斷克里斯蒂昂。

「我來做紀錄。」卡拉邊說邊走向白板。

等卡拉就定位也拿好白板筆了，埃麗耶諾才開口：

「他們辨識出新的ＩＰ位址，韓菲爾的同夥從四個不同的地點寄發電子郵件給報社刊登廣告：五月七日上午十點零五分，斯德哥爾摩的蘋果專賣店；六月十三日晚上七點零七分，烏普薩拉一家叫做『連線』的網路咖啡廳；七月三日上午八點四十三分，哥特堡的『網絡』咖啡廳；七月十四日凌晨一點零一分，馬爾默『外交官大飯店』。」

「克里斯蒂昂，打去外交官大飯店，向他們要七月十四日的住宿客人清單，」黎納命令，「也一併確認連線紀錄是否還在，我猜嫌犯應該是在商務中心上網，這麼一來，櫃檯應該會給他一組專屬帳密；記得先打給檢察官，免得飯店還浪費時間來要無聊的保密協議。卡拉、埃麗耶諾，妳們兩個去查那兩間咖啡廳，我來負責蘋果專賣店。我們就要逮住這個人渣了！」

愛蜜莉走出警局，拿著手機，穿過無人的街道在矮磚牆前坐下。

她需要一個人靜下來梳理思緒，忘掉理論，專注在事實上。

凶手沒有等茱麗安死亡，而是在她還活著的時候就割去她的肉——這對他的「招牌」作案手法來說是一項重大改變；通常作案模式是不會變的，因為那大多反映出凶手固定的幻想。

既然已經確定韓菲爾有共犯接應，現在該討論的應該是凶手「們」。那麼，殺死哈姆雷特塔村區六名受害者的是誰？理查．韓菲爾？韓菲爾和共犯？應該不是共犯自己動手，因為他始終讓韓菲爾掌握進度，這意味著主導者是理查．韓菲爾；但是從韓菲爾的側寫和反應來看，他並不像這起連環謀殺案的主謀。

理論應該要符合事實，兩者不該顛倒。愛蜜莉對自己重複。

韓菲爾在對艾蕾克希陳述他那些不堪行徑時是什麼態度？他摘下眼鏡、閉上眼。愛蜜莉以為他這麼做是為了避免看見艾蕾克希的反應，要是事實恰好相反呢？韓菲爾其實是不想要旁人察覺出他是多麼享受那一刻，以及這段對話所帶給他的強烈滿足感，他不希望人們注意到這一點。然而，理查．韓菲爾完全不符合食人連環凶手的側寫——也許吃人的不是他？也許他只是性侵犯、偷窺狂、扼殺者？

食人凶手的犯罪側寫顯示出是白人男性，年紀在四十到五十歲之間，細心有條理，聰明到足以騙過身邊的人與專家，性格迷人，而且融入社會。

食人凶手是韓菲爾的搭檔？徒手扼殺是韓菲爾的犯罪特徵，而吃人是搭檔的招牌手法？他們擁有各自負責的任務已經非常明確，共同犯下的罪行手法總是一致，這就是原因；沒有主宰者也沒人聽令行事，只是搭檔合作？

愛蜜莉搖搖頭，這很少見，太少見了，雙人拍檔總會有一人主導。

電話響了，她接聽。

「你看到訊息了嗎？」愛蜜莉一接起手機就問，傑克還來不及反應。

「還沒，我……」

「確認一下有沒有從茱麗安．貝爾的額頭採集DNA，沒有的話，趕快派人到醫院採樣。也要打電話給醫院，讓他們先別幫她擦洗，辦好了打給我。」

愛蜜莉說完便切斷通話。

五分鐘後，電話再次響起。

「沒有從她額頭上採DNA，而且她一到醫院就梳洗了。」傑克說。

愛蜜莉沉默了幾秒。

「她身上沒有指紋嗎？」

「沒有，連紗布上都沒有。」

「實驗室什麼時候能給其他採樣的報告？」

「中午左右。我們還在搜查房子，連電源插座都拆開來找指紋了。」

「你會去醫院問話嗎？」

「會，醫師和她丈夫都同意了，但只能問十分鐘。我現在就在醫院。」

「我要你問她兩件事：第一，凶手是怎麼對她動手的？她是清醒還是睡著的？若是清醒的，她聲稱沒看見凶手的臉，那麼凶手是怎麼遮掩臉部？我還要知道凶手最先下手的部位；第二，確認她是否遭到性侵，向實驗室確認是否有她的內褲，如果有，要實驗室拍照寄給我，可能的話，試試看從上面採指紋，我等你回電。」

英國倫敦，倫敦大學學院醫院

二〇一五年七月二十八日，星期二，上午八點三十分

傑克．皮爾斯來到茱麗安．貝爾的病房前，敲了敲房門，同時注意到埃德里安在走廊另一頭和醫生交談。

「請進。」

傑克認出了芙蘿虹絲的聲音。

病房很寬敞，有沙發區和舒適的家具，要不是一旁的點滴架和病床，幾乎足以媲美飯店高級套房。

茱麗安看起來很衰弱，比傑克救出她時來得更衰弱，不過才幾個小時前的事，她眼裡仍透著強烈的恐懼。

芙蘿虹絲起身，但一隻手仍握住茱麗安的手。

「傑克……我們真不知道該怎麼謝謝你才好。」

「哈特格魯夫太太，要感謝的人不是我，許多人比我投入更多心力調查，我才有辦法救出茱麗安。我可以再告訴妳那些人的名字。」

芙蘿虹絲以悲傷的微笑回應。

「埃德里安提到你有問題要問茱麗安。」

「茱麗安，妳同意嗎？」傑克問。

茱麗安痛苦地點頭。

「我知道妳喉嚨很不舒服，所以帶了平板電腦過來，妳可以打字回應。比起用手機打字，平板上的鍵盤大很多，妳願意嗎？」

茱麗安再次點頭。

「我的問題不多，但可能會讓妳不好受，妳想的話可以隨時要求我停下來，我會馬上停止，好嗎？」

茱麗安眨了眨眼表示理解。

傑克將平板電腦放在棉被上，芙蘿虹絲升起病床背板，然後將平板放在茱麗安的雙手，替她調整好位置。

「那麼我們開始吧。我想知道這段期間妳有沒有吃東西？」

茱麗安搖頭，兩手食指在平板電腦上敲打著。

「只有水　檸檬　蜂蜜」

「水瓶是從貓洞丟給妳，還是開門放進房裡？」

「貓洞」

「妳說妳完全沒看見凶手的臉。」

茱麗安甩了幾下頭，下唇顫抖。她再次打字。

「沒看到　沒進來過」

「所以妳身上遭到傷害時並沒有知覺？」

茱麗安閉上雙眼，點了點頭。

芙蘿虹絲一隻手放開平板電腦，輕撫茱麗安的手臂。

茱麗安繼續打字。

「水被下藥　醒來身上就有傷口了」

「妳是在同一個房間醒來的？」

「對 一直都是 我不知道我有沒有被抬出去過 不知道他是在哪裡把我」

茱麗安還沒打完句子，眼裡已經盈滿淚水。

傑克和醫生談過，很清楚她身上的傷口有多少處，又是多麼可怖。

「茱麗安，妳還好嗎？」芙蘿虹絲憂心地問。

「嗯……」茱麗安低聲回應，聲音微弱得幾乎聽不見。

她嚥下口水，因疼痛而臉部扭曲。芙蘿虹絲餵她喝了點水。

傑克耐心等了幾秒鐘才接著問：

「妳還記得聞到了哪些特殊氣味嗎？」

「只有我自己的味道 很臭」

「妳的第一個傷口在哪裡？」

茱麗安打字的同時抿起嘴。

「屁股」

她注視著傑克。他還在盤算下一個問題怎麼開口，茱麗安又低下頭打字。

「沒有被強暴」

一旁的芙蘿虹絲顯得很心痛不捨，表情也糾結起來。

「我很確定」

傑克垂下眼簾，他其實知情，實驗室已經和他確認過這點。

「結束吧 我累了 抱歉」

「沒問題，」傑克溫柔地回答：「謝謝妳，茱麗安，真的非常感謝妳。」

他收回平板電腦，點了點頭告別便離開病房。

傑克走出醫院之後才打電話給愛蜜莉。

「凶手是在她睡著時下手的，最先遭殃的部位是臀部，沒有性侵，內褲上沾滿了血跡。」一接起電話，愛蜜莉又搶先開口。

「實驗室已經把內褲的照片寄給妳了嗎？」他問。

「還沒。」

傑克微笑，他覺得愛蜜莉實在很了不起。

「愛蜜莉，她從頭到尾都沒見到凶手的臉，凶手對她下藥，等她昏睡了才帶她到『工作室』，在解剖桌上對她動手，然後再把她關回去。看來凶手應該是在給她的那瓶水裡下藥，肯定是這樣沒錯，因為凶手沒給她任何食物。」

愛蜜莉不發一語。

十秒過後，愛蜜莉打破沉默，她告訴他接下來該怎麼做才能逮捕凶手，她已經知道凶手是誰了。

瑞典法爾肯貝里警察局

二〇一五年七月二十八日，星期二，上午十一點四十五分

「真他媽見鬼了！」克里斯蒂昂跌進辦公椅，一邊發起牢騷。

果然每次最難搞的任務都分配給他——馬爾默外交官大飯店的經理正好去瑞士出差，到現在都還沒回電給助理。

卡拉和埃麗耶諾已經收到哥特堡與烏普薩拉兩家咖啡廳的回音，兩家店裡都沒有裝設監視系統——這是在開玩笑吧？當然也無法提供電腦的搜尋紀錄，更別說是來店上網的顧客清單了。至於斯德哥爾摩的蘋果專賣店，店員表示監視錄影只會保留一個禮拜，說實在的，這樣裝監視器到底有什麼意義？這下好了，老大和他手下的「夢幻女團」都撲了個空，現在只能在一旁觀看貝爾的審訊，而他——克里斯蒂昂・烏洛夫松，一個人像個蠢蛋似地做著祕書作業，連他自己都搞不清楚原因。他們要逮捕的到底是哪一個貝爾？黎納・貝斯壯這個人就是這樣，分毫細節都不肯放過，但重點是他們已經查過每一個細節，黎納到底還想找什麼？

辦公桌上的電話這時響了起來。

「我是烏洛夫松！」克里斯蒂昂接起電話大吼。

「警探你好，我是馬爾默外交官大飯店的經理克里斯特・維德瑪克，很抱歉沒能早點回覆，我之前在……」

「你可以把七月十四日住宿的旅客清單傳給我嗎？還是要我亮出檢察官的搜索令？」

「清單已經透過電子郵件寄給你了，」克里斯特・維德瑪克回話，原本親暱的語調瞬間轉為嚴肅，「要是還需要我幫忙，可以打給我的助理，寄給你的信裡有她的電話號碼。」說完便掛斷了。

克里斯蒂昂對著話筒做了個鬼臉，接著馬上點開電子信箱，正準備打開附檔時桌上的電話又響起。

「我是烏洛夫松。」克里斯蒂昂依舊是不耐煩的口氣。

「克里斯蒂昂，我是瑪雅。」

「Hej，瑪雅！」克里斯蒂昂的口氣驀然和緩下來，「妳支援總機的狀況還好嗎？」

「漢斯得去接他太太，她的車在路上拋錨了。」

「別說妳今晚要取消！」

「沒有啦！」電話另一頭的年輕女子咯咯笑說：「今晚七點在我家見。」

瑪雅的曼妙身形迴盪在克里斯蒂昂滿腦子幻想中，這景象一路從腦門衝進他褲襠裡。

「局長和英國人開會之前交代我，把所有和保羅森、弗瑞雅・倫德相關的來電都轉過來。」

「知道了，美女，是誰打來的？」

「拉瑟・侯特，烏普薩拉『連線』網路咖啡廳的員工。剛接到電話時還以為是惡作劇，聽起來就像個小鬼頭，所以我又打去咖啡廳向老闆確認；拉瑟・侯特今年十八歲，的確是咖啡廳員工。埃麗耶諾・林德柏格今早聯絡他們時，提到從《倫敦時報》分類廣告上查出嫌犯的電子郵件是從咖啡廳裡的ＩＰ位址寄出的，拉瑟・侯特聲稱有情報要提供。」

「了解，轉過來吧。今晚見嘍，小美女。」

她輕笑一聲便按下轉接鍵。

「我是烏洛夫松警探。」

「你好，我是……拉瑟……在烏普薩拉……網咖……工作……」

「喂，你能不能先把嘴裡的東西吞下去再說？你說的話我一個字都聽不懂。」

克里斯蒂昂聽見彈舌的聲音，幾次之後是響亮的吐痰聲。

「好了，我是拉瑟・侯特，在烏普薩拉『連線』網路咖啡廳工作，六月十三日晚上是我值班，老闆說我應該打電話給你們。」

「為什麼？」

「因為我知道在七點零七分寄電子郵件的人是誰。」

英國倫敦，新蘇格蘭場

二〇一五年七月二十八日，星期二，正午時分

艾蕾克希站在雙面鏡後方。

勝利所帶來的亢奮給了她很奇妙的感受，像是有隻蝴蝶在腹中飛舞，整個人輕飄飄地浮在半空中，心情卻是輕鬆平靜……奇怪的是這感覺居然非常近似戀愛的情緒。她感到興奮，猶如剛下戰場的士兵，一種暴力的比喻在她腦海中成形：她筆直站立，鼓起驕傲的胸膛，眼前敵人臥倒在地，她踩上敵人的背好似要將他碎屍萬段。上帝啊，人類真的是本性難移。

艾蕾克希短促地嘆了一口氣。

傑克先前對艾蕾克希描述了茱麗安．貝爾的牢房，說起房裡的惡臭、拴住她的鐵鍊，沒有水源與對外窗戶，無法辨識時間。那棟房子裡除了牢房以外的空間也同樣簡樸，廚房、浴室、臥房、車庫和工作室——或稱做「宰割間」可能更貼切，四下乾淨整齊，沒有一點瑕疵。傑克也提到茱麗安身上的傷：臀上、大腿前側與內側都遭到割剮，警方在冰箱和冷凍庫裡找到好幾塊割下來的肉。

茱麗安．貝爾身上會留下永久的傷疤，一輩子提醒她這十一天所經歷的人間煉獄，彷彿是凶手在她身上所留下的罪行烙印。這的確也是他的意圖，愛蜜莉指出凶手「象徵性」地「侵害」了她，這份占有是雙向的，透過吃茱麗安的肉讓她永遠活在他體內；也透過茱麗安的傷，在她身上留下一輩子的印記。

這時眼前的景象讓艾蕾克希吃了一驚。雙面鏡的另一邊，正前方是兩張原本就並排擺放的椅子，埃德里安．貝爾冷不防抓起其中一把就往牆上扔，椅子重重摔在地板上，碰撞出劇烈的聲響，埃德里安又憤怒地踢了椅子一腳，接著大吼大叫，吵著要警方放他出去。

傑克立刻起身，扶起椅子拉到桌子後方，要求埃德里安坐下。他仍一臉氣憤，卻還是坐了下來。

瑞典法爾肯貝里警察局

二〇一五年七月二十八日，星期二，正午時分

黎納跟在克里斯蒂昂身後，兩人在走廊上快步前進。

「老天，克里斯蒂昂，我真心替你希望這是要緊事，蘇格蘭場隨時都會開始審問埃德里安．貝爾。」

克里斯蒂昂並不回應，只是加快腳步。

「到底是什麼事？」走進克里斯蒂昂的辦公室，黎納略顯不耐地問。

克里斯蒂昂露出少見的嚴肅神情，長嘆一口氣，像是正準備要閉氣潛入水中。

「我剛和馬爾默的飯店經理通完電話，總機又轉了一通電話給我，打來的是烏普薩拉網咖的工讀生，他告訴我六月十三日是他值晚班，而且他知道是誰傳了電子郵件給《倫敦時報》，因為那人離開之後，他曾登入客人使用的電腦。」

「那個人是誰？」

克里斯蒂昂登入Outlook收件匣，點開拉瑟．侯特寄來的檔案，開啟的照片占滿整個螢幕。

黎納大為震驚，甚至得坐下來，他幾乎不敢相信自己的眼睛。

「還不只這樣，馬爾默的飯店經理也寄來了七月十四日住宿客人清單。」

克里斯蒂昂嚥著口水。

「電子郵件從飯店寄到《倫敦時報》當晚，那個人也在飯店裡。老大，現在該怎麼辦？」

黎納盯著照片，眼神沉了下來。

「我要打給傑克，你去通知其他人，叫愛蜜莉也聯絡傑克……我擔心他已經在偵訊埃德里安．貝爾。然後帶所有人到我辦公室集合。」

英國倫敦，新蘇格蘭場
二〇一五年七月二十八日，星期二，中午十二點三十分

「你得告訴我到底是怎麼一回事？」雷蒙．貝爾焦躁地質問，快步走進傑克．皮爾斯的辦公室。

傑克正在通電話，謝過電話另一頭之後就掛斷，手一揮示意雷蒙坐下。

「你們逮捕了埃德里安？」

「沒有。」

「沒錯。」

「可是……兩名警員來到醫院帶走他，我的律師還通知我埃德里安已經打給他了。」

雷蒙驚訝地瞪大了眼，額間擠出皺紋。

「我們也一樣，雷蒙，我們一開始也不明白。」

「我不明白。」

「什麼意思？」

傑克抿著嘴脣露出大大的微笑。

「我們想不通為什麼茱麗安．貝爾明明還活著，凶手卻仍割下她的肉，也不明白她怎麼會從頭到尾都沒見到綁架者的臉。」

傑克的桌上擺了本筆記本，他將筆記本推向雷蒙。

「雷蒙，請別侮辱我的智商，我也不會侮辱你的。我很欽佩你的頭腦、做事有條不紊、謹慎注意每個細節，可是我不想重複這些，假意奉承你過度的自尊。

我只會說，如果你能在這上頭一一寫下你綁架過的受害者姓名，也就是你和理查・韓菲爾打從童年時期就扼殺、宰割，甚至吃下肚的女人，我們會找到方法讓你在監獄裡好過一點。」

雷蒙・貝爾空洞的眼神在筆記本和傑克的臉上游移著。

「好吧、好吧，雷蒙，我知道了，你還記得行為科學調查分析師洛伊女士嗎？」

雷蒙兩邊嘴角往下，嘴脣成了拱形。

「沒錯，我懂，只要提起她的名字，很多人的反應都是這樣。有三件事引起了愛蜜莉・洛伊的注意。首先是茱麗安・貝爾被下藥，而且從來沒見到凶手的樣貌，愛蜜莉認為這非常可疑，倘若你妹妹——確切說來是沒有血緣關係的妹妹，倘若她和其他受害者一樣注定得死，那麼綁架她的凶手沒有理由要隱藏身分。此外，茱麗安・貝爾外遇才幾個月就被綁架，又活著被割剮，側寫師判定這點不僅耐人尋味，也透露出凶手的蛛絲馬跡。」

雷蒙的臉因緊張而抽動著，下脣顫抖。

「哦，抱歉，我忘了說是『同性外遇』，茱麗安・貝爾與女性發生了不倫戀。畢竟你厭惡的不只是『出軌』這種行為，雷蒙，我說得對嗎？」

雷蒙癟著嘴，下巴也皺起來。

「我們找到茱麗安之後，側寫師要求我確認茱麗安的內褲上是否出現血跡，以及她身上首先遭到割剮的部位。她這番要求很奇特吧？」

雷蒙的頭微微歪向一邊。

「實驗室證實她的絲質內褲上的確沾有血跡，而且吻合濺血、噴血與流血的軌跡，這些血都是來自她身上的傷口。洛伊因此推論，兇手下手時並沒有脫掉她的內褲，鑑識警察也同意這個看法。

沒有脫下內褲的舉動顯示兇手內心對茱麗安的尊重，而且下手的第一個部位是臀部，說明了他動手時不想看到茱麗安的臉，即便她昏迷不醒，看到她的臉仍會讓兇手感到不安，讓他躊躇起自己的犯行，並為此感到可恥或羞愧。你還跟得上嗎？」

雷蒙原本微微駝背，這時挺起胸膛。

「在此之後，事情的發展就變得有趣了，雷蒙，因為一找到茱麗安，洛伊就馬上要求在她的額頭和絲質內褲上採集DNA，那件內褲她穿了十一天都沒有換。鑑識組本來就會在內褲上採指紋，但要是愛蜜莉沒提，沒人會想到在額頭採DNA。為什麼是額頭呢？帶血的絲質內褲加上臀部先遭毒手，這兩件事讓我們的側寫師推測綁架茱麗安的兇手對待她既尊重又謹慎，這一點我前面就說過了。兇手和她僅有的接觸在在顯示出保護性和純潔感，彷彿一邊親吻生病的嬰孩好測量體溫一樣，說得更仔細一點，就是親吻額頭。可惜茱麗安一到醫院就梳洗了，採樣沒有結果。」

雷蒙的肩頭放鬆下來。

「慢著，我還沒說完。你可知道我為什麼要強調內褲是絲質的？因為絲綢上可以採到指紋，當然不是使用粉末，而是真空金屬鍍膜。雷蒙，你知道嗎？我們的指紋專家泰德說得好：『人無論如何總有脫下手套的時候，一定有！』凶手更是如此，畢竟這是他第一次如此近距離觀察心中女神的私密部位。他對茱麗安的狂熱不亞於崇拜。」

雷蒙雙手緊緊握住椅子扶手。

「雷蒙，洛伊認為你將理查．韓菲爾視為兄弟，你們共同生活直到你十一歲——雖然你一直想說服我們並非如此。你和韓菲爾一同殺害、宰割、食用多名女性受害者。雖然你對茱麗安始終疼愛有加，就像自己的親妹妹一樣，她能有今天的成就也多虧了你。但洛伊推測，當你察覺她有外遇，而且對象還是個女人之後，你承受不了，你告訴自己要用你的方式處罰她，也就是綁架，並且將她囚禁在你的恐怖屋裡，囚禁在屬於你和韓菲爾的公寓裡。可是問題來了，我們不得不承認，人是習慣的動物，例行公事讓人感到安心；所以當眼下有著十來公斤的肉，你沒辦法抗拒，怎麼樣都得嚐一嚐。你從來就沒打算殺死茱麗安，至少在我們發現你和韓菲爾的關係之前是如此。當我們意外發現你和哈姆雷特塔村區凶手是在同一個寄養家庭裡長大時，我得承認你的演技騙過了所有人，於是你曉得時候到了，美麗的茱麗安該從此消失在這世上。」

憤怒使雷蒙的眼神變得陰沉晦暗。

「為什麼我會這麼說呢？」傑克接著說：「因為你欺騙我們，你宣稱早在領養手續完成之前就已經搬進了貝爾家，唯一能拆穿這件事的人就是茱麗安．貝爾，你只好下定決心殺死她。還好我們局裡的……顧問努力解開了密碼，這才發現你和理查．韓菲爾交流的祕密管道，及時找到你的恐怖屋，並且順利救出茱麗安。」

傑克配合氣氛抿嘴，然後緩緩泛起微笑，接著又說下去：

「雷蒙，我們在茱麗安的絲質內褲上找到了你的指紋。還沒完，警方現在正在徹底搜查你鄉下的房子，我說『徹底』一點也不誇張，因為我們已經在花園裡找到了人骨，還有個漂亮的行李箱，裡面都是女人的衣物，屬於珍寧．桑德森、迪安娜．隆達、凱蒂．亞特金斯、克蘿伊．布羅默、席薇雅．喬治、克拉拉．桑德羅、瑪麗亞．保羅森和弗瑞雅．倫德。實驗室也在火速檢測這些衣物，我很肯定會在上面找到你和同夥韓菲爾的DNA。」

雷蒙的眼神掃過傑克身後的天花板。

「沒錯，雷蒙，這裡的兩臺攝影機已經拍下了你的反應。」

雷蒙的目光停留在筆記本上。

「我們得讓你相信你還領先警方一步，當你走進蘇格蘭場的時侯還掌控著大局。我們要出奇制勝，所以沒有帶你到偵訊室，而是先在我的辦公室接待你，才能出其不意逮住你。你可能會問，倘若警方握有你犯罪的證據，又何必出此下策？其實在架設攝影機的時候，我們還沒拿到證據，唯一有的是側寫師的深信不疑，只能嘗試逼你認罪。但現在已經沒必要了——就在你走進我辦公室的同時，實驗室確認了茱麗安．貝爾內褲上的指紋屬於你。」

雷蒙．貝爾往前挪了挪身體，坐在椅子前緣，手肘撐在傑克的辦公桌上，大拇指和食指沿著嘴角兩邊往下揩，說：「偵緝高級督察傑克．皮爾斯先生，你要是想知道這三十年來所有我們綁架與扼殺過的女人，她們被裹粉煎、炸、水煮、慢燉，要我吐出所有的名字，你得先提供條件給我們。我指的是我和理查。」

瑞典法爾肯貝里警察局

二〇一五年七月二十八日，星期二，下午兩點

愛蜜莉、黎納、克里斯蒂昂、卡拉都站在雙面鏡前，眼睛全盯著偵訊室，裡面只有一張金屬桌子和三張椅子，但所有人的眼神像是在搜尋著什麼。

埃麗耶諾在眾人身後，坐在地上，疲憊地蜷縮在角落，像是趴在網上的蜘蛛。籠罩在室內的沉默讓她想起她的家，暴風雨前的可怕寧靜，伴隨而來的是母親大發雷霆；埃麗耶諾做好了心理準備，因為叫喊、暴力與悲傷總是接踵而來。

過去兩個小時在每個人臉上都留下痕跡，擔憂刻上了臉龐，又像是落在肩上的重擔。雷蒙．貝爾的偵訊開始前，黎納和愛蜜莉都聯絡不上傑克，來不及通知他瑞典警方的發現——他們掌握了寄發電子郵件給《倫敦時報》的神祕人身分。七月十三日，神祕人在烏普薩拉的網咖寄信，隨後七月十四日又在馬爾默外交官大飯店發信。不是雷蒙．

貝爾，而是第三人在瑞典協助理查·韓菲爾與雷蒙·貝爾，就在他們眼皮底下。謀殺瑪麗亞·保羅森和弗瑞雅·倫德的凶手應該也是這個神祕人。

一名制服警員開門，對黎納點頭示意：一切都準備好了。黎納長嘆一聲，以眼神詢問卡拉和愛蜜莉，兩人簡短地點了點頭回應，便快步走出觀察室，進入偵訊室。

卡拉顫抖的雙手撐在桌上，潤了潤乾燥的嘴脣，大力吞嚥口水抑制想嘔吐的念頭，然後才坐定。

愛蜜莉在卡拉身旁坐下，拉著椅子貼近卡拉。

就在這時，嫌犯被帶進偵訊室，戴著手銬。警員拉開椅子，壓住嫌犯的肩膀示意他坐下。

七月十三日當天，烏普薩拉的網咖工讀生拉瑟·侯特陪女友參加新書簽名會，地點就在大學附近的書店。簽書會時間很長，拉瑟因為還有課先趕回學校。幾個小時之後，他前往網咖打工，很快就認出稍早在簽書會上見過的作家——丹·韓森。

拉瑟不好意思上前攀談，等丹離開之後才去看他上網查什麼，想藉此在女友面前炫耀幾句。但和大多數客人一樣，丹離開前就清除了所有的紀錄，拉瑟想辦法恢復後只發現這位大作家聯絡了《倫敦時報》，還因此感到很失望。

馬爾默外交官大飯店寄來的住宿客人名單上，七月十四日那晚也有丹·韓森的名字，這點加重了丹的嫌疑——就像在他的棺材上多釘進了一根釘子。克里斯蒂昂腦中浮現了這一幕，卻因此刻的氣氛不敢如往常般大聲嚷嚷。

警方無法證實五月七日上午十點零五分，來自斯德哥爾摩蘋果專賣店的寄信人身分，也查不出哥特堡網咖的寄件者，但黎納和愛蜜莉確信是丹．韓森所為，因為這兩個日期完全符合丹的出差行程。

丹．韓森抬起頭，眼神空洞地望著妻子。

現實無情地甩了個耳光在卡拉的臉上，痛苦幾乎快壓垮她，眼前是她一生的摯愛、孩子的父親，她既疼惜又心痛，想上前抱緊丹，又想重重給他幾拳；無比的憤怒與沉痛吞噬著卡拉，但她對丹的愛仍不住湧現。卡拉呼吸變得急促，得張大嘴才能呼吸，讓空氣流進肺裡。

卡拉伸出食指，以威脅的姿態指著丈夫。

「這是你幹的好事？」

她的尾音蘊含著藏不住想流下淚來的衝動。她哽咽著，然後咳了起來，淚水如浪潮般襲來讓她要喘不過氣，她想藉著咳嗽掩飾自己流淚。

愛蜜莉則在一旁觀察丹：他正襟危坐，堅定而刻意的沉默。

雙面鏡的另一邊，黎納心想，是他同意讓卡拉審訊的，但現在他躊躇著這個決定是否正確。

卡拉閉上眼片刻才再度開口：

「是你幫忙……這兩個禽獸……殺了這麼多女人嗎？」

愛蜜莉倏然間感應到卡拉猶如穿心般的痛楚。

「你知道這麼做會對我們造成什麼樣的影響嗎？你居然這樣對我們？還有我們的女兒？你居然這樣對我們的女孩！」

丹慢慢吐著鼻息，就像是為了開口而預做準備，但他沒有開口，甚至看也不看妻子一眼。盯著自己在雙面鏡中的倒影彷彿已令他動彈不得。儘管丹沉默不語，他的出現仍讓偵訊室籠罩在焦慮不安的氣氛中。

「丹，我是你的妻子，你難道要這樣杵在我面前，一句話都不說？」

「理查和雷蒙是我的兄弟，」丹終於開口，語調呆板，眼神始終沒離開雙面鏡，「我們從小在希爾達的農場裡一起長大，他們是我的家人，理查、雷蒙和希爾達，他們三個都是，三個都是我家人，我有義務幫助他們，幫助家人是我應盡的義務。」

卡拉伸出手背抹臉。

「我不行……我做不到……」卡拉喃喃自語，閉上眼猛搖頭。「我真的做不到……」

她頹然起身，目光盯著地板走出偵訊室。

瑞典哥特堡法庭

二〇一五年十月三十日，星期五，上午十一點

丹・韓森身穿淺灰色西裝，手指靈巧而熟練地解開外套釦子，又拉正細長領帶之後，才在法官面前坐了下來。真抱歉啊，法官大人。

他眼神聚焦在她的耳環上，沉甸甸的珍珠拉長了耳垂，那耳垂就和他拇指一樣大。律師建議穿樣式簡樸的暗色系西裝，領帶就選經典款式，領帶結要打得稍微鬆一點，這些都是「建議」而已。

穿什麼對他來說根本不重要，整件事讓他覺得有趣的，是在這種情況下居然還有得選，這是可以徹底利用的微小權力，他要細細品嘗箇中滋味。

法官開口了。她搖搖頭，珍珠耳環猶如跳慢舞般隨之擺動，耳垂如舌頭般伸展。

特製炸耳垂……

打兩顆蛋黃，耳垂蘸一蘸；

再裹上麵包粉；

以香草大蒜奶油炸；

淋上橄欖油，搭配薯泥上桌。

特製炸耳垂……

他傾身，嘴湊近麥克風回答法官大人的問題。說出姓氏後停頓了一下，手背拍掉左肩上的一點灰塵，接著才是名字、出生日期和職業；但這時他滿腦子想的卻是自己的怪癖：坐下前一定要解開西裝外套的釦子。這是伊頓公學學生都有的習慣，說得更確切一點，這是被選入菁英小團體「明日之星」（Pop）裡的那群人才有的舉動。不然就要一路回溯到愛德華七世身上，國王身形壯碩，「尊臀」坐下時需要多一點空間，所以解開外套釦子是必要動作。

法官剛開口要他說話。她拉正法袍的蕾絲領，又挪移了桌上幾份文件。

特製炸耳垂。

他手握拳，對著手心咳了幾聲，慶幸出庭無需戴手銬，卻又隨即想到，接下來將取而代之鎖住他的是牢房。這時他眼前閃過一幅影像，影像盤據在他與垂耳法官之間。他看見自己像猴子一樣掛在牢房的鐵欄杆上，身上還是這套西裝。

他笑了。

群眾議論紛紛的喧嘩聲傳進耳裡。

雖然在笑，一道冷汗卻滑過頸背，他打了一個寒顫。

「又不是我的錯，」他喃喃自語，像是說給自己聽，「又不是我的錯……」

法官打斷他，他聽不清法官的話，只聽見句子的語調——節奏漸強上揚，接著戛然而止。法官在問話。

「又不是我的錯，」他繼續說：「希爾達才是始作俑者……一切都是希爾達造成的……」

「韓森先生，你說什麼？」法官問。

「一切都是史果芬的錯……」

「韓森先生……」

「你們知道這當中最諷刺的是什麼嗎？我應該才是史果芬，我從來就不是強納森，從來就不是，我應該是史果芬……」

「韓森先生！」

丹雙手摀住嘴。他現在真的該閉嘴了。

瑞典哥特堡法庭

二〇一五年十月三十日，星期五，下午三點三十分

黎納、愛蜜莉和艾蕾克希三人走出法院，逃進毗鄰法院的咖啡廳喘口氣。

「我和克里斯蒂昂昨晚到卡拉家看她，」黎納說，同時將手上的三杯飲料放在桌上——茶、濃縮咖啡和拿鐵，「她說已經聯絡蘇格蘭場，商量到你們那裡工作的事了？」

愛蜜莉點了點頭，掏出手機。

「她還好嗎？」艾蕾克希問，然後對著拿鐵吹氣讓它別那麼燙。

「卡拉還好……女兒的情況比較糟，她們在學校被同學霸凌，變得有點封閉。卡拉很擔心，她覺得應該要趕快搬家。」

「說實在的，發生這種事之後，她留在瑞典還能做什麼呢？」艾蕾克希附和，「你們能想像她女兒的心情嗎？更別說還有臉書和那些亂七八糟的社群媒體，這件事會一輩子如影隨形。」

愛蜜莉將手中的耳機遞給黎納，打斷了眼前兩人的對話。愛蜜莉錄下了稍早丹．韓森在法庭上的證詞，正在重新播放。

黎納邊啜飲咖啡邊替她們翻譯。

「誰是史果芬？誰是強納森？」播放結束後，艾蕾克希問起。

「《獅心兄弟》這部兒童奇幻小說中的主角，作者是阿思緹．林格倫，故事描述一對感情堅定的兄弟，哥哥強納森很愛弟弟，也很保護他，弟弟史果芬體弱多病，在一次大火中，強納森為了救史果芬而死去，那場火災燒燬了房子。」

愛蜜莉出神地盯著黎納。

「愛蜜莉，怎麼了？」艾蕾克希疑惑，手順勢推開杯子。

「我不知道，但是席格瓦．史坦森可能知道。」

瑞典法爾肯貝里，席格瓦．史坦森家

二〇一五年十月三十日，星期五，下午六點三十分

他們「碰」一聲關上車門。

黎納、愛蜜莉與艾蕾克希來到史坦森的農舍門前，三人的大衣和圍巾在狂風暴雨下淋得狼狽不堪。

席格瓦開了門，上下打量早已凍僵的三人。

「你們來做什麼？」

「史坦森先生，我是貝斯壯局長，我們有幾個關於丹．韓森的問題想請教你，可以進屋詳談嗎？」

老席格瓦勉強側身讓他們進門。

「我說啊，我以為這件事已經解決了，」他站在昏暗的走廊尖刻地抱怨：「你們叫我去警局，整個夏天我去了不知道多少次，這個暑假過得像地獄一樣，就只是為了討論這些我根本不認識的孩子，還要問我女人的事，就是什麼連環殺手的姑姑，呃……叫什麼來著……」

「安琪拉．韓菲爾。」

「沒錯，就是安琪拉．韓菲爾，那女人從來就沒來我這兒住過，我也不認識她姪子，更不知道他為什麼要對你們扯謊！」

「史坦森先生，我們今天要問的是丹．韓森。」

「所以呢？有什麼差別？這些事快讓我失去耐性了，我已經跟你們那個魁梧的警探說過，我不記得什麼丹．韓森，也不記得任何人！到底要我說多少遍？我這一輩子都在工作，我告訴過你們的人，他爸是我的鄰居，沒錯，一個很不熟的鄰居，而且我們兩家人也不是牆貼著牆就住在隔壁，更別說那傢伙酗酒無度、懶散成性，就算我有空也不可能和他來往，何況我根本沒有時間……」

「史坦森先生，你知道丹．韓森有兄弟嗎？」

「你還以為我會知道他爸掏槍射靶中了幾次嗎？」席格瓦咒罵，從褲子口袋裡掏出菸草盒。

「史坦森先生，丹．韓森今天出庭時提到『史果芬』這個名字，你有印象嗎？」

「史果芬？你們現在還要考我給小鬼看的故事？」

黎納走近老人面前。

貝斯壯局長的身形猶如一座高聳的山簇立著，席格瓦不得不仰頭，才能直視黎納的眼睛。

「史坦森先生，理查．韓菲爾和雷蒙．貝爾的律師都在等丹．韓森的官司結束才願意提供警方受害者名單，這三人的共通點正是令妹希爾達，我們敢打賭最先促使他們犯罪的人就是希爾達。再過幾個禮拜，警方就會來搜查你的農場、土地和從前的麵包店，他們會一絲不漏地搜索被害人的ＤＮＡ——也就是他們三個綁架、謀殺、肢解、吞食的年輕女子，我們要找出所有被害人的蹤跡。再過幾個禮拜，『我什麼都沒看到、沒聽到，我什麼都不知道』這套辯護就不管用了，所以我強烈建議你，從現在開始跟警方合作，這麼做也是在保護你自己。」

老席格瓦垂下眼簾，打開菸草盒，拿了一小包菸草放在上唇與牙齒間。

「史果芬是理查．韓菲爾的小名嗎？還是雷蒙．貝爾？或者是希爾達照顧的另一個孩子？」

「我不曉得希爾達到底做了什麼……我真的不曉得……」

「史坦森先生，史果芬是誰？」

席格瓦轉頭看向另一邊，彷彿有人在呼喚他，他的眼神在灰牆上搜索著。

「丹的老爸有個女人，但那蕩婦什麼都不懂，和她男人一樣都是可悲的酒鬼。她的孩子長得和電影《獅心兄弟》裡演史果芬的小鬼一模一樣，恰巧希爾達很愛這部電影，才總叫那孩子史果芬。」

「史坦森先生，史果芬的母親叫什麼名字？」

「我不知道。」

「席格瓦，希爾達已經死了。」愛蜜莉以英語插話。

「看看四周，席格瓦，看吧，這裡什麼都沒有，沒有人了，除了你和希爾達的回憶，什麼都沒有，沒有需要你保護的事物，也沒有需要你保護的人了。但你還得保護你自己，席格瓦。」

老席格瓦淚眼婆娑望著愛蜜莉。

「史坦森先生，你在監獄裡絕對撐不下去，」黎納乘勝追擊，「你可以不用去坐牢，只要跟我們合作就行了，你聽懂了嗎？」

席格瓦努起下巴。

「艾瑞絲……桑德柏格，史果芬的母親叫做艾瑞絲．桑德柏格。」

瑞典哈爾姆斯塔德，韓森家

二〇一五年十一月二日，星期一，上午九點

卡拉．韓森收拾著早餐的碗盤，看了一眼微波爐上顯示的時間，愛蜜莉差不多要到了。

她又看了一眼客廳，兩個女兒靠著彼此，蜷縮在沙發上專心看電視。她們已經失去了父親、失去生活的方向，沒了根，現在就剩下她們三個，這個家已經破碎了。卡拉不禁想，怎麼做才能重建家庭？她曉得琵雅和艾達內心的消極悲傷漸漸轉為憤怒，女兒將父親的犯行和離去怪罪在她身上。但卡拉經歷過更糟糕的事，她會撐住。

卡拉聯絡了蘇格蘭場的傑克．皮爾斯，她在警察學校的成績很好，希望能在英國展開新生活，愛蜜莉也說會幫忙。

電鈴響了，女兒一動也不動，卡拉走去開門。

愛蜜莉對卡拉露出微笑當作打招呼，又向琵雅和艾達說了聲「hej」，但女孩們沒有回應。

卡拉正要開口教訓女兒，愛蜜莉打了圓場：「不要緊的。」她跟著卡拉走進廚房，又問了一句：「她們還好嗎？」

卡拉關上門。

「不好。家裡氣氛很糟，她們在學校也不好，我們得搬家，留在這裡太難受了，到處都是丹的影子……」

卡拉吞了幾次口水，彷彿驀然間意識到自己現在是多麼孤立無援。

「我們昨天去農場探望席格瓦．史坦森。」愛蜜莉接著說。

「理查．韓菲爾和雷蒙．貝爾交出受害者名單了嗎？」

愛蜜莉搖頭，在桌邊坐下。

「沒有，他們兩人的律師沒有提供任何名單給警方。」

卡拉喉頭緊繃。

「關於丹在出庭時說的……」愛蜜莉接著說。

卡拉閉上眼片刻，手撐著廚房的流理臺。

「丹提到《獅心兄弟》這本書裡的主角兄弟強納森和史果芬。」

丹啊丹！丹……

卡拉倒了兩杯咖啡，一杯擺在愛蜜莉面前，然後才坐下。

「就是因為這件事，我們才去找席瓦格。」

卡拉疲憊地看著愛蜜莉。

「我們離開之後，席格瓦．史坦森就在穀倉裡上吊自殺了，警方今天早上發現他的屍體。」

「愛蜜莉，我……我不想再討論這整件事了……」

「我理解，我不會擔誤妳太久。席瓦格死前提到了艾瑞絲．桑德柏格這個名字。卡拉，這個女人才是這起案子的關鍵。艾瑞絲．桑德柏格和阿爾夫．韓森是一對伴侶，他們住在一棟小房子裡，距離席瓦格和希爾達的農場並不遠。艾瑞絲和阿爾夫相遇時各帶著一個孩子，阿爾夫的兒子叫做丹，艾瑞絲的女兒叫做史果芬。他們會忘了給孩子吃飯，還會打孩子，甚至強迫兩個孩子加入他們的性愛遊戲，所以丹和史果芬常常會躲到希爾達家；他們在那裡遇見其他同樣遭受虐待或被遺棄的小孩，這些小孩就和他們一樣，都是迷失的靈魂。在他們當中，有個叫做雷蒙．貝爾的孩子，還有一個叫做理查．韓菲爾，理查跟著姑姑安琪拉．韓菲爾從倫敦來到瑞典。安琪拉原本是席格瓦的情人，但她的出現破壞了希爾達心中理想的家庭。因為對她而言，那些孩子都像是她的孩子，席格瓦則是她幻想中的丈夫。

哥哥不需要其他女人，因為有她在，有她就夠了。於是希爾達殺死安琪拉，問題解決了，安琪拉的姪子也留了下來。孩子們來來去去，但紀錄顯示，史果芬、雷蒙、丹和喬瑟夫在史坦森度過了童年與青少年時期。我想喬瑟夫很可能死了，而理查盜用了喬瑟夫的身分，反正長大之後的樣貌會有所改變。但是誰照顧了這些孤兒？就是希爾達。只有她關心這些孩子。這也是為什麼理查．韓菲爾的紀錄裡有十五年的空白，因為他換了一個名字住在瑞典。

愛蜜莉將面前的杯子移到旁邊。

「我們好不容易才找到艾瑞絲・桑德柏格的紀錄，妳應該猜到了，她已經死了。這次克里斯蒂昂可是下足了工夫，做得很好。」

愛蜜莉注視卡拉的目光轉為溫柔，她心中一凜。

「卡拉，妳就是艾瑞絲・桑德柏格的女兒。」

卡拉直視愛蜜莉。

「卡拉，妳就是史果芬。」

「妳說我是史果芬？」卡拉冷笑，「愛蜜莉，妳想太多了。」

「妳就是小史果芬。希爾達死後，理查・韓菲爾和雷蒙・貝爾開始尋找新的幻想、嘗試新手法，情況也是從這時起失控。韓菲爾有性虐癖，他是為了殺人而殺，還熱愛展示戰利品；雷蒙則是貨真價實的食人癖，他需要吃人肉，所以他們合夥犯案。說到這裡，在珍寧・桑德森、瑪麗亞・保羅森和茱麗安・貝爾鞋子裡找到的不明DNA，我很肯定就是安琪拉・韓菲爾的DNA。安琪拉其實不是韓菲爾的親姑姑，她和理查的父親是因為彼此的父母結婚才成了兄妹，所以我想她應該是你們第一個下手的對象，是你們第一次做案，因此你們才將她的私人物品視為戰利品收藏起來，這很正常，我說的是就首次犯案而言。後來理查謀殺珍寧・桑德森的時候用上了安琪拉的襪子，接下來的事妳都知道了。」

卡拉雙臂交錯抱在胸前。

「哪裡知道理查．韓菲爾居然被逮捕了，」愛蜜莉繼續說：「於是雷蒙轉而找你們求助，得想辦法把你們的兄弟韓菲爾從牢裡弄出來。但那時妳和丹剛成為新手父母，妳在警界的事業也剛展開，絕不可能有機會介入調查，所以你們決定等待時機成熟，再想辦法讓韓菲爾離開布羅德莫精神病院，反正他本來就該為殺死塞繆爾．賈荷爾服刑，一時半刻也出不來。你們的計畫很簡單，讓所有人相信謀殺案仍在發生，真正的凶手還逍遙法外。卡拉，妳故意將第一個屍體留在管區，因為分局長尤漢森負傷，妳很清楚調查的任務會落到妳身上，這麼一來，妳就可以誤導調查方向。妳透過《倫敦時報》的分類廣告讓韓菲爾掌握進度，他就待在精神病院裡扮演模範病人，始終堅稱自己的清白，就這樣等著獲釋的那天到來，我看這遊戲他應該玩得很盡興。可惜雷蒙脫軌了，他綁架了妹妹茱麗安，這件事徹底破壞了妳的計畫。」

卡拉垂下眼簾。

「妳在警局見到丈夫的時候，並不是在質問他，而是在告訴他該怎麼做，要求他別把妳牽扯進來，妳才可以撫養女兒。所以妳說：『這是你幹的好事』、『是你幫忙這兩個禽獸殺了這麼多女人』，接著妳又說：『你知道這麼做會對我們造成什麼樣的影響嗎？你居然這樣對我們？』妳試圖告訴他一切都是他的錯，他辦事不夠小心，沒能照顧好家人，『家人』指的是妳、理查和雷蒙。後來妳提到『我們的女兒』，說的當然是你們的孩子；然後妳又強調『我們的女孩』，這指的便是那些死在你們手下的女性，包括最初協助希爾達謀殺的女人，以及希爾達死後慘遭你們毒手的女性。

妳最後說：『你難道就要這樣杵在妻子面前，一句話都不說嗎？』妳其實是要他自首，而他也的確照做了。丹星期五出庭時說他應該是『史果芬』而不是『強納森』，因為妳才是照顧他、保護他的那個人，這也表示做決定的人就是妳。奇怪的是，妳和丹居然要讓女兒承受同樣悲慘的童年經歷。你們犯了和父母同樣的錯誤，到頭來，妳一點也沒有比妳母親更好，也沒有給孩子更好的人生。」

卡拉伸出食指，以威脅的姿態指著愛蜜莉。

「別拿我跟艾瑞絲．桑德柏格比！」卡拉破口大罵，憤怒讓她的嘴變形扭曲，「我，我是母親，是妻子，是姊妹。而艾瑞絲．桑德柏格……她把丹那變態父親的陰莖硬是塞到我嘴裡，那女人才不是我媽，她是人渣，根本就不該生小孩，她不配！她和韓菲爾的姑姑一樣，都是蕩婦、變態，希爾達餵我們吃的全都是這種女人！」

英國倫敦，克勞索恩，布羅德莫精神病院

二〇一五年十一月十三日，星期五，凌晨兩點三十分

理查．韓菲爾打開夾鏈袋，這是他交出受害者名單換來的條件，這是他的「報酬」。基於安全考量，絲襪被裁成七塊——髖部、臀部、大腿、小腿、腳。

他小心翼翼拿出絲襪碎片，翻過來在枕頭兩邊排好，每邊各有一塊大腿、小腿和腳部的絲襪；他輕輕躺上床，然後將最後一片絲襪放在臉上，讓胯下縫線處這塊蓋住臉和鼻子。

他閉上雙眼，將絲襪的一小角塞進左邊的鼻孔，香甜微刺的氣味立刻襲上舌間，那是混合著蜂蜜與酸掉奶油的味道……還帶著溼潤的皮革味……如此獨一無二的香氣……像一瓶好酒，品酒的過程早在入口前就開始了。

一九八八年的聖讓日……來自基律納的那個女孩……她的私處聞起來也有溼皮革和酸掉奶油的味道……

韓菲爾將絲襪塞進右邊的鼻孔。

聽到偉士牌機車的引擎聲，所有人走了出來，虎視眈眈盯著獵物。卡拉一把拉緊繞在女孩頸上的皮帶，只見女孩一臉驚恐地朝著他們五個人瞪大了眼，緩緩伸出粉紅色的舌頭，像母狗舌頭一樣吊掛著。

雷蒙和丹協助卡拉將女孩搬進地下室，卡拉脫掉女孩的衣服、清洗身體，希爾達肢解女孩，然後他們就上樓準備食物。通常他們會留女孩活命幾天才吃她，因為這會影響肉質，當她們不那麼緊張之後，肉吃起來會更多汁軟嫩。

但這次他們還是吃得津津有味。人肉總是能挑起口腹之欲，彷彿性愛帶來的歡愉在嘴裡迸發、在喉嚨裡、在肚子裡……除了餐具碰撞的聲響，唯一聽到的就是細細咀嚼、吞嚥和咂嘴聲，一如性交中歡快的悶哼聲。

韓菲爾摸索著，從右方又拿起一小片絲襪，原本是套腳的部位，他取出一邊鼻孔裡的絲襪，將這片再塞進去。

「是神領你來到我這裡。」希爾達常常這麼對他說……

因為他們的體內都流著英國人的血。

那一晚，他用基律納那女孩的衣服自慰被希爾達撞見……她只對他露出微笑，便走出地下室，還順手帶上門……希爾達明白吃上那一頓沒能讓他「飽足」，她明白理查還有不同的需求……對此她不加以評判，讓他自己去探索、實驗……

希爾達啊……

韓菲爾又拿了兩片絲襪塞進耳裡。

雷蒙曾經求他別將女孩的屍體留在哈姆雷特塔村區，但他聽不進去……他就想看這些婊子殘缺的肉體展示在人行道上……這種快感實在太強烈、太令人興奮……這麼做才完整。

可是希爾達絕不會原諒他把卡拉拖下水。

韓菲爾抓起剩下的絲襪碎片。

希爾達絕不會原諒他把小史果芬拖下水……那是她心愛的史果芬……

韓菲爾將手上所有的絲襪碎片塞進嘴裡，深深塞進喉嚨裡。

可是他懂希爾達……他也絕對不會評判她。

法國拉西奧塔，瑪杜與諾伯赫．卡斯泰勒家

二〇一五年十二月二十四日星期四，下午兩點

艾蕾克希躺在沙發上，頭就枕在外甥女小又軟的腿上，她正抬起小手輕輕梳著艾蕾克希的頭髮。

艾蕾克希四天前將埃博納案的書稿交出去了，累積的疲憊感如浪潮般席捲而來，她覺得自己就像剛生產完的母親，只想大睡一場。生了兩個孩子的姊姊糾正她：「不同的是妳想睡就能睡！」

「姨，妳要和我一起發懶嗎？」

「好啊，親愛的。妳在看什麼？」

「《佩佩豬》，哪哪哪哪——哪哪哪哪哪哪——姨！」

「小親親，怎麼了？」

「唱那首奇怪的歌給我聽！」

「哪一首？〈叮叮噹〉嗎？」

「不是啦！就是施泰倫他們國家的歌，『啦啦啦啦啦』，喝酒會唱的那首！」

「啊，那首啊！妳要叫他唱，小親親，我不會唱。」

「可是外婆會唱！」

艾蕾克希朝母親瞪大了眼。

「沒錯！」瑪杜同時各塞了一塊牛軋糖到艾蕾克希和孫女嘴裡，「我為了客人特別學了〈乾杯歌〉（*Helan Går*）。」

「媽，妳真的會唱〈乾杯歌〉？」

「還唱得很好喔。」施泰倫插話，他跟在諾伯赫．卡斯泰勒身後走進客廳。

「你們要去哪裡？」艾蕾克希問，隨著外甥女輕柔撫摸，她覺得眼皮愈來愈重。

「我們要去閣樓找摩爾及基督教徒之日的超八毫米老電影。」

「哦。」艾蕾克希簡短應了一聲，再也不抵抗襲來的濃濃睡意。

外甥女完全沉浸在卡通裡，專心看著踩泥巴的小豬，似乎早將〈乾杯歌〉拋在腦後。

諾伯赫與施泰倫踩著階梯上到閣樓。

「諾伯赫，我們一到就一直想跟你說件事，」施泰倫解釋，一邊關上閣樓的小門，「可是都找不到適當的機會……」

「你們有事要跟我說？要說什麼……哦！」

艾蕾克希的父親在疊起的紙箱上坐定，話才說完又馬上站起來。

「施泰倫，等一下，你先等等，要是瑪杜知道你只跟我說，卻沒找她，肯定會很生氣，等一下……」

諾伯赫再次打開門。

「瑪杜！」諾伯赫將雙手圈在嘴邊當擴音器。「閣樓裡紙箱太多了，我找不到！妳把電影放到哪裡去了？我已經翻了兩個紙箱，可是什麼都找不到！」

「老天，拜託！」瑪杜立刻回話，隨即爬上樓，「諾伯赫．卡斯泰勒，就算把你放進海裡，你也找不到水，讓我過！」

瑪杜上到閣樓，諾伯赫立刻關門。

「這孩子有話要跟我們說，但妳又黏著艾蕾克希不放。」

「你看不出來她累壞了嗎？臉白得跟紙一樣，整個秋天都坐在電腦前面沒有出去透氣，而且……」瑪杜說到一半忽然停下來，眼神中透出焦慮，「怎麼了？發生什麼事？你有壞消息要告訴我們？你生病了？艾蕾克希生病了？」

「瑪杜！不是，妳要是能停一停讓他開口，就知道他到底要說什麼了。」

「好吧，『使泰拉』，你想要說什麼？」

施泰倫微笑。

「瑪杜，我想要向你們的女兒求婚，希望你們同意。」

諾伯赫突然上前緊緊抱住施泰倫，讓他幾乎喘不過氣來，接著諾柏赫又在他臉上重重親了幾下。

施泰倫擔心地觀察未來岳母的反應——他希望能這麼叫她，這卻是瑪杜有史以來第一次啞口無言，不知該作何反應。

「伯赫，我就知道！我早就知道了！」她忽然開口：「我就知道我女兒還要到更北的地方去！」

加拿大魁北克省，蒙特婁，雪地聖母公墓
二〇一五年十二月二十四日星期四，下午三點

愛蜜莉拉下派克大衣的拉鏈，從外套內裡的口袋拿出一只小黑盒子。

在她家的花園深處，一小塊泥土地靠著磚牆，幾個禮拜前，她就跪在這塊泥土地前；這是她埋葬偵破案件的小墓園，案件中的受害者至此終於得以安息，地底下埋著的五十二個小黑盒子正在等待下個盒子到來。

很快就來。

愛蜜莉打開第五十三個盒子。

她凝視著安琪拉．韓菲爾、珍寧．桑德森、迪安娜．隆達、凱蒂．亞特金斯、克蘿伊．布羅默、席薇雅．喬治、克拉拉．桑德羅、瑪麗亞．保羅森、弗瑞雅．倫德，還有許多身分未明的受害者像花朵般綑成一束放進小黑盒子裡。這些女孩還在等律師談好條件才能下葬，家人也才能在她們的安息之地哀悼。

就算是那些痛下殺手之人出現在盒子裡，愛蜜莉也不會太吃驚——希爾達、席格瓦、卡拉、丹、理查、雷蒙，這六個孩子先遭受了父母的折磨，歷經生活摧殘；他們在童年時期受虐以至於內心變得殘缺，命運也隨之殞落。生命中的錯誤猶如細線上的珍珠，一個接著一個串成項鍊，代代相傳。到頭來，這場悲劇——或說這些慘案——不同於埃麗耶諾的推測，與當年惡名昭彰的開膛手傑克並無關聯。開膛手傑克的罪行映照出

維多利亞時代英倫百姓滿是瘡疤的面容，但在那之後還有更多悲劇。

盒子底部鋪上了一層細細的雪花，愛蜜莉正要蓋上盒子，卻看見自己身在其中，她像是眾多受折磨的孩子的訪客。身為側寫師的她與成了怪物的孩子們交談、一同用餐；她能同理他們的痛苦，卻未能及時察覺。

愛蜜莉闔上盒蓋，放進大衣內袋並拉上外套拉鍊。傑克在一旁溫柔注視她的每個動作。

他們沿著墓園外的小路往上走，每一步都伴著靴子踩碎冰雪的聲音。

愛蜜莉的兒子躺在白色棺材裡，棺木尺寸是一張嬰兒床大小，這是愛蜜莉替兒子選的，旁邊是一位名為霍坦絲的老奶奶。賽巴斯蒂安現在就在眼前，在她腳邊。

她的手輕輕掃過墓碑，直到戴著手套的手感覺到石頭堅硬的質地。她在墓碑上放了一顆灰色橢圓卵石，表面布滿黑色斑點；去年夏天她放的是一顆白色石頭。現在並排著兩顆石頭。

愛蜜莉雙膝跪地，雙手放在冰涼的墓碑上，額頭也靠上去。

她有這麼多的愛可以對兒子付出，他們原本可以一起享受用餐時光、一同大笑、旅行、爭執、擔憂、哭泣、過生日、過節……她對兒子訴說著這一切。

她對他傾訴內心所有懊悔。

重要的不是我們成了什麼樣的人，
而是我們對自己做了什麼事，
讓自己成了什麼樣子。

——尚—保羅・沙特（Jean-Paul Sartre）

【Mystery World】MY0023
白教堂開膛手
Mör

作　　者❖喬安娜．古斯塔夫森 Johana Gustawsson
譯　　者❖林琬淳
封面設計❖許晉維
排　　版❖張彩梅
總 編 輯❖郭寶秀
特約編輯❖周奕君
行銷業務❖羅紫薰

發 行 人❖凃玉雲
出　　版❖馬可孛羅文化
10483台北市中山區民生東路二段141號5樓
電話：(886)2-25007696
發　　行❖英屬蓋曼群島商家庭傳媒股份有限公司城邦分公司
10483台北市中山區民生東路二段141號11樓
客服服務專線：(886)2-25007718；25007719
24小時傳真專線：(886)2-25001990；25001991
服務時間：週一至週五9:00～12:00；13:00～17:00
劃撥帳號：19863813　戶名：書虫股份有限公司
讀者服務信箱：service@readingclub.com.tw
香港發行所❖城邦（香港）出版集團有限公司
香港灣仔駱克道193號東超商業中心1樓
電話：(852)25086231　傳真：(852)25789337
E-mail：hkcite@biznetvigator.com
馬新發行所❖城邦（馬新）出版集團【Cite (M) Sdn. Bhd.(458372U)】
41, Jalan Radin Anum, Bandar Baru Seri Petaling,
57000 Kuala Lumpur, Malaysia
電話：(603)90578822　傳真：(603)90576622
E-mail：services@cite.com.my
輸出印刷❖前進彩藝股份有限公司
初版一刷❖2023年2月
初版二刷❖2024年2月
紙書定價❖420元
電子書定價❖294元

ISBN：978-626-7156-53-7（平裝）
ISBN：9786267156551（EPUB）

城邦讀書花園
www.cite.com.tw

國家圖書館出版品預行編目（CIP）資料

白教堂開膛手／喬安娜．古斯塔夫森（Johana Gustawsson）作；林琬淳譯. -- 一版. -- 臺北市：馬可孛羅文化出版：英屬蓋曼群島商家庭傳媒股份有限公司城邦分公司發行, 2023.02
320面；14.8×21公分 --（Mystery world；MY0023）
譯自：Mör
ISBN 978-626-7156-53-7（平裝）

876.57　　111020419